CHRONIQUE D'HIVER

Titre original :
Winter Journal
Éditeur original :
Henry Holt and Company, LLC, New York

ISBN 978-2-330-03439-9

PAUL AUSTER

CHRONIQUE D'HIVER

traduit de l'anglais (États-Unis) par Pierre Furlan

BABEL

Tu crois que ça ne t'arrivera jamais, que ça ne peut pas t'arriver, que tu es la seule personne au monde à qui aucune de ces choses n'arrivera jamais, et pourtant, l'une après l'autre, elles se mettent toutes à t'arriver, exactement comme à tout le monde.

Tes pieds nus sur le sol froid au moment où tu sors du lit et vas jusqu'à la fenêtre. Tu as six ans. Dehors, la neige tombe et les branches de l'arbre dans le jardin derrière la maison sont en train de devenir blanches.

Parle tout de suite avant qu'il ne soit trop tard, et puis espère pouvoir continuer à parler jusqu'à ce qu'il n'y ait plus rien à dire. Il ne reste plus beaucoup de temps, finalement. Tu fais peut-être bien, pour l'instant, de mettre tes histoires de côté et de tenter d'examiner les sensations qui te viennent de vivre dans ce corps depuis le premier jour où tu te souviens de t'être senti vivant jusqu'à aujourd'hui. Un catalogue de données sensorielles. Ce qu'on pourrait appeler une *phénoménologie de la respiration*.

Tu as dix ans, et l'air, en ce milieu d'été, est chaud, d'une chaleur oppressante, tellement humide et inconfortable que, même lorsque tu es assis à l'ombre des arbres du jardin derrière la maison, la sueur perle sur ton front.

C'est un fait incontestable : tu n'es plus jeune. Dans un mois exactement, tu auras soixante-quatre ans, et bien que ce ne soit pas un âge terriblement avancé – pas ce qu'on considère normalement comme le grand âge –, tu ne peux t'empêcher de penser à tous ceux qui n'ont pas réussi à parvenir aussi loin que toi. C'est là un exemple de ces diverses choses qui ne pouvaient pas arriver et qui, de fait, sont arrivées.

Le vent contre ton visage quand le blizzard soufflait, la semaine dernière. L'atroce brûlure du froid, et toi, là, dans les rues vides, à te demander ce qui t'avait pris de sortir de chez toi dans une tempête aussi déchaînée, et pourtant, alors même que tu luttais pour ne pas perdre l'équilibre, tu sentais l'euphorie de ce vent, la joie de voir des rues familières changées en une masse confuse de neige blanche tourbillonnante.

Plaisirs physiques et douleurs physiques. D'abord et surtout des plaisirs sexuels, mais aussi celui de manger et de boire, de rester nu dans un bain chaud, de gratter un endroit qui démange, d'éternuer et de péter, de passer une heure de plus au lit, de lever le visage vers le soleil par un doux après-midi de fin de printemps ou de début d'été et de sentir la chaleur s'installer sur ta peau. Les exemples en sont innombrables, il ne s'écoule pas un jour sans un ou plusieurs moments de plaisir physique, et pourtant les douleurs sont assurément plus longues à passer et plus réfractaires : à un moment ou un autre, pratiquement toutes les parties de ton corps ont subi une agression. Les yeux et les oreilles, la tête et le cou, les épaules et le dos, les bras et les jambes, la gorge et l'estomac, les chevilles et les pieds, sans même mentionner l'énorme furoncle un jour surgi sur ta fesse gauche, que ton médecin avait gratifié du nom de *tanne,* lequel, à tes oreilles, renvoyait à quelque mal médiéval et t'avait empêché pendant une semaine de t'asseoir sur des chaises.

La proximité de ton petit corps avec le sol – ce corps qui était le tien quand tu avais trois et quatre ans –, c'est-à-dire le peu de distance entre tes pieds et ta tête, et la manière dont les choses que tu ne remarques plus maintenant constituaient alors pour toi une présence constante, un objet de préoccupation : le petit univers des fourmis qui rampent et des pièces de monnaie perdues, des brindilles tombées par terre et des capsules de bouteille tordues, des feuilles de pissenlit et de trèfle. Mais surtout les fourmis. Ce sont elles dont tu te souviens le mieux. Des armées de fourmis qui défilent pour entrer et sortir de leurs collines poudreuses.

Tu as cinq ans, tu es accroupi au-dessus d'une fourmilière dans le jardin, et tu étudies avec attention les allées et venues de tes minuscules amies à six pattes. Sans que tu le voies ou que tu l'entendes, ton voisin âgé de trois ans se glisse derrière toi et te frappe sur la tête avec son petit râteau. Les dents du râteau trouent ton cuir chevelu, le sang te coule dans les cheveux et le long du cou, et tu cours en hurlant dans la maison où ta grand-mère panse tes blessures.

Les paroles de ta grand-mère à ta mère : “Ton père serait vraiment un homme merveilleux – si seulement il était différent.”

Ce matin, tu te réveilles dans la pénombre d'une nouvelle aube de janvier, dans une lumière estompée, grisâtre, qui s'infiltre dans la chambre, et il y a le visage de ta femme tourné vers le tien, ses yeux clos – elle est encore profondément endormie, les couvertures remontées jusqu'au cou ne laissent apercevoir d'elle que sa tête, et tu t'émerveilles de la voir si belle, de la voir si jeune, même à présent, trente ans après la première fois que tu as dormi avec elle, après trente ans de vie commune sous le même toit à partager le même lit.

Encore de la neige aujourd'hui, et quand tu sors du lit et t'approches de la fenêtre, les branches de l'arbre, dans le jardin de derrière, sont en train de devenir blanches. Tu as soixante-trois ans. Il te vient à l'esprit que, dans le long voyage qui t'a mené de l'enfance à aujourd'hui, rares ont été les moments où tu n'as pas été amoureux. Trente ans de mariage, oui, mais dans les trente années qui ont précédé, combien de coups de foudre et de passions, combien de flammes et de tentatives de conquête, combien de délires et de folles embardées du désir ? Dès le début de ta vie consciente, tu as été un esclave consentant d'Éros. Les filles que tu as aimées jeune garçon, les femmes que tu as aimées devenu homme, chacune différente des autres, quelques-unes rondelettes et d'autres maigres, quelques-unes petites et d'autres grandes, quelques-unes portées sur la lecture et d'autres sur le sport, quelques-unes moroses et d'autres extraverties, quelques-unes blanches, d'autres noires et d'autres encore asiatiques, mais rien de ce qui restait en surface n'avait d'importance pour toi, ce qui comptait c'était la lumière intérieure que tu détectais chez une femme, l'étincelle de singularité, le flamboiement du soi révélé, et cette lumière la rendait belle à tes yeux même si d'autres étaient aveugles à la beauté que tu percevais, et alors tu brûlais d'être avec elle, près d'elle, car la beauté féminine est une chose à laquelle tu n'as jamais pu résister. Cela remonte à tes premiers jours d'école, à la classe de maternelle où tu es tombé amoureux de la fille à la longue queue de cheval blonde, et que de fois tu t'es fait punir par Mlle Sandquist pour t'être éclipsé avec ta petite amoureuse, pour vous être glissés tous les deux dans quelque coin où vous faisiez des polissonneries, mais ces punitions ne te touchaient pas parce que tu étais amoureux : tu étais déjà un amant insensé, et ça n'a pas changé.

L'inventaire de tes cicatrices, surtout celles de ton visage que tu peux voir chaque matin quand tu te regardes dans le miroir de la salle de bains pour te raser ou te peigner. Tu y penses rarement, mais chaque fois que tu le fais, tu comprends qu'il s'agit de marques de vie, que cet assortiment de lignes brisées, gravées sur ton visage, sont les lettres d'un alphabet secret qui raconte l'histoire de la personne que tu es, car chaque cicatrice est la trace d'une blessure guérie, et chaque blessure a été provoquée par une collision inattendue avec le monde – autrement dit un accident, quelque chose qui aurait pu ne pas se produire puisque par définition un accident est quelque chose qui ne survient pas nécessairement. Il s'agit là de faits contingents par opposition aux faits nécessaires, et ce matin, en regardant dans le miroir, tu te rends compte que toute vie est contingente à l'exception de son unique aspect nécessaire, à savoir que, tôt ou tard, elle prend fin.

Tu as trois ans et demi. Ta mère, âgée de vingt-cinq ans et enceinte, t'a emmené avec elle faire des courses dans un grand magasin du centre-ville de Newark. Elle est accompagnée par une de ses amies, mère d'un garçon de trois ans et demi lui aussi. Arrive un moment où ton petit camarade et toi échappez à vos mères et vous mettez à courir dans le magasin. C'est un immense espace ouvert, sans conteste la salle la plus vaste dans laquelle tu aies jamais mis les pieds, et la possibilité de t'élancer sans retenue dans cette arène colossale te procure un frisson très réel. L'autre petit garçon et toi-même finissez à plat ventre sur le sol pour glisser sur la surface lisse où vous faites de la luge sans luge pour ainsi dire, et ce jeu s'avère à ce point agréable, à ce point jouissif, que tu deviens de plus en plus téméraire, de plus en plus audacieux dans tes entreprises. Après avoir atteint une partie du magasin où l'on effectue des travaux de construction ou de réparation, tu te lances de nouveau à plat ventre sans prendre la peine de repérer les obstacles que tu risques de rencontrer, et tu te mets à glisser sur une surface semblable à du verre jusqu'à te retrouver en train de foncer droit sur un établi de menuisier en bois. Tu penses que, d'une légère torsion de ton petit corps, tu vas éviter de t'écraser contre le pied de la table qui se dresse devant toi, mais ce que tu ne remarques pas pendant la fraction de seconde qu'il te reste pour dévier ta trajectoire, c'est qu'un clou dépasse du pied, un clou de belle longueur et assez bas pour se trouver à la hauteur de ton visage, et, avant que tu aies pu t'arrêter, le clou vient transpercer ta joue gauche au moment où tu le dépasses à toute vitesse. Toute la moitié de ton visage est déchirée. Soixante ans plus tard, tu n'as plus aucun souvenir de l'accident. Tu te souviens de la course et des glissades sur le ventre, mais tu ne gardes aucun souvenir de la douleur, ni du sang, ni d'avoir été emmené d'urgence à l'hôpital, ni du médecin qui t'a recousu la joue. Ta mère a toujours dit qu'il avait fait un travail exceptionnel, et comme le traumatisme de voir son premier-né la moitié du visage arraché ne l'a jamais quittée, elle l'a souvent répété : quelque chose en rapport avec une technique très subtile de sutures doubles qui a limité les dégâts au maximum et t'a permis de ne pas être défiguré à vie. Tu aurais pu perdre ton œil, te disait ta mère – voire, sur un ton encore plus dramatique : Tu aurais pu mourir. Elle avait raison, sans aucun doute. La cicatrice s'est estompée au fil des années, mais elle est encore là chaque fois que tu la cherches, et tu porteras ce signe de bonne fortune (œil intact ! pas mort !) jusqu'à ta tombe.

Des cicatrices de sourcils fendus, l'une à gauche, l'autre à droite, presque parfaitement symétriques : la première survenue le jour où tu as heurté de plein fouet un mur de briques lors d'une partie de ballon prisonnier pendant un cours de gym à l'école primaire (l'énorme enflure de l'œil au beurre noir que tu as arboré ensuite pendant plusieurs jours te rappelait une photo du boxeur Gene Fullmer qui venait, à peu près au même moment, d'être battu par Sugar Ray Robinson dans une rencontre de championnat), la seconde récoltée quand tu avais un peu plus de vingt ans lors d'un match de basket en plein air : tu t'étais lancé pour un tir en course, quelqu'un a fait faute contre toi par-derrière, et tu as été projeté contre le poteau en métal soutenant le panier. Une autre cicatrice sur ton menton – origine inconnue. Survenue très probablement dans la petite enfance, une lourde chute sur un trottoir ou sur une pierre t'ayant ouvert la chair et laissé sa marque, laquelle est encore visible chaque fois que tu te rases le matin. Aucune histoire n'accompagne cette cicatrice-là, ta mère ne t'en a jamais parlé (en tout cas tu ne t'en souviens pas), et il te semble bizarre, voire carrément déconcertant, que cette trace permanente ait été gravée sur ton menton par ce qu'on ne peut qualifier que de *main invisible*, que ton corps soit le site d'événements qui ont été effacés de l'histoire.

On est en juin 1959. Tu as douze ans et, dans une semaine, toi et tes camarades quitterez l'école primaire que tu fréquentes depuis l'âge de cinq ans. C'est une journée splendide, une fin de printemps dans son incarnation la plus magnifique, la lumière du soleil se déverse d'un ciel bleu sans nuages, il fait chaud mais pas trop, il y a peu d'humidité et la douce brise qui agite l'air caresse ton visage, ton cou et tes bras nus. Quand l'école sera finie, aujourd'hui, vous irez, la bande de copains et toi, dans Grove Park pour improviser une partie de base-ball. Grove Park n'est pas vraiment un parc, plutôt une sorte de place de village gazonnée, une grande pelouse rectangulaire bien entretenue flanquée de maisons sur ses quatre côtés, un endroit agréable, un des espaces publics les plus plaisants de ta petite ville du New Jersey, et tes amis et toi y allez souvent après l'école pour jouer au base-ball, car le base-ball est la chose que vous aimez le plus, tous tant que vous êtes, et vous vous y adonnez pendant des heures sans jamais vous en lasser. Aucun adulte n'est présent. Vous fixez vos propres règles et trouvez entre vous une solution à vos différends – la plupart du temps en échangeant des mots, parfois des coups de poing. Plus de cinquante ans après, tu as tout oublié de la partie qui s'est déroulée cet après-midi-là, mais voici ce dont tu te souviens : on a fini de jouer et tu es debout tout seul au milieu du champ intérieur où tu t'amuses à attraper la balle, c'est-à-dire que tu la lances en chandelle et que tu suis sa montée et sa descente jusqu'à ce qu'elle atterrisse dans ton gant, à partir de quoi tu la renvoies immédiatement en l'air, et chaque fois que tu la lances elle monte plus haut que la fois précédente, de sorte qu'au bout de plusieurs lancers tu aboutis à des hauteurs inégalées, la balle plane maintenant dans les airs pendant de nombreuses secondes, petite boule blanche qui grimpe vers le ciel tout bleu, puis petite boule blanche qui tombe dans ton gant, et tout ton être est engagé dans cette activité bébête, ta concentration est totale, rien n'existe à part la balle, le ciel et ton gant, ce qui signifie que tu as le visage tourné vers le haut, que tu lèves les yeux tout en suivant la trajectoire de la balle et que tu n'es donc plus conscient de ce qui se passe au sol. Or, ce qui se produit au sol au moment où tu fixes le ciel, c'est que quelque chose ou quelqu'un vient te percuter de manière tout à fait inattendue, et l'impact est si violent, si irrésistible, que tu es aussitôt projeté par terre avec la sensation d'avoir été heurté par un tank. Ta tête, en particulier ton front, a reçu le plus gros du choc, mais ton torse a également été meurtri, et tandis que tu gis au sol en cherchant à reprendre souffle, étourdi et presque évanoui, tu t'aperçois que du sang coule de ton front – non, il ne coule pas, il jaillit, alors tu ôtes ton tee-shirt blanc pour le presser sur ce point de jaillissement, et, quelques secondes après, le tee-shirt blanc est entièrement rouge. Les autres garçons prennent peur. Ils accourent vers toi pour te porter secours de leur mieux, et c'est à ce moment-là seulement que tu découvres ce qui s'est passé. Il semble qu'un de tes copains, un gros balourd plutôt brave gars du nom de B. T. (tu n'as pas oublié son nom mais tu ne veux pas le divulguer ici car tu ne voudrais pas le mettre dans l'embarras – en admettant qu'il soit toujours en vie), ait été à ce point impressionné par tes lancers aux allures de gratte-ciel qu'il se soit mis dans *sa tête à lui* de prendre part à l'action et que, sans se soucier de te prévenir qu'il allait essayer de récupérer un de tes lancers, il ait entrepris de courir vers la balle qui descendait, la tête en l'air, bien entendu, et la bouche grande ouverte comme le balourd qu'il est (qui d'autre irait courir la bouche grande ouverte ?), de sorte que lorsqu'il t'a percuté au grand galop un instant plus tard, ses dents qui dépassaient de sa bouche ouverte se sont tout droit fichées dans *ta tête à toi*. D'où le sang qui jaillit de toi à présent, d'où la profondeur de l'entaille dans la peau au-dessus de ton œil gauche. Heureusement, le cabinet de ton médecin de famille se trouve juste de l'autre côté de la rue, dans une des maisons qui bordent Grove Park. Les garçons décident de t'y mener aussitôt, et donc, tenant contre ta tête ton tee-shirt ensanglanté, tu traverses le parc accompagné de tes copains qui sont peut-être quatre, peut-être six, tu ne t'en souviens plus, et vous déboulez en masse dans le cabinet du Dr Kohn. (Tu n'as pas oublié son nom, non plus que celui de ton institutrice de maternelle, Mlle Sandquist, ni celui d'aucun des autres enseignants que tu as eus enfant.) La secrétaire vous dit, à toi et à tes amis, que le Dr Kohn est avec un patient pour l'instant, mais avant qu'elle ait le temps de se lever pour annoncer au médecin qu'il doit s'occuper d'une urgence, tes amis et toi foncez dans le cabinet de consultation sans prendre la peine de frapper. Vous découvrez le Dr Kohn en train de parler à une femme grassouillette, d'âge mûr, assise sur la table d'examen et vêtue seulement d'un soutien-gorge et d'une combinaison. La femme pousse un petit cri de surprise, mais quand le Dr Kohn voit le sang qui jaillit de ton front, il demande à la femme de s'habiller et de partir, et à tes copains de s'éclipser, puis s'empresse de recoudre ta blessure. L'intervention est douloureuse parce que le temps manque pour procéder à une anesthésie, mais tu t'efforces de ne pas hurler pendant qu'il fait passer les points de suture à travers ta peau. Le travail qu'il accomplit n'est peut-être pas aussi exceptionnel que celui du médecin qui t'a recousu la joue en 1950, mais il est tout de même efficace puisque tu ne t'es pas vidé de ton sang et que tu n'as plus de trou dans la tête. Quelques jours plus tard, toi et tes camarades de dernière année participez à la cérémonie de fin d'école primaire. On t'a choisi comme porte-drapeau, ce qui veut dire que tu dois porter le drapeau américain le long d'une allée de l'amphithéâtre et le planter dans son support sur la scène. Tu as la tête bandée de gaze blanche, et comme le sang suinte encore de temps à autre des points de suture, une grande tache rouge s'étale sur la gaze blanche. Après la cérémonie, ta mère te dit que lorsque tu as marché dans l'allée avec le drapeau, tu lui as fait penser à un tableau représentant un héros de la Révolution blessé. Tu sais, dit-elle, celui de *L'Esprit de 1776*[1].

Ce qui fait pression sur toi, qui a toujours fait pression sur toi : l'extérieur, c'est-à-dire l'air ou, plus précisément, ton corps dans l'air qui t'entoure. La plante de tes pieds ancrée au sol, mais tout le reste de ton corps exposé à l'air : c'est là, dans ton corps, que toute l'histoire commence, et c'est aussi là, dans ton corps, que tout se terminera. Pour l'instant, tu penses au vent. Plus tard, si tu as le temps, tu penseras à la chaleur et au froid, aux infinies variétés de pluie, aux brouillards que tu as traversés en trébuchant comme un homme dépourvu d'yeux, à la mitraille démentielle des grêlons qui claquaient contre le toit en tuiles de la maison dans le Var. Mais c'est le vent qui requiert ton attention à présent, parce que l'air est rarement immobile, et que, au-delà du souffle de néant presque imperceptible qui parfois t'entoure, il y a les brises et les légers zéphyrs, les bourrasques soudaines et les rafales, les mistrals de trois jours que tu as endurés dans la maison au toit de tuiles,

1. Tableau peint par Archibald MacNeal Willard vers 1875. *(Toutes les notes sont du traducteur.)*

les vents de nord-est qui balayent la côte atlantique, les grains et les ouragans, les tornades. Et te voilà, vingt et un ans plus tôt, en train de marcher dans les rues d'Amsterdam pour te rendre à un événement qui a été annulé sans qu'on te prévienne, soucieux de dûment honorer l'engagement que tu as pris, dehors, au milieu de ce qu'on appellera plus tard *la tempête du siècle*, un ouragan si intense et si cinglant que, moins d'une heure après que ton entêtement malavisé t'a décidé à t'aventurer à l'extérieur, de grands arbres seront déracinés partout dans la ville, des cheminées seront précipitées au sol, des voitures garées seront soulevées et voleront dans les airs. Tu marches face au vent, tentant d'avancer sur le trottoir, mais malgré tous tes efforts pour arriver là où tu dois aller, tu es incapable de bouger. Le vent fait rage contre toi, et pendant la minute et demie qui suit, tu es coincé.

Tes mains sur le Ha'penny Bridge de Dublin, il y a treize janviers de cela, la nuit après un autre ouragan avec des pointes de cent soixante kilomètres-heure. C'est la dernière nuit d'un film que tu diriges depuis deux mois, la dernière scène, l'ultime prise de vue : il s'agit simplement de pointer la caméra sur la main gantée de ton actrice principale au moment où elle tournera son poignet et laissera tomber un petit caillou dans les eaux de la Liffey. Ce n'est rien, aucune prise de vue n'a demandé moins d'effort ou d'inventivité durant tout le film, mais te voilà dans l'humidité et l'obscurité de cette nuit battue par les vents, épuisé comme jamais au bout de neuf semaines de travail éreintant sur une production grevée par d'innombrables problèmes (de budget, de syndicats, de lieux, de météo), ayant perdu sept kilos depuis le début du tournage, et maintenant, après être resté des heures debout sur le pont avec ton équipe dans cet air irlandais moite et glacial qui s'est infiltré jusque dans tes os, survient le moment, juste avant la prise de vue finale, où tu te rends compte que tu as les mains gelées, que tu ne peux plus bouger les doigts, que tes mains sont devenues deux blocs de glace. Pourquoi ne portes-tu pas de gants ? te demandes-tu, mais c'est une question à laquelle tu es incapable de répondre parce que tu n'as jamais songé à des gants lorsque tu as quitté l'hôtel pour te rendre sur le pont. Tu filmes quand même la dernière scène encore une fois, après quoi, vous vous rendez, toi, ton producteur, ton actrice, l'ami de ton actrice et plusieurs membres de l'équipe, dans un pub proche pour vous dégeler et fêter l'achèvement du film. Le pub est plein de monde, absolument bondé, c'est une chambre de réverbération bourrée de gens qui hurlent, braillent et tanguent dans une sorte d'allégresse apocalyptique, mais une table ayant été réservée pour toi et tes amis, tu peux t'asseoir et, dès que ton corps entre en contact avec la chaise, tu te rends compte que tu es lessivé, vidé de toute énergie physique, de toute énergie émotionnelle, éreinté à un point que tu n'aurais jamais cru possible, tellement écrasé que tu as l'impression que tu risques d'éclater en sanglots d'un moment à l'autre. Tu commandes un whisky, et quand tu saisis le verre pour le porter à tes lèvres, tu reprends courage en remarquant que tes doigts sont de nouveau capables de bouger. Tu commandes un deuxième whisky, puis un troisième, puis un quatrième, et soudain tu t'endors. Malgré l'agitation frénétique qui t'entoure, tu réussis à continuer à dormir jusqu'à ce que ton brave producteur te remette sur tes pieds et, en te tirant et te portant à moitié, te ramène à ton hôtel.

Oui, tu bois trop et tu fumes trop, tu as perdu des dents sans te soucier de les faire remplacer, ton régime alimentaire n'obéit pas aux préceptes de la sagesse nutritionnelle contemporaine, mais si tu évites la plupart des légumes, c'est simplement parce que tu ne les aimes pas et que tu trouves difficile, sinon impossible, de manger ce que tu n'aimes pas. Tu sais que ta femme s'inquiète à ton sujet, surtout en ce qui concerne ta consommation de tabac et d'alcool, mais par bonheur, jusqu'à présent, aucune radio n'a révélé de dégâts dans tes bronches, aucun test sanguin n'a montré que ton foie ait subi des ravages, et donc tu persistes dans tes exécrables habitudes tout en sachant pertinemment qu'elles finiront par provoquer en toi de graves dommages, mais plus tu vieillis et moins il est probable que tu auras un jour la volonté ou le courage de renoncer à tes chers petits cigares et aux fréquents verres de vin qui t'ont procuré tant de plaisir au fil des ans, et tu te dis parfois que si tu devais les chasser de ta vie à ce stade tardif, ton corps s'effondrerait, tout simplement, que ton système cesserait de fonctionner. Il ne fait aucun doute que tu es un individu imparfait et blessé, un homme qui porte en lui une blessure depuis le tout début (pourquoi, sinon, aurais-tu passé toute ta vie d'adulte à verser ce sang de mots sur une page ?), et les avantages que tu retires de l'alcool et du tabac te servent de béquilles pour que ton moi puisse tenir debout et se déplacer dans le monde. De l'*automédication*, comme dit ta femme. Contrairement à la mère de ta mère, elle ne souhaite pas que tu sois différent. Ta femme tolère tes faiblesses sans maugréer ni t'accabler de reproches, et si elle s'inquiète, c'est seulement parce qu'elle voudrait que tu vives éternellement. Quand tu fais le compte des raisons qui t'ont conduit à la garder près de toi pendant tant d'années, celle-là y figure à coup sûr – c'est l'une des étoiles qui brillent dans la vaste constellation de l'amour durable.

Il va sans dire que tu tousses, surtout la nuit quand ton corps est en position horizontale, et par une de ces nuits où tes conduits respiratoires sont excessivement encombrés, tu sors du lit, tu vas dans une autre pièce et tu te mets à tousser comme un fou jusqu'à ce que tu aies expectoré toutes les saletés. Selon ton ami Spiegelman (le fumeur le plus acharné que tu connaisses), chaque fois qu'on lui demande pourquoi il fume, il répond invariablement : "Parce que j'aime tousser."

1952. Cinq ans. Tout nu dans le bain, seul car désormais assez grand pour te laver toi-même, et alors que tu es allongé dans l'eau tiède, ton attention est soudain attirée par ton pénis qui pointe hors de l'eau. Jusqu'ici, tu n'as jamais vu ton pénis que de dessus, quand tu étais debout et regardais vers le bas, mais, vu sous ce nouvel angle, à peu près à hauteur d'yeux, tu t'avises que le bout de ton organe mâle circoncis ressemble étonnamment à un casque. À un casque d'autrefois, comme en portaient les pompiers à la fin du XIXe siècle. Cette découverte te fait plaisir, car, à ce stade de ta vie, ta plus grande ambition est de devenir pompier quand tu seras grand, profession que tu estimes être la plus héroïque au monde (ce qui ne fait pas l'ombre d'un doute), et ça tombe donc on ne peut mieux que ta personne même s'orne du blason d'un casque de pompier miniature, et, qui plus est, sur la partie de ton corps qui ressemble à un tuyau et fonctionne comme tel.

Les innombrables moments difficiles que tu as connus au cours de ta vie, les moments désespérés où tu as éprouvé un besoin urgent, irrésistible de vider ta vessie alors qu'il n'y avait pas de toilettes à disposition – par exemple, quand tu t'es trouvé coincé dans la circulation ou assis dans une rame de métro bloquée entre deux stations et que tu as souffert le martyre pour t'obliger à *te retenir*. C'est le dilemme universel dont jamais personne ne parle, et pourtant tout un chacun est passé par là une fois ou l'autre, tout un chacun a vécu ces instants, et bien qu'il n'y ait pas d'exemple de souffrance humaine plus comique que celle d'une vessie pleine à éclater, on a tendance à ne pas rire de ce genre d'incident avant d'avoir réussi à se soulager – car, au-delà de trois ans, quel individu souhaiterait mouiller son pantalon en public ? C'est pourquoi tu n'oublieras jamais ces paroles qui furent les dernières reçues par un de tes amis de son père mourant : "Souviens-toi, Charlie, de ne jamais laisser passer une occasion de pisser." C'est ainsi que se transmet, d'une génération à la suivante, la sagesse des siècles.

Toujours 1952, et tu te trouves sur le siège arrière de la voiture familiale, la DeSoto bleue, modèle 1950, que ton père a ramenée à la maison le jour de la naissance de ta sœur. Ta mère conduit, et vous roulez depuis quelque temps ; d'où vous venez, tu ne t'en souviens plus, mais vous êtes sur le chemin du retour, à dix ou quinze minutes de la maison, pas plus, et ça fait un petit moment que tu as envie de faire pipi ; la pression dans ta vessie n'a cessé d'augmenter régulièrement et tu es maintenant en train de te tordre sur le siège arrière, jambes croisées, la main plaquée sur ton entrejambe, pas très sûr de pouvoir encore te contenir longtemps. Tu dis à ta mère dans quelle situation difficile tu te trouves, et elle te demande si tu peux encore tenir dix minutes. Non, lui dis-tu, tu ne le crois pas. Dans ce cas, répond-elle, comme on ne peut s'arrêter nulle part entre ici et la maison, tu n'as qu'à faire pipi dans ton pantalon. La proposition te paraît si radicale, elle constitue une telle trahison de ce que tu considères comme ton indépendance virile durement gagnée, que c'est à peine si tu en crois tes oreilles. Dans mon pantalon ? lui demandes-tu. Oui, dans ton pantalon, dit-elle. Qu'est-ce que ça peut faire ? On jettera tes vêtements au linge sale dès qu'on arrivera à la maison. Et c'est ce qui se produit, avec l'approbation explicite et entière de ta mère : tu pisses dans ton pantalon pour la dernière fois.

Cinquante ans plus tard, te voilà dans une autre voiture – de location cette fois, car tu n'en possèdes pas –, une Toyota Corolla flambant neuve que tu conduis depuis trois heures pour rentrer du Connecticut chez toi, à Brooklyn. On est en août 2002. Tu as cinquante-cinq ans et tu conduis depuis l'âge de dix-sept ans, toujours avec adresse et confiance en toi, et tous ceux qui sont montés en voiture avec toi te connaissent comme un *bon conducteur* qui, en près de quarante ans de volant, n'a pas eu un seul accident hormis une aile éraflée. Ta femme est devant avec toi, assise à ta droite, et sur la banquette arrière, ta fille de quinze ans (qui vient juste de terminer un cours d'art dramatique proposé pendant l'été par une école du Connecticut), dort, étalée sur les couettes et les oreillers qui lui servent de literie depuis un mois. Sur cette même banquette dort également ton chien, le bâtard errant et mal en point que ta fille et toi avez trouvé dans la rue et ramené chez vous il y a huit ans, que vous avez appelé Jack (comme Jack Wilton, le héros du livre de Nashe *The Unfortunate Traveller*[1]) et qui, depuis lors, est un membre bien aimé de la famille, nonobstant son tempérament fantasque. Ta femme qui se fait du souci pour bien des choses ne s'est jamais inquiétée de ta façon de conduire et t'a même souvent félicité pour la manière dont tu te débrouilles dans diverses situations, notamment pour dépasser d'autres voitures sur autoroute, t'extraire d'un écheveau de rues citadines ou négocier les virages en lacets de petites routes de campagne. Aujourd'hui, cependant, elle sent que quelque chose ne va pas, que tu ne te concentres pas comme il faut, que ton rythme est légèrement décalé, et elle t'a répété de bien faire attention. Tu devrais savoir, maintenant, qu'il vaut mieux ne pas mettre en doute le bien-fondé des paroles de ta femme, car elle a l'étrange pouvoir de lire dans les pensées des autres, de voir à l'intérieur de leur âme, de flairer les courants cachés à l'œuvre sous quelque situation humaine que ce soit, et maintes et maintes fois tu t'es émerveillé de

1. Célèbre récit picaresque publié en Angleterre en 1594.

constater à quel point son instinct était précis. Mais, ce jour-là, elle manifeste une telle inquiétude que ça commence à te taper sur les nerfs. Est-ce que tu n'es pas réputé pour être *bon conducteur* ? lui demandes-tu. As-tu jamais eu un accident ? Ferais-tu quoi que ce soit qui puisse mettre en péril la vie de ceux que tu aimes le plus au monde ? Non, répond-elle, certainement pas, elle ne sait pas ce qui lui a pris, et quand vous arrivez au péage de Triborough Bridge, tu lui dis : Regarde, nous voilà à New York, pratiquement à la maison, et elle promet alors de ne plus dire un mot sur ta façon de conduire. Mais quelque chose ne va pas, même si tu refuses de l'admettre, car on est en 2002 : il t'est arrivé tant de choses, en cette année pleine de sinistres surprises, pourquoi ne perdrais-tu pas, soudain et sans explication, ta maîtrise du volant ? Le pire ayant été la mort de ta mère au milieu du mois de mai (crise cardiaque) qui t'a laissé sonné non parce que tu ignorais qu'à soixante-dix-sept ans on peut mourir sans prévenir, mais parce qu'elle semblait être en bonne santé et que la veille même du dernier jour de sa vie tu lui as parlé au téléphone, qu'elle était pleine d'allant, plaisantait et racontait des histoires si drôles qu'après avoir raccroché tu as dit à ta femme : "Elle n'a jamais eu l'air aussi joyeux depuis des années." Si le pire a donc bien été la mort de ta mère, il y a également eu le caillot de sang qui s'est formé dans ta jambe gauche pendant les neuf heures d'un vol en classe économique pour Copenhague, au début de février, lequel t'a obligé à rester allongé sur le dos pendant des semaines puis à marcher avec une canne pendant plusieurs mois, sans parler des ennuis que tu as eus aux yeux, d'abord une déchirure de la cornée de ton œil gauche, puis celle de ta cornée droite quelques semaines plus tard, suivies par de nouvelles déchirures survenant de manière répétée tout à fait au hasard dans l'un ou l'autre durant ces derniers mois, les dégâts se produisant toujours pendant ton sommeil, ce qui veut dire que tu ne peux rien faire pour les prévenir (puisque la crème prescrite par ton ophtalmologiste est restée sans effet), et ces matins où tu te réveilles avec encore une fois une déchirure dans la cornée, la douleur est atroce, l'œil étant sans conteste la partie du corps la plus sensible et la plus vulnérable, et une fois que tu as instillé les gouttes contre la douleur qui t'ont été prescrites pour ce genre d'urgence, il faut en général entre deux et quatre heures avant que la douleur ne commence à disparaître, laps de temps pendant lequel tu ne peux rien faire d'autre que rester assis avec un gant de toilette froid posé sur l'œil blessé – œil que tu gardes fermé, car l'ouvrir te ferait le même effet que si on t'enfonçait une aiguille dedans. Donc six mois de *jambe en classe économique,* assortis d'un problème chronique d'*abrasion de la cornée,* mais aussi la première crise de panique grandeur nature de toute ta vie, survenue deux jours après la mort de ta mère et accompagnée de nouvelles crises dans les jours qui ont suivi, de sorte que, depuis quelque temps, tu as l'impression de te désintégrer, que toi qui jadis étais une véritable force de la nature capable de résister à tous les assauts venant du dehors ou du dedans, toi qui étais imperméable aux misères somatiques et psychologiques qui accablent le reste de l'humanité n'es plus du tout quelqu'un de fort, désormais, et que tu te transformes rapidement en épave débile. Ton médecin de famille t'a prescrit des comprimés pour maintenir les crises de panique sous contrôle, et il se peut que ces médicaments aient amoindri tes capacités de conducteur cet après-midi – mais cela te paraît peu probable, parce qu'il t'est déjà arrivé de conduire après avoir pris ce médicament, et ni toi ni ta femme n'avez perçu la moindre différence. Amoindri ou pas, tu viens de dépasser le péage de Triborough Bridge pour t'engager dans la dernière étape du trajet en direction de chez toi et, tout en traversant la ville, tu ne songes plus à ta mère, à tes yeux, à ta jambe ou aux comprimés que tu as avalés pour écarter tes crises de panique. Tu ne penses qu'à la voiture et aux trois quarts d'heure qu'il va te falloir pour rejoindre votre maison de Brooklyn, et maintenant que ta femme s'est tranquillisée et ne semble plus s'inquiéter de ta façon de conduire, tu es calme toi aussi, et il ne se passe rien d'extraordinaire durant les kilomètres qui séparent le pont des abords de ton quartier. Certes, tu as envie de pisser, ta vessie t'envoie des signaux depuis vingt minutes, des messages de détresse de plus en plus fréquents et urgents, et par conséquent tu roules peut-être un peu plus vite que tu ne devrais, étant donné que tu es doublement désireux d'arriver à la maison – d'abord pour te retrouver simplement chez toi, bien sûr, et, du même coup, connaître le soulagement de sortir enfin de l'espace confiné de la voiture, mais aussi parce qu'être chez toi te permettra de courir à l'étage jusqu'aux toilettes pour enfin *te* soulager, et même si tu te presses un petit peu plus que tu ne devrais, tout va bien et tu n'es maintenant qu'à deux minutes et demie de la rue où tu habites. La voiture suit Fourth Avenue, bordée ici par de vilains immeubles d'habitation délabrés et des entrepôts vides, et dans la mesure où peu de gens circulent à pied dans ce secteur, il est rare que les conducteurs aient à se soucier de piétons qui viendraient à traverser. De surcroît, les feux restent au vert plus longtemps que dans la plupart des autres avenues, ce qui encourage les automobilistes à rouler vite, trop vite, souvent bien au-delà de la vitesse autorisée. Ce qui ne pose pas de problème si on file tout droit (c'est pourquoi, finalement, tu as choisi cet itinéraire : parce qu'il te permettra d'arriver chez toi plus vite que n'importe quel autre), mais il arrive que la densité de la circulation rende risqué de prendre une rue à gauche, car il faut tourner pendant que le feu est vert, mais s'il est vert pour toi il l'est aussi pour les véhicules qui foncent vers toi en sens inverse. Maintenant, alors que tu atteins le croisement de Fourth Avenue et de Third Street – c'est là que tu dois tourner à gauche pour aller chez toi –, tu marques un temps d'arrêt en attendant le moment de t'engager et tu oublies soudain la leçon que t'a donnée ton père quand il t'a appris à conduire il y a presque quarante ans. S'il était lui-même un conducteur aussi catastrophique qu'incompétent, un automobiliste distrait, tête en l'air, qui frôlait le désastre chaque fois qu'il mettait la clé dans le contact, il excellait, en dépit de toutes ses insuffisances au volant, à faire la leçon aux autres, et le meilleur conseil qu'il t'ait donné était celui-ci : Conduis de manière défensive ; pars du principe que sur la route tous les autres sont stupides et cinglés ; ne considère rien comme acquis d'avance. Ces paroles, tu les as toujours gardées très présentes à l'esprit, et pendant toutes ces années tu t'en es bien trouvé, mais à présent, parce que tu as un besoin urgent de vider ta vessie, ou parce qu'un comprimé a affecté ton jugement, ou parce que tu es fatigué et que ton attention s'est relâchée, ou encore parce que tu t'es transformé en épave *débile*, tu décides impulsivement de prendre un risque, c'est-à-dire de passer à l'offensive. Un fourgon marron arrive vers toi. Il va vite, certes, mais, selon toi, pas à plus de soixante-dix kilomètres-heure, quatre-vingts au maximum, et après avoir évalué la distance entre l'endroit où tu es arrêté et le fourgon en prenant en compte la vitesse de ce dernier, tu es sûr de pouvoir effectuer le virage à gauche et de traverser le carrefour sans problème, mais uniquement si tu agis vite et si tu appuies *tout de suite* sur l'accélérateur. Tes calculs, cependant, reposent sur l'idée que le fourgon roule à soixante-dix ou quatre-vingts kilomètres-heure, ce qui, en réalité, est faux. Il va plus vite que ça : quatre-vingt-quinze, au moins, voire cent cinq, et par conséquent, au moment où tu tournes à gauche et commences à traverser rapidement le carrefour, voici que le fourgon, contre toute attente, se trouve soudain à ta hauteur ; et parce que tu regardes devant toi et pas à droite, tu ne le vois pas venir s'écraser contre ta voiture – une collision à angle droit, directement dans la portière côté passager, le côté où ta femme est assise. L'impact est tonitruant, convulsif, cataclysmique – une explosion si bruyante qu'elle pourrait signer la fin du monde. Tu as l'impression que Zeus a lancé la foudre sur toi et ta famille, et, un instant plus tard, la voiture, impossible à maîtriser, se met à tournoyer, à pivoter follement en dévalant la rue jusqu'à ce qu'elle vienne heurter un réverbère en métal contre lequel, dans un grand choc, elle marque abruptement l'arrêt. Après quoi tout devient alors silencieux, l'univers entier est enveloppé de silence, et quand tu finis par pouvoir penser de nouveau, c'est d'abord pour te dire que tu es vivant. Tu regardes ta femme et tu vois qu'elle a les yeux ouverts, qu'elle respire et qu'elle est donc vivante elle aussi, et puis tu te retournes pour regarder ta fille à l'arrière, et elle aussi est vivante, propulsée hors des profondeurs de son sommeil par le double choc du fourgon et du réverbère, assise toute droite, en train de te fixer avec de grands yeux perplexes, et ses lèvres sont les plus blanches que tu aies jamais vues, aussi blanches que le papier sur lequel tu écris en ce moment, et tu comprends qu'elle a été sauvée par les couettes et les coussins sur lesquels elle dormait, sauvée du fait que quand on dort on a les muscles complètement relâchés, et que par conséquent elle n'a pas d'os brisés, que sa tête n'a été projetée contre aucune surface rigide et que tout ira bien pour elle, tout va bien, et c'est la même chose pour le chien qui dormait lui aussi sur les couettes et les coussins. Alors tu te retournes de nouveau vers ta femme – c'était elle qui était le plus près du point d'impact – et, à la façon dont elle est assise à ton côté, si immobile, si muette, si absente de tout ce qui l'entoure, tu crains que sa nuque n'ait été brisée, sa longue et mince nuque, cette nuque superbe qui est l'authentique emblème de son extraordinaire beauté. Tu lui demandes comment elle se sent, si elle a mal, et si oui, où, mais quand elle parvient à te répondre ses paroles sont à ce point étouffées, prononcées à voix si basse que tu n'arrives pas à entendre ce qu'elle dit. À ce moment-là, tu viens de prendre conscience de bruits autour de la voiture : il se passe des choses autour de vous, plusieurs choses en même temps, parmi lesquelles se détache la voix suraiguë de la conductrice du fourgon qui fait des bonds sur la chaussée tout en t'insultant furieusement pour avoir provoqué cet accident. (Tu apprendras plus tard qu'elle conduisait sans permis, que le fourgon ne lui appartenait pas et qu'elle avait eu à plusieurs reprises des ennuis avec la police – ce qui pourrait expliquer la violence de sa colère, tant elle redoutait de s'attirer les foudres de la loi –, mais au moment où elle te hurle dessus, c'est son égoïsme qui te terrifie, tu es stupéfait de voir qu'elle ne prend même pas la peine de demander si toi et ta famille n'êtes pas blessés.) Comme pour effacer le comportement écœurant de cette femme (laquelle, pour reprendre les termes de ton père, est à la fois stupide et cinglée), un petit miracle se produit alors. Un homme marche dans Fourth Avenue, le seul piéton sur une voie où il n'y en a pas d'habitude, et, contre toute raison, toute logique et toute hypothèse sur la manière dont le monde est censé fonctionner, cet homme porte une blouse blanche d'hôpital : c'est un jeune médecin originaire d'Inde, à la peau lisse et brune et au visage d'une exceptionnelle beauté, qui, après avoir vu ce qui vient de se passer, s'approche de votre voiture et se met calmement à parler à ta femme. Il n'y a plus de vitre à la portière, ce qui lui permet de se pencher à l'intérieur et de lui parler d'une voix basse, de sa voix apaisante d'Indien, et, quand tu l'entends poser toutes les questions habituelles d'un neurologiste à un patient – Comment vous appelez-vous ? Quel jour sommes-nous ? Qui est le président ? –, tu comprends qu'il fait tout ce qu'il peut pour qu'elle demeure consciente, pour l'empêcher de sombrer dans un état de choc profond. Étant donné l'impact de la collision, tu n'es pas étonné que pour l'instant elle ne soit plus en mesure de voir les couleurs et que le monde devant ses yeux ne soit plus pour elle qu'en noir et blanc. Le médecin – ce n'est pas une apparition, mais un homme en chair et en os (pourtant, comment ne pas penser à lui comme à quelque esprit divin venu sauver ta femme ?) – reste auprès d'elle jusqu'à l'arrivée de l'ambulance et de l'équipe d'aide médicale d'urgence. Toi, ta fille et Jack avez déjà quitté la voiture, mais ta femme ne doit pas bouger, tout le monde s'inquiète qu'elle puisse avoir le cou brisé, et tandis que tu restes debout à regarder les pompiers découper la portière avant droite avec un instrument qu'ils appellent *mâchoires de vie,* tu examines le véhicule démoli sans arriver à comprendre comment vous pouvez tous encore être là en train de respirer. La voiture a l'air d'un insecte écrasé. Les quatre pneus sont à plat, sortis de leur jante, tordus, le côté droit est enfoncé, et l'arrière, dont tu te rends compte à présent que c'est la partie du véhicule qui a heurté le réverbère, est complètement ratatiné, tout le verre de la lunette arrière ayant aussi disparu. Lentement, les auxiliaires médicaux attachent ta femme sur une planche pour la maintenir immobile, puis ils la glissent dans une ambulance ; toi et ta fille êtes dirigés vers une autre ambulance, et vous partez tous pour le service de traumatologie du Lutheran Medical Center de Bay Ridge. Après deux scanners et un certain nombre de radiographies, les médecins annoncent qu'il n'y a de fracture ni dans le cou ni dans le dos de ta femme. Heureux, tous, vous êtes tous heureux à ce moment-là même si vous avez frôlé la mort, et quand vous quittez l'hôpital ensemble, ta femme rapporte en plaisantant que le médecin en charge du scanner lui a dit qu'elle avait la nuque la plus parfaite et la plus belle qu'il ait jamais vue.

Huit ans et demi se sont écoulés depuis ce jour-là, et pas une seule fois ta femme ne t'a reproché cet accident. Elle dit que la conductrice du fourgon roulait trop vite et qu'elle était donc entièrement responsable de ce qui s'est passé. Mais tu te gardes bien de t'exonérer toi-même de toute faute. Oui, cette femme roulait trop vite, mais, au bout du compte, ce n'est pas vraiment ce qui compte. Tu as pris un risque que tu n'aurais pas dû prendre, et cette erreur de jugement continue à t'emplir de honte. C'est pourquoi tu as fait le vœu de cesser de conduire lorsque tu es sorti de l'hôpital, c'est pourquoi tu ne t'es pas retrouvé derrière le volant d'une voiture depuis le jour où tu as failli tuer ta famille. Ce n'est pas que tu n'aies plus confiance en toi, mais c'est que tu as honte, parce que tu comprends que pendant un instant qui a failli être fatal tu as été tout aussi stupide et cinglé que la femme qui vous a percutés.

Deux ans après la collision, tu te trouves dans la petite ville française d'Arles, sur le point de lire en public des extraits d'un de tes livres. Sera sur scène avec toi l'acteur Jean-Louis Trintignant (un ami de ton éditeur) qui lira dans leur traduction française les passages que tu auras lus en anglais. Une double lecture, comme souvent à l'étranger quand le public n'est pas bilingue, et vous deux alternerez à chaque paragraphe, parcourant en tandem les pages que tu as choisies pour l'occasion. Tu es content d'être en compagnie de Trintignant ce soir, car tu tiens sa façon de jouer en haute estime, et quand tu penses aux films dans lesquels tu l'as vu (*Le Conformiste* de Bertolucci, *Ma nuit chez Maud* d'Éric Rohmer, *Vivement dimanche!* de Truffaut, *Rouge* de Kieslowski, pour ne citer que quelques-uns de tes préférés), tu aurais du mal à nommer un autre acteur européen dont tu admirerais davantage le travail. Tu éprouves aussi pour lui une immense compassion depuis que tu as appris le meurtre brutal de sa fille, très médiatisé il y a quelques années, et tu es profondément conscient des terribles souffrances qu'il a traversées et qu'il continue à endurer. Comme nombre des acteurs que tu connais et avec lesquels tu as travaillé, Trintignant est quelqu'un de réservé et de timide. Il émane certes de lui une aura de bonne volonté et de sympathie, mais en même temps il est replié sur lui-même : c'est un homme qui a du mal à parler aux autres. Pour l'heure, vous êtes tous deux sur scène en train de répéter, seuls dans la grande église – ou plutôt l'ancienne église – où la lecture de ce soir aura lieu. Tu es impressionné par le timbre de la voix de Trintignant et sa résonance, qualités qui distinguent les grands acteurs de ceux qui ne sont que bons, et tu éprouves un plaisir immense à entendre les mots que tu as écrits (non, pas tout à fait les tiens, mais tes mots traduits dans une autre langue) transmis par l'instrument de cette voix exceptionnelle. À un moment, à propos de rien, Trintignant se tourne vers toi et te demande ton âge. Cinquante-sept ans, lui dis-tu, et après un bref silence, tu lui demandes le sien. Soixante-quatorze, répond-il, et puis, après un autre petit silence, vous vous remettez tous deux au travail. Après la répétition, on te conduit avec

Trintignant dans une pièce, quelque part dans cette église, en attendant que le public soit assis et que la lecture puisse commencer. Il y a d'autres personnes dans la pièce avec vous, divers membres de l'équipe de la maison qui publie ton œuvre, la personne qui organise la soirée, des amis anonymes de gens que tu ne connais pas, peut-être en tout une douzaine d'hommes et de femmes. Tu es assis dans un fauteuil sans parler à personne, juste assis en silence à regarder les gens dans la pièce, et tu vois Trintignant, à quelque trois mètres de toi, lui aussi assis, en silence, qui regarde le plancher, le menton posé dans la main, apparemment perdu dans ses pensées. Il finit par lever la tête, croise ton regard et déclare avec un sérieux et une gravité inattendus : "Paul, il y a juste une chose que je voudrais vous dire. À cinquante-sept ans, je me sentais vieux. Maintenant, à soixante-quatorze ans, je me sens beaucoup plus jeune qu'à l'époque." Sa remarque te trouble. Tu n'as aucune idée de ce qu'il essaye de te transmettre, mais tu sens que c'est important pour lui, qu'il s'efforce de partager avec toi quelque chose qui revêt une importance vitale, et c'est la raison pour laquelle tu ne lui demandes pas d'expliquer ce qu'il veut dire. Depuis près de sept ans, à présent, tu n'as cessé de peser ses paroles, et bien que tu ne saches toujours pas comment les interpréter exactement, il y a eu de brèves lueurs, de tout petits moments pendant lesquels tu as eu l'impression d'avoir presque pénétré la vérité de ce qu'il te disait. Il se peut que ce soit quelque chose d'aussi simple que ceci : qu'un homme a davantage peur de la mort à cinquante-sept ans qu'à soixante-quatorze. Ou peut-être a-t-il vu en toi quelque chose qui l'a inquiété : les traces encore présentes de ce qui t'était arrivé pendant les mois horribles de l'année 2002. Car, c'est un fait, tu te sens plus robuste maintenant, à soixante-trois ans, qu'à cinquante-cinq. Le problème de ta jambe a disparu depuis longtemps. Il y a des années que tu n'as plus eu de crise de panique, et tes yeux, même s'ils se manifestent encore de temps à autre, le font beaucoup moins fréquemment que par le passé. Relevons encore ceci : aucun nouvel accident de voiture, et aucun autre parent dont tu doives porter le deuil.

Il y a trente-deux ans ce jour, soit la moitié de ta vie à la minute près, la nouvelle que ton père était mort la nuit précédente – encore une nuit de janvier pleine de neige, exactement comme celle-ci, avec le même vent froid, la même tempête, oui, tout est pareil, le temps passe et ne passe pas, tout est différent et pourtant tout est pareil, et non, il n'a pas eu la chance d'arriver à soixante-quatorze ans. Soixante-six ans, et comme tu avais toujours été certain qu'il vivrait jusqu'à un âge avancé, tu n'as jamais trouvé urgent de dissiper la brume qui avait toujours flotté entre vous, et, par conséquent, quand l'évidence de sa mort soudaine, inattendue, s'est finalement imposée à toi, il t'est resté une sensation de tâche non terminée, une frustration sourde de choses non dites, d'occasions ratées à jamais. Il est mort dans son lit en faisant l'amour avec sa compagne – un homme en pleine santé que son cœur a inexplicablement lâché. Au cours des années qui ont suivi ce jour de janvier 1979, nombreux ont été les hommes qui t'ont assuré que c'était la meilleure façon de partir (la petite mort transformée en mort réelle), mais aucune femme n'a jamais dit une chose pareille, et toi tu estimes que c'est une horrible façon de s'en aller ; et quand tu revois l'amie de ton père lors des funérailles, l'état de choc qui se lit dans ses yeux (oui, t'a-t-elle dit, c'était vraiment horrible, la chose la plus horrible qu'elle ait jamais vécue), tu pries le ciel que jamais pareille chose n'advienne à ta femme. Voilà trente-deux ans aujourd'hui, et tu n'as cessé, depuis, de regretter ce départ trop abrupt, car ton père n'a pas vécu assez longtemps pour voir que son maladroit de fils, tellement dépourvu d'esprit pratique, n'avait pas échoué à l'hospice des pauvres, comme il l'avait toujours craint pour toi ; mais il lui aurait fallu encore plusieurs années avant de le comprendre, et tu te sens triste en pensant qu'au moment où ton père âgé de soixante-six ans mourait dans les bras de son amie, tu en étais encore à te démener sur tous les fronts, à bouffer encore de la vache enragée.

Non, tu ne veux pas mourir, et alors même que tu t'approches de l'âge qu'avait ton père quand sa vie a pris fin, tu n'as pas pris contact avec tel ou tel cimetière pour t'occuper de ta concession funéraire, tu n'as donné aucun des livres que tu es certain de ne jamais relire et tu n'as pas commencé à t'éclaircir la gorge pour faire tes adieux. Néanmoins, il y a treize ans de cela, juste un mois après ton cinquantième anniversaire, alors qu'assis dans ton bureau du rez-de-chaussée tu déjeunais d'un sandwich au thon, tu as connu ce que tu appelles désormais ta fausse crise cardiaque, l'assaut d'une douleur de plus en plus forte qui s'est étendue à toute ta poitrine puis le long de ton bras gauche avant d'envahir ta mâchoire – les symptômes classiques de bouleversement et de destruction cardiaques, de l'infarctus du myocarde tant redouté, capable de mettre fin en quelques minutes à la vie d'un homme – et, tandis que la douleur continuait à monter pour atteindre des niveaux toujours plus élevés de force incendiaire, qu'elle brûlait l'intérieur de ton corps et mettait ta poitrine en feu, tu as été pris de faiblesse et de vertige, tu t'es levé en titubant et, lentement, tu as gravi l'escalier en agrippant la rampe des deux mains avant de t'effondrer sur le palier du salon en même temps que tu appelais ta femme d'une voix faible, à peine audible. Elle est arrivée en courant de l'étage au-dessus, et quand elle t'a vu là, allongé sur le dos, elle t'a pris dans ses bras et serré contre elle en te demandant où tu avais mal, elle t'a dit qu'elle allait appeler le médecin, et quand tu as levé les yeux vers son visage tu as été persuadé que tu étais sur le point de mourir, car une douleur d'une telle intensité ne pouvait signifier que la mort, et la chose bizarre – peut-être ne t'est-il même jamais rien arrivé d'aussi bizarre –, c'est que tu n'avais pas peur : en fait, tu étais calme, tu acceptais totalement l'idée que tu allais quitter ce monde et tu te disais : Ça y est, maintenant tu vas mourir, et peut-être la mort n'est-elle pas aussi terrible que tu l'avais cru, car te voilà dans les bras de la femme que tu aimes, et s'il te faut t'en aller à présent, estime-toi heureux d'avoir vécu aussi longtemps que cinquante ans. On t'a emmené à l'hôpital, on t'a gardé pour la nuit dans un lit de la salle des urgences où l'on t'a fait des analyses de sang toutes les quatre heures, et le lendemain matin la crise cardiaque n'était plus qu'une inflammation de l'œsophage sans doute aggravée par la forte dose de jus de citron qui se trouvait dans ton sandwich. Ta vie t'avait été rendue, ton cœur était en bon état et battait normalement, et, outre toutes ces bonnes nouvelles, tu avais appris que la mort était quelque chose qui n'était désormais plus à craindre, que lorsque vient le moment de mourir, l'être de celui qui meurt passe dans une autre zone de conscience, et il se trouve en mesure de l'accepter. Du moins l'as-tu cru. Cinq ans plus tard, quand tu as subi la première de tes crises de panique – celle, aussi soudaine que monstrueuse, qui a déchiré tout ton corps et t'a jeté au sol –, tu n'étais absolument pas dans le calme ou l'acceptation. Là encore, tu as cru que tu allais mourir, mais cette fois tu as hurlé de terreur, en butte à un effroi tel que tu n'en avais jamais connu de ta vie. Voilà donc pour les autres zones de conscience et pour les sorties tranquilles de cette vallée de larmes. Allongé par terre, tu as hurlé, braillé à pleins poumons, parce que la mort était en toi et que tu ne voulais pas mourir.

De la neige : tellement de neige pendant ces derniers jours et ces dernières semaines qu'il en est tombé sur New York un mètre quarante-deux en moins d'un mois. Huit tempêtes, neuf, tu as fini par ne plus pouvoir les compter, et pendant tout le mois de janvier, la mélodie la plus entendue à Brooklyn a été la musique des pelles raclant les trottoirs et les épaisses plaques de glace. Un froid démesuré (moins seize un matin), de la bruine et du crachin, de la brume et de la neige fondue, des vents toujours agressifs, mais surtout une nouvelle neige qui ne fondra pas, et, à mesure que les tempêtes s'abattent en succession, les buissons dans le jardin derrière chez toi arborent tous des barbes de neige de plus en plus longues, de plus en plus lourdes. Oui, on dirait que c'est devenu un de ces *hivers-là*, mais, malgré le froid, l'inconfort et ton profond mais inutile désir de printemps, tu ne peux t'empêcher d'admirer la vigueur de ces drames météorologiques, et tu continues à ressentir devant la neige qui tombe le même bouleversement que lorsque tu étais petit garçon.

Chahuter. C'est le mot qui te vient à présent quand tu songes aux plaisirs de l'époque où tu étais petit garçon (par opposition aux douleurs de la même époque). Les parties de lutte avec ton père étaient rares dans la mesure où il n'était pas souvent à la maison aux heures où tu étais debout (il partait au travail alors que tu dormais encore et rentrait quand on t'avait déjà mis au lit), mais elles étaient peut-être d'autant plus mémorables pour cette raison ainsi que pour la taille phénoménale du corps et des muscles de ton père, de la masse qu'il représentait quand tu te débattais dans ses bras et t'efforçais de battre le roi du New Jersey au corps à corps ; et puis ton cousin de quatre ans plus âgé que toi que tu essayais de terrasser les dimanches après-midi où vous vous rendiez en famille chez ton oncle et ta tante – ton cousin avec qui tu roulais sur le plancher dans cette même débauche d'énergie physique, la joie de cette dépense physique, de cet abandon. Courir. Courir, sauter et grimper. Courir jusqu'à ce que tu sentes que tes poumons vont éclater, jusqu'au point de côté. Jour après jour et même dans la soirée, par les longs crépuscules d'été qui s'évanouissent avec lenteur, toi, là dans l'herbe, qui cours éperdument, le vent dans le visage, et ton sang qui bat dans tes tympans. Un peu plus tard, le football américain et ses plaquages, des jeux tels que "Johnny on the Pony", "Kick the

Can", "King of the Castle", "Capture the Flag"[1]. Tes amis et toi, vous étiez si souples, si agiles, si déterminés à mener ces simulacres de guerre que vous vous en preniez les uns aux autres avec une sauvagerie implacable : autant de petits corps percutant d'autres petits corps, les précipitant par terre, des bras qu'on tord, des cous qu'on agrippe, bousculades et crochepieds, n'importe quoi pour gagner – des animaux tous tant que vous étiez, de purs animaux sauvages. Mais comme tu dormais bien, à cette époque. Éteins la lampe, ferme les yeux… et à demain.

Plus subtile, plus belle, et en fin de compte plus satisfaisante, il y avait ton habileté toujours plus grande à jouer au base-ball ainsi que la passion que tu as éprouvée pour ce sport, le moins violent de tous, dès l'âge de six ou sept ans. Recevoir et lancer, attraper les balles roulantes, apprendre à te placer à chaque moment du jeu selon le nombre de joueurs éliminés et le nombre de coureurs sur les bases, savoir d'avance ce que tu dois faire si la balle est frappée dans ta direction : la lancer vers le marbre ou vers la deuxième base, tenter un double jeu, ou bien, puisque tu jouais en position d'arrêt-court, courir

1. "Johnny on the Pony" est un jeu opposant deux équipes. Un groupe d'enfants forme une sorte de cheval, et l'autre groupe saute sur le dos du cheval pour voir combien il peut supporter avant de s'écrouler. Dans "Kick the Can", un joueur shoote avec le pied dans une boîte de conserve vide pour essayer d'atteindre son adversaire qui lui répond de la même façon. Dans "King of the Castle", un enfant debout sur un tas de sable ou un autre endroit élevé lutte pour rester seul sur le tas en délogeant les autres joueurs. Dans "Capture the Flag", deux équipes se disputent un drapeau.

dans le champ gauche après un coup sûr et puis faire demi-tour pour assurer un long lancer de relayeur au bon endroit du terrain. Jamais un instant d'ennui, malgré ce que pourraient croire ceux qui dénigrent ce sport : tendu dans une anticipation permanente, toujours prêt, ton esprit brassant toutes sortes de possibilités, puis l'explosion soudaine, la balle qui fonce vers toi, tu dois réagir d'urgence sans te tromper, avoir la rapidité de réflexes qu'exige ta tâche et, enfin, la sensation exquise de ramasser une balle roulante envoyée sur ta gauche ou sur ta droite et de la lancer avec force et précision à la première base. Aucun plaisir, cependant, ne dépassait celui d'être à la batte, de te mettre en position, de regarder le lanceur armer son bras pour frapper pleinement la balle, de la sentir toucher la partie renflée de la batte, d'entendre le bruit qu'elle faisait quand tu poursuivais ton geste en arc-de-cercle et que tu la voyais s'envoler au loin vers le champ extérieur – non, c'était une sensation sans pareille, rien n'approchait jamais l'exaltation de cet instant, et comme, le temps passant, tu t'améliorais toujours, ces instants devinrent fréquents et tu vivais pour eux comme pour rien d'autre, complètement pris par ce jeu de garçons qui était peut-être dépourvu de sens mais qui, à cette époque, représentait pour toi le summum du bonheur, la toute meilleure chose dont ton corps était capable.

Les années avant que le sexe ait pris place dans l'équation, avant que tu aies compris que le pompier miniature entre tes jambes servait à bien davantage qu'à t'aider à vider ta vessie. On doit être une fois de plus en 1952, peut-être un peu avant ou un peu après, et tu poses à ta mère la question que tous les enfants adressent à leurs parents, la question habituelle – d'où viennent les bébés ? – c'est-à-dire, d'où viens-tu, toi, et quel est le processus mystérieux qui t'a introduit dans le monde en tant qu'être humain ? La réponse de ta mère est si abstraite, si évasive, si métaphorique, qu'elle te laisse totalement déconcerté. Elle déclare : Le père plante la graine dans la mère, et petit à petit le bébé se met à grandir. À ce moment-là de ta vie, les seules graines qui te soient familières sont celles qui produisent des fleurs et des légumes, celles que les agriculteurs répandent sur de vastes champs au moment des semailles pour renouveler des cultures qu'on récoltera à l'automne. Une image te vient instantanément à l'esprit : ton père habillé en fermier, un fermier de bande dessinée à salopette bleue et chapeau de paille, et qui, un large râteau sur l'épaule, chemine, le pas leste et insouciant, dans quelque campagne reculée pour aller *planter la graine*. Pendant quelque temps encore, telle a été l'image qui t'est apparue chaque fois qu'il était question de bébés : ton paternel en fermier, salopette bleue et chapeau de paille déchiré sur la tête, râteau calé contre l'épaule. Tu savais pourtant qu'il y avait là quelque chose qui clochait, étant donné qu'on plante toujours les graines dans la terre, soit dans des jardins soit dans de vastes champs, et, ta mère n'étant ni un jardin ni un champ, tu ne savais que faire de cette présentation horticole des réalités de la procréation. Est-il possible d'être plus stupide que tu ne l'étais ? Tu étais un petit garçon stupide manquant de présence d'esprit pour réitérer la question, mais la vérité, c'est que tu aimais imaginer ton père en fermier, que tu aimais à te le représenter dans ce costume ridicule, et, dans le fond, tu n'aurais probablement pas compris de quoi parlait ta mère si elle t'avait donné une réponse plus précise.

Quelques semaines avant ou après cette conversation avec ta mère, le petit voisin qui t'avait tapé sur la tête avec son râteau a soudain inexplicablement disparu. Sa mère affolée a déboulé dans ton jardin et vous a demandé, à toi et à tes amis, d'aller à sa recherche, et vous voilà tous à battre la zone avoisinante couverte d'arbustes sauvages et de broussailles qui vous servait de cachette secrète, à crier le nom du garçon, Michael – plus communément appelé le Morveux ou le Monstre –, avorton aux penchants criminels dont la vie avait jusqu'alors été exclusivement vouée à des actes de terrorisme et de violence. Tu es entré dans un épais fourré en repoussant les feuilles de ton visage et en écartant les branches à mesure que tu progressais, t'attendant à tout moment à tomber sur le sauvageon fugueur blotti à tes pieds, mais ce que tu as trouvé à la place, c'est un nid de guêpes ou de frelons sur lequel tu as marché par inadvertance, et, en quelques secondes, tu as été enveloppé par ces créatures dotées d'aiguillons qui ont assailli ton visage et tes bras, et alors même que tu tentais de les chasser avec tes mains, d'autres se glissaient à l'intérieur de tes vêtements et te piquaient les jambes, la poitrine et le dos. Une douleur horrible. Jaillissant des buissons avec force hurlements sans aucun doute, tu t'es retrouvé sur le gazon du jardin où ta mère, dès qu'elle a jeté l'œil sur toi, t'a arraché tes vêtements et, quand il n'en est plus resté un seul, t'a pris tout nu dans ses bras pour se ruer dans la maison. Là, elle t'a porté jusqu'à l'étage, a fait couler l'eau et t'a plongé dans un bain très très froid.

On a retrouvé le garçon. Si tu t'en souviens bien, on l'a découvert dans sa maison, endormi par terre dans la salle de séjour, soit caché derrière le canapé, soit recroquevillé sous une table, mais s'il te faut une preuve supplémentaire du fait qu'il n'est pas mort ou n'a pas complètement disparu ce jour-là, il suffit de te rappeler un après-midi, quatre ou cinq ans plus tard, où tu étais au lit. C'était une de ces sinistres journées de maladie passées dans l'asphyxiant confinement du pyjama, de la fièvre et des cachets d'aspirine toutes les quatre heures, à songer à tes amis déjà sortis de classe et, sans nul doute, en train de se livrer à une partie de base-ball improvisée dans Grove Park puisque le soleil brillait et qu'il faisait chaud – un après-midi idéal pour du base-ball. Tu avais neuf ou dix ans, et, selon le souvenir que tu en gardes aujourd'hui après plus d'un demi-siècle, tu étais seul chez toi. Dehors, dans le jardin derrière la maison, enchaîné au patin coulissant le long d'un fil de fer que ton père avait installé pour lui, le chien de la maison sommeillait sur l'herbe. Il faisait partie de ta vie depuis deux bonnes années, voire plus, et tu avais une très grande affection pour lui : c'était un jeune et sémillant beagle épris d'aventure et doté d'une propension démente à courir après les voitures. Il avait déjà été renversé une fois, et sa patte arrière gauche avait été blessée au point qu'il ne pouvait plus s'en servir, ce qui avait fait de lui un chien à trois pattes, une bizarrerie de chien à la patte raide que tu voyais volontiers comme un flamboyant chien pirate à la jambe de bois, mais si bien adapté à son infirmité que, même avec trois pattes, il courait plus vite que tous les autres chiens du coin qui en avaient quatre. Tu étais donc couché dans ta chambre à l'étage, certain que ton éclopé de chien était bien attaché à son patin dans le jardin, quand soudain une succession de bruits retentissants a fait voler le calme en éclats : un crissement de pneus devant la maison, aussitôt suivi d'un hurlement aigu de douleur, le hurlement d'un chien qui souffre, et à la voix de ce chien tu as immédiatement reconnu le tien. Sautant du lit, tu t'es précipité dehors : là, le Morveux, le Monstre, t'a avoué avoir détaché ton chien parce qu'il "voulait jouer avec lui" ; il y avait aussi le conducteur de la voiture, un homme très secoué, profondément bouleversé, qui disait aux gens attroupés autour de lui qu'il n'avait pas eu le choix, que le garçon et le chien avaient déboulé en courant au beau milieu de la rue et que, comme c'était soit le garçon soit le chien, il avait donné un coup de volant et heurté le chien, et maintenant ton chien était là, ton chien au pelage presque entièrement blanc gisait, mort, au milieu de cette rue noire, et quand tu l'as pris dans tes bras pour le porter dans ta maison, tu t'es dit : Non, cet homme a eu tort, il aurait dû écraser le gamin et pas le chien, il aurait dû tuer ce gosse, et tu étais tellement en colère contre ce garçon à cause de ce qu'il avait fait à ton chien qu'il ne t'est pas un instant venu à l'idée que c'était la première fois que tu souhaitais la mort d'un autre être humain.

Il y a eu les bagarres, bien sûr. On ne peut pas avoir été un jeune garçon sans en avoir connu quelques-unes, voire beaucoup, mais quand tu songes aux échauffourées et aux confrontations auxquelles tu as pris part, aux nez en sang que tu t'es pris et que tu as infligés, aux coups de poing dans le ventre qui te coupaient le souffle, aux débiles clés de bras et de tête qui vous envoyaient, toi et ton adversaire, au tapis les quatre fers en l'air, tu ne te souviens pas d'un seul cas où c'est toi qui aurais commencé, car tu détestais toutes ces histoires de bagarre, mais comme il y avait toujours une brute dans les parages, quelque naze sans cervelle pour venir te chatouiller avec ses menaces, insultes et autres bravades, tu étais parfois obligé de te défendre même si tu étais plus petit que lui et presque assuré de prendre une raclée. Tu adorais les simulacres de guerre du football américain et du jeu "Capture the Flag", la foire d'empoigne quand on fonçait contre le receveur sur le marbre du terrain de base-ball, mais les vraies bastons te rendaient malade. Elles entraînaient trop de conséquences émotionnelles, les colères qu'elles provoquaient étaient trop déchirantes, et même quand tu en sortais victorieux, tu avais toujours ensuite envie de pleurer. L'approche consistant à régler les différends par "cogne ou c'est toi qu'on cogne" a perdu tout son attrait pour toi à partir du jour où, en colonie de vacances, un garçon t'a sauté dessus depuis les chevrons du toit de la cabine et tu lui as cassé le bras quand tu as riposté en le projetant contre une table en bois. Tu avais dix ans, et, dès lors, tu t'es autant que possible abstenu de te battre, mais les bagarres ont continué à croiser ton chemin de temps à autre, en tout cas jusqu'à l'âge de treize ans, quand tu as découvert que tu pouvais gagner n'importe quel combat contre n'importe quel garçon en lui envoyant un coup de genou dans les couilles, en lui balançant ton genou dans l'entrejambe avec toute la force que tu pouvais rassembler, et qu'ainsi, en l'espace de quelques secondes, la bagarre prenait tout simplement fin. Ce qui t'a valu la réputation du gars qui frappe en dessous de la ceinture – ce n'était pas tout à fait faux –, mais si tu le faisais, c'était seulement parce que tu ne voulais pas te battre, et après un ou deux combats de ce genre, on s'est passé le mot et plus personne ne t'a jamais attaqué. Tu avais treize ans et tu venais de sortir du ring pour toujours.

Plus de batailles avec les garçons, mais une persistante passion pour les filles – la passion de les embrasser et de leur tenir la main – qui a commencé chez toi bien avant le début de la puberté, à un âge où les garçons sont censés ne pas s'intéresser à ces choses. Déjà dans cette classe de maternelle où tu es tombé amoureux de la fille à la queue de cheval blonde (elle s'appelait Cathy), tu raffolais des baisers, et même alors, à l'âge de cinq ou six ans, Cathy et toi en échangiez parfois – d'innocentes bises, certes, mais néanmoins extrêmement agréables. Pendant cette période qu'on dit de latence, tes copains faisaient unanimement montre, à l'égard des filles, d'un mépris ostentatoire. Ils se moquaient d'elles, les taquinaient, les pinçaient, soulevaient leurs robes, mais tu n'as jamais éprouvé pareille antipathie, tu n'as jamais pu t'enjoindre à participer à ces agressions, et pendant toute cette époque de ta vie, celle de l'école primaire (c'est-à-dire jusqu'à tes douze ans, jusqu'au moment de la cérémonie de fin d'études où tu as porté le drapeau américain avec, autour de la tête, un bandeau trempé de sang), tu as continué à succomber à divers coups de foudre pour des filles telles que Patty, Susie, Dale, Jan ou Ethel. Bien entendu, vous ne faisiez rien de plus qu'échanger des baisers et vous tenir par la main (tu étais physiquement incapable d'un rapport sexuel, et la mécanique de l'acte restait encore assez vague pour toi car tu n'as pas atteint une puberté pleine et entière avant l'âge de quatorze ans), néanmoins les bisous étaient devenus carrément acharnés à l'approche de la cérémonie de fin du primaire. Durant cette dernière année avant ton entrée au collège, vous étiez invités presque tous les week-ends, toi et une bande de quinze ou vingt autres copains, dans la maison de l'un d'entre vous, et là, dans des salles de séjour de banlieue ou des sous-sols dûment aménagés, des garçons impuissants et des filles aux seins fraîchement éclos dansaient au rythme des tout derniers airs de rock'n'roll (les hits de 1958 et 1959) ; et à la fin, quand la soirée était bien avancée, on baissait les lumières, la musique s'arrêtait et des filles et des garçons s'en allaient deux par deux dans des coins isolés de la pièce pour se peloter avec ferveur jusqu'à ce que vienne l'heure de rentrer à la maison. Tu as appris bien des choses sur les lèvres et les langues, cette année-là, tu as été initié aux plaisirs de sentir dans tes bras le corps d'une fille et de sentir ses bras à elle t'enlacer, mais ce n'est pas allé plus loin. Il y avait des lignes à ne pas franchir, et, pour l'instant, tu étais content de les respecter. Non pas parce que tu avais peur, mais parce que ça ne te traversait même pas l'esprit.

Le jour est enfin venu où tu as franchi en trombe le seuil qui sépare l'enfance de l'adolescence, et une fois que tu as connu cette sensation, que tu as découvert que ton vieil ami le pompier était en fait l'agent d'une divine béatitude, le monde dans lequel tu vivais est devenu tout autre, car l'extase de cette sensation avait donné à ta vie un nouveau but, une raison nouvelle d'être en vie. Alors ont commencé les années d'obsession phallique. Comme tous les autres mâles qui ont foulé le sol de cette terre, tu étais devenu l'esclave de ce miraculeux changement qui s'était produit dans ton corps. Presque tous les jours, tu ne pouvais pas penser à grand-chose d'autre – et, certains jours, à rien d'autre du tout.

Néanmoins, lorsque tu te remémores les années qui ont immédiatement suivi ta transformation, ce qui te frappe, c'est à quel point tu étais prudent et immature. Malgré ton ardeur, malgré la constance avec laquelle tu poursuivais les filles pendant tes années de collège et de lycée, malgré les idylles et les flirts avec Karen, Peggy, Linda, Brianne, Carol, Sally, Ruth, Pam, Starr, Jackie, Mary et Ronnie, tes aventures érotiques étaient abominablement sages et insipides, à peine un cran au-delà des séances de pelotage de tes douze ans. Il se peut que tu aies été malchanceux, ou que tu aies manqué d'audace, mais tu es enclin à penser que cela tenait plutôt au lieu et à l'époque – une ville bourgeoise de banlieue au début des années 1960 et son code tacite selon lequel une fille ne se donne pas à un garçon, une fille bien a une réputation à préserver, et l'on ne franchit pas la ligne rouge au-delà des baisers et des caresses, en particulier des caresses les moins dangereuses, à savoir celles où le garçon pose sa main sur un sein recouvert par deux ou trois couches de vêtements – pull (selon la saison), chemisier et soutien-gorge –, mais malheur à celui qui tentait de glisser sa main dans un chemisier, sans parler de s'aventurer en territoire interdit sous le soutien-gorge, car ladite main se verrait vivement repoussée par la fille soucieuse de sa réputation, même si, secrètement, elle souhaitait tout autant que le garçon que la main reste là. Combien de fois as-tu été ainsi rabroué, te demandes-tu, combien de vaines expéditions tes mains ont-elles tenté dans les jupes et les chemisiers de tes compagnes, combien de voyages partiels vers le royaume de la peau nue avant de se trouver refoulées à la porte d'entrée ? Telles étaient les pauvres circonstances de ta vie érotique à ses débuts. Pas de peau nue autorisée, pas de vêtements ôtés, et oublie une fois pour toutes que les organes génitaux puissent avoir un quelconque rôle dans la pièce que tu joues. Et donc, Linda et toi, vous continuez à vous embrasser, à vous embrasser encore et toujours, à vous embrasser jusqu'à ce que tu en aies les lèvres gercées, que la salive te coule sur les joues, et pendant tout ce temps-là tu pries le ciel que l'érection qui gonfle ton pantalon n'explose pas.

Tu vis dans des tourments de frustration et d'incessante excitation sexuelle, et tous les mois, pendant les années 1961 et 1962, tu bats le record nord-américain de masturbation, devenu disciple d'Onan non par choix mais en vertu de la situation, prisonnier d'un corps qui n'arrête pas de grandir et de se transformer, le garçon de treize ans d'un mètre cinquante-sept s'étant désormais mué en garçon de quinze ans d'un mètre soixante-dix-huit, et si ce dernier est peut-être encore un garçon, c'est un garçon dans un corps d'homme qui se rase deux fois par semaine, qui a des poils sur les avant-bras, sur les jambes, sous les aisselles, et aussi des poils pubiens parce qu'il n'est pratiquement plus pubère mais presque entièrement formé, et alors même que tu continues sur la lancée du travail scolaire et des activités sportives, que tu voyages de plus en plus loin dans l'univers des livres, ta vie est dominée par une faim sexuelle inassouvie, tu as l'impression de mourir de faim pour de bon, et aucun but n'est plus important pour toi, rien n'est plus essentiel au bien-être de ton être souffrant et affamé que de perdre ton pucelage le plus vite possible. Tel est en tout cas ton désir, mais il n'est écrit nulle part que les désirs doivent être satisfaits et, par conséquent, la torture se poursuit avec les renoncements délirants de toute l'année 1962, jusqu'à l'automne 1963 où enfin, alléluia, se présente une occasion, et bien qu'elle soit loin d'être idéale, rien à voir avec ce que tu t'étais imaginé, tu n'hésites pas à dire oui. Tu as seize ans. En juillet et en août, tu as travaillé comme serveur dans un camp de vacances dans le nord de l'État de New York, et l'autre serveur qui était ton partenaire – un jeune du Queens, drôle, à la langue bien pendue, un garçon de la ville rompu à la vie de New York, contrairement à toi qui n'en sais à peu près rien – t'appelle pour te dire qu'il a l'adresse et le numéro de téléphone d'un bordel dans l'Upper West Side. Il prendra rendez-vous pour toi si tu le souhaites, et comme en effet tu le souhaites, tu te rends en ville par bus le samedi suivant et tu retrouves ton copain devant un immeuble d'appartements vers 85th Street, juste à côté du fleuve. C'est une après-midi humide de fin septembre, il bruine, tout est gris et trempé, un temps à parapluie, ou en tout cas à chapeau, mais tu n'as ni parapluie ni chapeau, ce qui néanmoins ne te gêne pas, absolument pas, parce que la dernière chose à laquelle tu penses en cet instant, c'est au temps qu'il fait. Le mot *bordel* a évoqué chez toi une foule d'images mentales alléchantes, et tu t'attends à pénétrer dans un grand établissement somptueusement décoré, à des murs tapissés de velours rouge, à une équipe de quinze ou vingt jeunes femmes séduisantes (quel film épouvantable a pu te mettre *cette* idée-là en tête ?), mais lorsque ton copain et toi entrez dans l'ascenseur qui est l'ascenseur le plus lent, le plus sale et le plus maculé de graffitis de tout New York, tu en rabats vite sur tes attentes. Le luxueux bordel s'avère n'être qu'un petit appartement minable avec une seule chambre, et il n'y a là que deux femmes : Kay, la propriétaire, une Noire rondelette qui approche la cinquantaine et accueille ton copain d'une chaleureuse embrassade comme s'ils se connaissaient depuis longtemps, et une femme beaucoup plus jeune, elle aussi noire, qui semble avoir vingt ou vingt-deux ans. Elles sont toutes deux assises sur des tabourets dans la minuscule cuisine séparée de la chambre par un mince rideau qui ne touche pas tout à fait le sol, et elles sont vêtues de robes de chambre en soie aux couleurs vives. À ton grand soulagement, la jeune est fort attrayante, elle a un très joli visage, peut-être même un beau visage. Kay annonce le prix (quinze dollars ? vingt ?) puis vous demande, à toi et à ton ami, qui veut passer en premier. Non, non, répond ton copain en riant, il est juste venu pour t'accompagner (sans aucun doute les filles du Queens rechignent-elles moins à se dévêtir que celles du New Jersey), et Kay se tourne donc vers toi et te dit que tu peux choisir entre elle et sa jeune collaboratrice, et quand tu ne choisis pas Kay, celle-ci ne paraît pas offensée

– elle se contente de hausser les épaules, puis elle sourit, tend la main et dit : “Un peu d’argent, mon chou.” Tu plonges alors ta main dans ta poche et en sors les quinze ou les vingt dollars que tu lui dois. La jeune femme et toi (trop timide ou trop nerveux, tu oublies de lui demander son nom, ce qui signifie qu’elle n’a pas eu de nom pour toi pendant toutes ces années) passez alors dans l’autre pièce et Kay tire le rideau pour le fermer derrière vous. La fille te mène vers le lit dans l’angle, elle se glisse hors de sa robe de chambre qu’elle jette sur une chaise, et pour la première fois de ta vie tu te trouves en présence d’une femme nue. Une femme nue très belle, en fait, une jeune femme au corps d’une beauté remarquable, aux seins superbes, aux bras et aux épaules superbes, au dos superbe, aux hanches et aux jambes superbes, et après trois longues années de frustration et d’échec, tu commences à te sentir heureux, plus heureux, même, qu’à aucun autre moment depuis que ton adolescence a commencé. La fille te demande d’ôter tes vêtements, et vous voilà ensemble sur le lit, nus tous les deux, et tout ce que tu souhaites, en tout cas pour l’instant, c’est la toucher, l’embrasser et sentir la caresse de sa peau, une peau merveilleusement douce, si douce que tu trembles rien que de poser ta main sur elle, mais embrasser sur la bouche ne fait pas partie du programme parce que les prostituées n’embrassent pas leurs clients sur la bouche et ne s’intéressent pas aux préliminaires, ne s’intéressent pas à toucher et à être touchées pour le simple plaisir de toucher et d’être touchées – l’acte sexuel dans ces circonstances n’est pas une affaire de plaisir mais de travail, et plus vite le client aura terminé ce pour quoi il a payé, mieux ce sera. Elle sait que c’est ta première fois, que tu es un novice complet sans la moindre expérience, et elle te traite avec gentillesse et patience, c'est quelqu'un de bienveillant, tu le sens, et si elle veut passer immédiatement à la partie baise, pas de problème, tu es plus que d'accord pour procéder selon ses vœux, car il n'y a aucun doute, tu es prêt, tu te tapes une érection depuis l'instant où tu l'as vue enlever sa robe de chambre, et lorsqu'elle s'étend sur le dos, tu lui grimpes joyeusement dessus et tu la laisses guider ton pénis vers l'endroit où il désire ardemment se trouver depuis tant d'années. C'est bon, tout est bon, aussi bon que tu te l'étais toujours imaginé, non, encore mieux, bien mieux, et tout va bien au tout début, tu as l'impression qu'il ne va falloir que quelques secondes avant que tu finisses, mais soudain tu te rends compte que Kay et ton copain sont en train de discuter et de rire dans la cuisine qui n'est pas à plus de trois ou quatre mètres du lit, et dès que tu prends conscience de leur présence tu commences à te sentir distrait, et à partir du moment où ton esprit commence à s'éloigner de la tâche à accomplir, tu perçois à quel point cette fille s'ennuie, à quel point tout ça la fatigue et que, bien que tu sois allongé sur elle, elle n'est aucunement près de toi, qu'elle est dans une autre ville, un autre pays, et alors, perdant patience, elle te demande si tu peux en finir, et tu réponds oui, bien sûr, mais vingt secondes plus tard elle te le redemande et tu réponds oui, bien sûr, mais lorsqu'elle t'adresse la parole la fois suivante c'est pour te dire : “Sors maintenant et laisse-moi te branler. Vous, les gamins, vous n'arrêtez pas de vous branler, mais quand on passe aux choses sérieuses, vous savez rien faire.” Tu la laisses donc te branler, ce qui est exactement ce que tu te fais à toi-même depuis trois ans – avec cette petite différence : mieux vaut sa main que la tienne.

Tu n'y es jamais retourné. Pendant l'année et demie qui a suivi, tu as poursuivi tes démêlés avec les pulls, les chemisiers et les soutiens-gorges, tu as continué à donner des baisers, à caresser et à lutter contre la gêne provoquée par des éjaculations malséantes, et puis, à dix-huit ans, tu t'es arrangé pour sécher les deux derniers mois de lycée, d'abord en étant victime d'une mononucléose qui t'a affaibli au point de te maintenir au lit la plus grande partie du mois de mai, puis en embarquant pour l'Europe sur un bateau pour étudiants trois semaines avant la cérémonie de fin d'études. L'administration du lycée te l'a permis parce que tu avais de bonnes notes et que tu avais déjà été admis dans un établissement d'enseignement supérieur où tu irais dès l'automne, et donc tu es parti, étant entendu que tu reviendrais début septembre pour passer tes examens de fin d'études secondaires et ainsi obtenir officiellement ton diplôme. Les voyages en avion étaient chers en 1965, mais pas les bateaux pour étudiants, et comme le budget dont tu disposais était serré (de l'argent gagné grâce à des boulots d'été les deux années précédentes), tu as opté pour le SS *Aurelia* et une lente traversée de neuf jours de New York au Havre. Il y avait approximativement trois cents étudiants à bord, dont la plupart avaient déjà fait un ou deux ans de fac, ce qui voulait dire qu'ils étaient en général un peu plus âgés que toi, et comme toi et tes camarades de bord n'aviez pas grand-chose, voire rien du tout, à faire pendant cette si lente traversée de l'Atlantique où vous occupiez votre temps en dormant, en mangeant, en lisant des livres ou en regardant des films, il était tout naturel, absolument inévitable de ton point de vue actuel, que les pensées de trois cents jeunes gens âgés de dix-huit à vingt et un ans se soient en grande partie portées sur le sexe. L'ennui, la promiscuité, les langueurs d'un voyage sur l'océan par beau temps, l'idée que le bateau était un monde en soi et que rien de ce qui s'y passerait ne pourrait avoir de conséquences durables – tous ces éléments se combinaient pour créer une atmosphère de confort sensuel et de relâchement. Les flirts commencèrent avant même que le soleil ne se couche le premier soir, et ils se poursuivirent jusqu'à l'accostage du navire deux cents heures plus tard. Ce fut là, en haute mer, un palais flottant de la fornication où des couples entraient et sortaient furtivement de cabines plongées dans l'obscurité, où garçons et filles changeaient de partenaire d'un jour sur l'autre, et, au cours de cette traversée, il t'arriva à deux reprises de te retrouver au lit avec quelqu'un, chaque fois une fille intelligente et sympathique qui n'était pas sans ressembler aux vertueuses demoiselles avec lesquelles tu avais grandi dans le New Jersey, sauf que ces filles-là étaient de New York et qu'elles étaient donc plus au fait du monde, plus expérimentées que les vierges aux mains sévères de ta ville natale, et comme l'attirance était forte des deux côtés, la première fois entre toi et Renée, la deuxième entre toi et Janet, aucun scrupule ne vous empêcha d'ôter vos vêtements, de grimper entre les draps et de faire l'amour d'une manière qui avait été impossible dans le triste petit appartement de l'Upper West Side, parce qu'embrasser, toucher et ressentir pour de bon faisaient à présent partie de l'aventure, et là résida la véritable percée, ton initiation au plaisir de deux partenaires participant de manière égale aux délices d'une intimité prolongée. Il te restait encore beaucoup à apprendre, bien sûr. À ce stade, tu n'étais qu'un débutant, mais au moins étais-tu en chemin, au moins avais-tu découvert l'étendue des bonnes choses qui t'attendaient.

Plus tard, alors que tu vivais à Paris au début des années 1970, tu as traversé de longues périodes où tu t'es retrouvé seul, où tu as dormi nuit après nuit sans autre corps près du tien dans le lit étroit de ta petite chambre de bonne, et tu as connu des moments où ta solitude, l'absence de femme, te rendait à moitié fou, pas seulement parce que ta tension sexuelle était inassouvie mais aussi parce que tu étais privé de tout contact physique ; et comme tu ne pouvais te tourner vers personne, comme tu n'avais aucune femme sur laquelle compter pour la compagnie que tu désirais si ardemment, il t'est arrivé de sortir pour aller voir une prostituée, peut-être cinq ou six fois pendant les années où tu as vécu là : tu déambulais dans les petites rues du quartier des Halles aujourd'hui démoli et situé juste au coin de la rue de la minuscule chambre que tu habitais, ou bien, t'aventurant un peu plus loin, tu allais jusqu'à la rue Saint-Denis et aux venelles qui la jouxtent, dans les passages couverts et les voies pavées dont les trottoirs étaient bondés de femmes alignées le long des murs d'immeubles et d'hôtels de passe, tout un éventail de possibilités féminines, depuis les belles filles d'une vingtaine d'années jusqu'aux vieilles habituées du trottoir outrageusement maquillées, plus que quinquagénaires, et ces putes présentaient tous les types physiques imaginables, toutes les races et les couleurs, de la Française rondouillarde à la svelte Africaine et aux voluptueuses Italiennes et Israéliennes, quelques-unes en minijupes provocantes, les seins débordant de leurs soutiens-gorges pigeonnants et de leurs chemisiers ultralégers, d'autres en jeans et pulls très convenables qui te rappelaient les filles avec lesquelles tu étais allé en classe dans ta ville natale, mais toutes portaient des talons hauts ou des bottes – des bottes de cuir noir ou blanc –, et parfois, autour du cou, un boa ou une écharpe de soie. Ici ou là, une fille en tenue de cuir tapageuse qui faisait dans le sadomaso, ou une fausse lycéenne en jupe plissée et chemisier blanc très correct, il y en avait pour tous les désirs et pour tous les goûts, et au milieu de ces rues sans voitures marchaient les hommes, une interminable procession de mâles silencieux qui jaugeaient les possibilités sur les trottoirs d'un regard furtif ou au contraire hardi, toutes sortes de femmes prêtes à se louer à toutes sortes d'hommes depuis les Arabes solitaires jusqu'aux michetons en costard, prêtes pour des foules d'immigrés en manque de femmes, d'étudiants frustrés et de maris que l'ennui avait menés là, et à partir du moment où tu entrais dans la procession tu sentais brusquement que tu ne faisais plus partie du monde éveillé, que tu avais glissé dans un rêve érotique à la fois palpitant et déstabilisant, car la pensée de pouvoir coucher avec n'importe laquelle de ces femmes simplement en lui offrant cent francs (vingt dollars) te donnait le vertige, un vertige physique, et quand tu rôdais dans ces ruelles à la recherche d'une compagne pour satisfaire le besoin qui t'avait fait sortir de ta chambre et entrer dans ce labyrinthe de chair, tu te retrouvais à scruter des visages plutôt que des corps, ou bien d'abord des visages et ensuite des corps, à la recherche d'un joli visage, celui d'un être humain dont les yeux ne seraient pas morts, de quelqu'un dont l'esprit ne serait pas encore entièrement noyé dans l'anonymat et l'artificialité de la prostitution, et chose étrange, lors de tes cinq ou six excursions dans les quartiers chauds de Paris – absolument légaux et acceptés par les autorités – tu as en général réussi à en trouver un. Pas de mauvaises expériences, donc, pas de rencontre qui t'ait rempli de regret ou de remords, et quand tu y repenses aujourd'hui, tu te dis que si tu as été bien traité, c'est sans doute parce que tu n'étais pas un homme vieillissant à la bedaine proéminente ni un ouvrier malodorant aux ongles sales, mais un jeune homme de vingt-quatre ou vingt-cinq ans nullement agressif et assez présentable qui n'avait pas vis-à-vis des femmes avec lesquelles il montait des exigences trop singulières ou gênantes et qui était simplement reconnaissant de ne pas rester seul dans son lit. En revanche, il serait faux d'accoler à l'une ou l'autre de ces expériences l'étiquette de mémorable. Rapides et directes, empreintes de bonne volonté mais tout à fait professionnelles dans leur déroulement, elles relevaient du service rendu de manière compétente pour une somme préétablie, mais dans la mesure où tu n'étais plus le néophyte empoté que tu avais été à seize ans, tu ne t'attendais à rien d'autre. Pourtant, il y eut quand même un jour où se produisit quelque chose d'inhabituel, où vint jaillir, entre toi et ta provisoire compagne, une étincelle de réciprocité, et la chose eut lieu la dernière fois de ta vie que tu payas une femme pour coucher avec toi, à l'été 1972, époque où tu gagnais un peu de l'argent liquide dont tu avais grand besoin en tenant le standard téléphonique du bureau parisien du *New York Times*, un poste de nuit, de six heures du soir à une heure du matin environ, tu ne te souviens plus exactement des horaires, mais quand tu arrivais les bureaux se vidaient pour la nuit et tu restais seul assis à une table, tu étais l'unique personne à cet étage, désormais plongé dans l'obscurité, d'un bâtiment de la rive droite, et tu attendais que le téléphone sonne, ce qui se produisait rarement, tout en employant le silence ininterrompu de ces heures-là à lire des livres et à travailler à tes poèmes. Un soir de semaine, après le travail, tu as quitté le bureau et tu es sorti dans l'air d'été, dans la chaude étreinte de l'air d'été, et comme il n'y avait plus de métro à cette heure-là, tu t'es mis à marcher vers chez toi, à déambuler vers le sud d'un pas nonchalant dans l'air d'été si doux et sans ressentir la moindre fatigue tandis que tu longeais sans te presser ces rues vides qui te ramenaient à ta petite chambre également vide. Bientôt, tu t'es retrouvé rue Saint-Denis où un certain nombre de filles travaillaient encore malgré l'heure tardive, puis tu t'es engagé dans une autre ruelle proche, celle où les filles les plus jolies avaient tendance à se regrouper, te rendant bien compte que tu n'avais aucun désir de rentrer tout de suite chez toi, que tu étais resté seul trop longtemps et que tu craignais de remonter dans ta chambre vide, lorsque, vers le milieu de ce pâté de maisons, quelqu'un a attiré ton attention, une grande fille brune au visage adorable et au corps qui l'était tout autant. Quand elle t'a souri et t'a demandé si tu voulais de la compagnie

*(Je t'accompagne**[1] *?)*, tu n'as pas réfléchi à deux fois avant d'accepter sa proposition. Elle a souri de nouveau, satisfaite par la rapidité de la transaction, et comme tu continuais de regarder son visage, tu as compris qu'elle aurait été d'une beauté à couper le souffle si ses yeux n'avaient pas été aussi rapprochés et qu'elle n'avait pas louché de manière à peine perceptible, mais cela n'avait aucune importance pour toi, c'était malgré tout la femme la plus attirante qui eût jamais arpenté cette rue, et son sourire que tu trouvais magnifique t'a désarmé, et l'idée t'a alors traversé l'esprit que si tout le monde était capable de sourire comme elle il n'y aurait plus de guerres ni de conflits entre les hommes, que la paix et le bonheur régneraient à jamais sur terre. Elle s'appelait Sandra, c'était une Française d'à peu près vingt-cinq ans, et pendant que tu la suivais dans l'escalier en colimaçon jusqu'au troisième étage de l'hôtel, elle t'a annoncé que tu serais son dernier client de la nuit et que, par conséquent, il n'y avait nul besoin de se presser, tu pouvais prendre tout le temps que tu voulais. Voilà qui était inouï, en violation de toutes les normes et de tous les codes professionnels, mais il était déjà clair à tes yeux que Sandra n'était pas comme les autres filles qui faisaient le trottoir, qu'il lui manquait la dureté et la froideur qui semblaient nécessairement aller de pair avec ce boulot. Une fois dans la chambre avec elle, tout a continué à ne pas ressembler à tes précédentes expériences dans cette partie de la ville. Elle était détendue, d'humeur chaleureuse et expansive, et même quand vous avez tous

1. Les mots en italique suivis d'un astérisque sont en français dans le texte.

les deux ôté vos vêtements, même quand tu as découvert l'exceptionnelle beauté de son corps (*majestueux*, voilà le mot qui t'est alors venu à l'esprit, de la même façon qu'on peut qualifier de majestueux le corps de certaines danseuses), elle s'est révélée loquace et joueuse, nullement pressée de passer aux choses sérieuses, sans du tout se formaliser de ton désir de la toucher et de l'embrasser, puis, tandis que vous vous prélassiez sur le lit, elle s'est mise à te montrer les diverses positions qu'elle et ses amies utilisaient avec leurs clients, le Kama Soutra de la rue Saint-Denis, en se tordant et se pliant dans tous les sens en t'aidant à te contorsionner pour que tu accèdes aux configurations appropriées et, riant doucement de l'absurdité de tout ce manège, elle t'a indiqué le nom de chaque position. Malheureusement, tu ne parviens à te souvenir du nom que d'une seule d'entre elles, sans doute la plus insipide de toutes, mais aussi la plus drôle par son insipidité même : celle du *paresseux**, laquelle consiste simplement à s'allonger sur le lit et à copuler avec son partenaire face à face. Jamais tu n'avais rencontré de femme aussi à l'aise dans son corps, aussi sereine dans sa manière de porter sa nudité, et à la fin, alors même que tu aurais voulu que ces démonstrations se poursuivent jusqu'au matin, ton excitation est devenue trop intense pour que tu puisses te retenir davantage. Tu pensais qu'ensuite ce serait fini, la *jouissance** ayant, par le passé, toujours correspondu à la fin, mais quand tu as eu terminé, Sandra ne t'a pas pressé de partir, elle a voulu continuer à parler allongée sur le lit, et tu es donc resté avec elle presque une heure de plus, dans le bonheur d'être entouré de ses bras, ta tête sur son épaule, à discuter de choses qui ont depuis longtemps disparu de ta mémoire, et quand elle a fini par te demander ce que tu faisais de ta vie et que tu lui as dit que tu écrivais des poèmes, tu t'attendais à ce qu'elle ait un haussement d'épaules indifférent ou à ce qu'elle émette quelque remarque évasive, mais non, encore une fois non, car dès que tu t'es mis à parler de poésie, Sandra a fermé les yeux et s'est mise à réciter du Baudelaire, de longs passages proférés avec une telle intensité de sentiment et un si parfait souvenir du texte que tu ne pouvais qu'espérer que Baudelaire s'était retourné dans sa tombe et qu'il écoutait.

Mère des souvenirs, maîtresse des maîtresses,
Ô toi, tous mes plaisirs! ô toi, tous mes devoirs!
Tu te rappelleras la beauté des caresses,
La douceur du foyer et le charme des soirs,
Mère des souvenirs, maîtresse des maîtresses!

Tu as connu là un des moments les plus extraordinaires de ta vie, un des moments les plus heureux de ton existence, et même revenu à New York où s'écrivait le chapitre suivant de ton histoire, tu as continué à songer à Sandra et aux heures que tu avais passées avec elle cette nuit-là, te demandant si tu ne devrais pas sauter dans un avion, revenir aussitôt à Paris et lui demander de t'épouser.

Toujours perdu, toujours à te lancer dans la mauvaise direction, toujours à tourner en rond. Tu as souffert toute ta vie d'une incapacité à t'orienter dans l'espace, et même à New York, la ville la plus facile qui soit pour se repérer, la ville où tu as passé la plus grande partie de ta vie d'adulte, il t'arrive souvent de te trouver en difficulté. Chaque fois que tu prends le métro de Brooklyn à Manhattan (en supposant que tu sois monté à bord du train qui convient et que tu ne sois pas en train de t'enfoncer encore plus loin dans Brooklyn), tu n'oublies jamais de t'arrêter un moment pour t'orienter dès que tu arrives en haut de l'escalier donnant sur la rue, et malgré cela tu pars vers le nord au lieu du sud, vers l'est au lieu de l'ouest, et même quand tu essaies d'être plus malin que toi-même et que, sachant que ton handicap va t'envoyer dans la mauvaise direction, tu fais, pour corriger ce travers, le contraire de ce que tu avais en tête, tu prends à gauche et pas à droite, ou à droite et pas à gauche, tu te retrouves dans le mauvais sens en dépit de toutes les rectifications que tu as pu effectuer. Pas question de faire une excursion tout seul dans les bois. En quelques minutes, tu seras complètement perdu ; et même à l'intérieur, si tu te trouves dans un bâtiment que tu ne connais pas, tu vas t'engager dans le mauvais couloir ou le mauvais ascenseur, sans parler des espaces plus petits et limités tels que les restaurants, car, si tu vas aux toilettes dans un restaurant qui a plus d'une seule salle à manger, comme tu tourneras inévitablement dans la mauvaise direction en revenant, tu passeras plusieurs minutes à chercher ta table. La plupart des gens, y compris ta femme avec son infaillible boussole interne, semblent se déplacer sans problème. Ils savent où ils sont, où ils sont allés et où ils vont, mais toi tu ne sais rien, tu es perdu à jamais dans l'instant, dans le vide de chaque moment successif qui t'engloutit, sans l'ombre d'une idée de l'endroit où se trouve le véritable nord, puisque les quatre points cardinaux n'existent pas pour toi, n'ont jamais existé pour toi. Jusqu'à présent, ce n'est là qu'une infirmité mineure, pour ainsi dire sans conséquences dramatiques, ce qui ne signifie pas que ne viendra pas un jour où tu passeras accidentellement par-dessus le bord d'une falaise.

Ton corps dans des pièces petites et grandes, ton corps qui monte et descend des escaliers, ton corps qui nage dans des étangs, des lacs, des fleuves, des océans, ton corps qui marche et traverse péniblement des champs boueux, ton corps allongé dans les hautes herbes de prairies vides, ton corps arpentant les rues de la ville, ton corps qui peine à grimper à flanc de colline ou de montagne, ton corps qui s'assoit sur des chaises, qui s'étend sur des lits, s'étire sur des plages, fait du vélo sur des routes de campagne, marche à travers des forêts, des pâturages et des déserts, court sur des pistes cendrées, sautille sur des planchers de bois dur, se tient debout sous la douche, entre dans des bains chauds, s'assoit sur des cuvettes de toilettes, attend dans des aéroports et des gares, monte et descend dans des ascenseurs, se tortille sur des sièges de voiture et de bus, traverse sans parapluie des pluies torrentielles, s'assoit dans des salles de classe, traîne dans des librairies et des magasins de disques (RIP), prend place dans des salles de conférences, des cinémas, des salles de concert, danse avec des filles dans des gymnases, fait du canoë sur des rivières, traverse des lacs à la rame, mange à des tables de cuisine, mange dans des restaurants, fait des courses dans des grands magasins, dans des magasins d'appareils électroménagers, dans des magasins de meubles, chez des marchands de chaussures, dans des quincailleries, des épiceries, des boutiques de vêtements, ton corps debout dans des files d'attente pour passeports et permis de conduire, ton corps qui se cale en arrière, les jambes appuyées contre des bureaux et des tables tandis que tu écris dans des cahiers, qui se courbe sur des machines à écrire, traverse nu-tête des tempêtes de neige, entre dans des synagogues et des églises, s'habille et se déshabille dans des chambres à coucher, des chambres d'hôtel et des vestiaires, se tient debout sur des escaliers roulants, couché dans des lits d'hôpital, assis sur des tables d'examen médical, dans des fauteuils de coiffeurs et des fauteuils de dentistes, fait des sauts périlleux sur l'herbe, tient sur la tête dans l'herbe, saute dans des piscines, traverse des musées à pas lents, dribble en jouant au basket dans des aires de jeux, lance des balles de base-ball et des ballons de football américain dans des parcs publics, évalue les différentes sensations qui lui viennent selon qu'il marche sur des sols en bois, en ciment, en carrelage ou en pierre, les différentes sensations qu'il éprouve selon qu'il pose le pied sur du sable, de la terre ou de l'herbe, mais qui perçoit surtout les diverses sensations que donnent les trottoirs, car c'est ainsi que tu te vois dès que tu t'arrêtes pour penser à qui tu es : un homme qui marche, un homme qui a passé sa vie à marcher en ville, dans les rues.

Espaces clos, habitations, petites et grandes pièces qui ont protégé ton corps du grand air. En commençant par ta naissance à l'hôpital Beth Israel de Newark dans le New Jersey (3 février 1947) et en progressant jusqu'à maintenant (cette froide matinée de janvier 2011), voici les lieux où tu as garé ton corps au fil des ans – les lieux où, pour le meilleur et pour le pire, tu t'es dit chez toi.

1. – 75 South Harrison Street ; East Orange, New Jersey. Un appartement dans un immeuble en briques d'assez grande hauteur. Âge : de zéro à un an et demi. Pas de souvenirs, mais selon les histoires que tu as entendues plus tard dans ton enfance, ton père a réussi à obtenir un bail en donnant un poste de télévision à la propriétaire – pot-de-vin rendu nécessaire par la pénurie de logements qui s'était abattue sur le pays à la fin de la Seconde Guerre mondiale. Comme, à cette époque, ton père était propriétaire d'un petit magasin d'appareils électroménagers, l'appartement dans lequel tu vivais avec tes parents était équipé d'un poste de télévision, ce qui a fait de toi un des premiers Américains – un des premiers habitants de la planète, en fait – à grandir avec un téléviseur dès la naissance.

2. – 1500 Village Road ; Union, New Jersey. Appartement en rez-de-jardin dans un ensemble de bâtiments bas, en briques, appelé Stuyvesant Village. Des trottoirs alignés géométriquement avec de grandes bandes de gazon soigneusement entretenues. Le mot *grandes* est certainement relatif, étant donné que tu étais très petit à l'époque. Âge : de un an et demi à cinq ans. Pas de souvenirs, puis quelques souvenirs, puis des souvenirs en abondance. Les murs vert foncé et les stores vénitiens de la salle de séjour. Tu creuses avec une truelle pour trouver des vers. Un livre illustré sur un chien de cirque du nom de Peewee, dalmatien nain qui miraculeusement retrouve une taille normale. Tu organises ton parc de modèles réduits de voitures et de camions.

Des bains dans l'évier de la cuisine. Un cheval mécanique du nom de Whitey. Une tasse bouillante de chocolat renversée sur toi, qui te laisse une cicatrice permanente au creux du coude.

3. – 253 Irving Avenue ; South Orange, New Jersey. Une maison blanche en planches à clin avec un étage, construite dans les années 1920. Elle a une porte d'entrée jaune, une allée de garage en gravier et un grand jardin à l'arrière. Âge : de cinq à douze ans. Le site de presque tous tes souvenirs d'enfance. Tu es arrivé là il y a si longtemps que, pendant la première ou les deux premières années qui ont suivi ton emménagement, on livrait le lait en charrette à cheval.

4. – 406 Harding Drive ; South Orange, New Jersey. Maison plus vaste que la précédente, de style Tudor, inconfortablement perchée sur un coin de colline, pourvue d'une arrière-cour minuscule et d'un intérieur sombre et déprimant. Âge : de treize à dix-sept ans. La maison dans laquelle tu as enduré tes tourments d'adolescence, où tu as écrit tes premiers poèmes et tes premières nouvelles, où le mariage de tes parents s'est désintégré. Ton père a continué à y vivre (seul) jusqu'à sa mort.

5. – 25 Van Velsor Place, Newark, New Jersey. Appartement avec deux chambres à coucher, pas très loin du lycée Weequahic et de l'hôpital où tu es né. Loué par ta mère après la séparation avec ton père et le divorce. Âge : de dix-sept à dix-huit ans. Des chambres pour ta mère et pour ta petite sœur, mais toi tu dormais sur un canapé-lit dans une pièce minuscule, et pourtant ces dispositions nouvelles ne te déplaisaient pas parce que tu étais heureux que le mariage de tes parents, douloureusement raté, ait pris

fin, et tu étais soulagé de ne plus vivre en banlieue. Tu avais une voiture, à cette époque, une Chevrolet Corvair d'occasion achetée six cents dollars (ce sont les défauts de la Chevrolet Corvair qui ont lancé la carrière de Ralph Nader[1], mais tu n'as jamais eu de graves ennuis avec la tienne), et c'est au volant de ta voiture que tu te rendais tous les matins au lycée – à Maplewood, donc pas très loin –, où tu faisais semblant d'être un élève alors qu'en réalité tu étais libre, désormais, et que, soustrait à la supervision des adultes, tu allais et venais à ton gré et te préparais à prendre ton envol.

6. – Suite 814A, Carman Hall ; résidence de Columbia University. Deux chambres par suite, deux occupants par chambre. Des murs en parpaings, du lino au sol, deux lits bout à bout sous la fenêtre, deux bureaux, un placard-penderie pour ranger ses vêtements, et une salle de bains partagée avec les occupants du 814B. Âge : de dix-huit à dix-neuf ans. Carman Hall était la première résidence universitaire neuve construite sur le campus de Columbia depuis plus d'un demi-siècle. Un environnement austère, laid et sans charme, mais quand même bien préférable à ces chambres semblables à des cachots qu'on trouvait encore dans les résidences plus anciennes (Furnald, Hartley) où tu rendais parfois visite à des amis et où tu étais atterré par la puanteur des chaussettes sales, les lits superposés exigus et la perpétuelle obscurité. C'est à Carman Hall que tu te trouvais lors de la grande panne de courant de 1965 (partout des

1. Avocat devenu célèbre par ses campagnes en faveur des consommateurs.

bougies, une ambiance festive et anarchique), mais ce dont tu te souviens le plus quand tu repenses à ta chambre, ce sont les centaines de livres que tu as lus entre ses murs et les filles qui, de temps à autre, se retrouvaient au lit avec toi. L'administration de l'université venait juste de modifier les règles relatives aux visites féminines dans cet établissement de premier cycle universitaire réservé aux garçons : désormais, les filles pouvaient entrer dans les chambres – portes closes. Auparavant, il y avait eu une période pendant laquelle elles avaient le droit d'entrer du moment que la porte restait ouverte, puis deux ans pendant lesquels la porte devait être entrouverte d'au moins l'épaisseur d'un livre *[book]*, mais un élève brillant doté d'un esprit de talmudiste avait défié les autorités en employant une pochette d'allumettes *[matchbook]* et ce fut la fin des portes ouvertes. Ton compagnon de chambre était un ami de lycée. Il a commencé à tâter de la drogue vers le milieu du premier semestre et il s'y est enfoncé de plus en plus à mesure que l'année avançait. Rien de ce que tu lui disais ne semblait faire la moindre différence. Impuissant, tu l'as regardé se désintégrer. Dès l'automne suivant, il avait abandonné ses études – pour ne jamais les reprendre. C'est pourquoi tu as refusé de toucher à la drogue, même si tout, autour de toi, rugissait de l'appel dionysiaque des années 1960. L'alcool, d'accord ; le tabac, d'accord ; mais pas de drogues. Quand tu as terminé ton premier cycle en 1969, deux autres de tes amis d'adolescence étaient morts d'overdose.

7. – 311 West 107th Street ; Manhattan. Appartement de deux pièces au deuxième étage d'un bâtiment de quatre niveaux entre Broadway et Riverside

Drive. Âge : de dix-neuf à vingt ans. Ton premier appartement ; tu l'as partagé avec un camarade également étudiant de deuxième année, Peter Schubert, qui a été ton ami le plus proche pendant la première période de tes études. Un cloaque en piteux état et mal conçu qui n'avait en sa faveur que son faible loyer et le fait d'avoir deux portes d'entrée. La première s'ouvrait sur la pièce la plus grande qui faisait cuisine, salon et salle à manger, en même temps qu'elle te servait de chambre à coucher et de bureau. La deuxième donnait sur un étroit couloir, parallèle à la première pièce, qui menait tout au fond à une petite cellule, la chambre de Peter. Comme vous étiez aussi nuls l'un que l'autre pour le ménage, l'endroit était terriblement sale, l'évier sans cesse bouché, les appareils ménagers plus âgés que vous fonctionnaient à peine, les moutons de poussière s'engraissaient sur la moquette élimée, et vous avez peu à peu transformé ce galetas en taudis malodorant. Comme manger là devenait trop déprimant et que vous ne saviez ni l'un ni l'autre faire la cuisine, vous aviez tendance à prendre vos repas ensemble dans des restaurants bon marché, au Tom's ou au College Inn pour le petit-déjeuner – peu à peu, vous avez préféré le deuxième à cause de son excellent jukebox (Billie Holiday, Édith Piaf) –, et soir après soir, pour dîner, au Green Tree, restaurant hongrois situé à l'angle d'Amsterdam Avenue et de West 111th Street, où vous viviez de goulasch, de haricots verts trop cuits et de desserts faits de savoureuses crêpes – des *palačinka*. Pour une raison ou une autre, tes souvenirs de ce qui s'est passé dans cet appartement sont vagues, plus vagues que ceux des autres endroits où tu as vécu avant et après. Ce fut une époque de mauvais rêves – ils ont été nombreux – dont tu te souviens bien (le séminaire sur Montaigne donné par Donald Frame et le cours sur Milton avec Edward Tayler sont encore vivants dans ta mémoire), mais au total ce qui te revient à présent est un sentiment de mécontentement, un désir urgent de te retrouver ailleurs. La guerre du Viêtnam s'étendait, l'Amérique s'était divisée en deux, et l'air autour de toi était devenu lourd, à peine respirable, suffocant. Comme Schubert, tu t'es inscrit dans le programme qui vous permettait de passer votre troisième année à Paris ; tu as quitté New York en juillet, tu t'es disputé avec le directeur en août et tu as laissé tomber le programme, restant à Paris jusqu'au début du mois de novembre non plus en tant qu'étudiant mais en tant qu'ex-étudiant, et tu as vécu dans un petit hôtel sans aucun confort (pas de téléphone ni de salle de bains privée) où tu as commencé à respirer de nouveau, et puis on t'a persuadé de retourner à Columbia, chose sensée puisque tu étais opposé à la guerre et que la conscription te guettait. Mais cette période de liberté t'avait aidé, et quand, à contrecœur, tu es rentré à New York, les mauvais rêves avaient cessé.

8. – 601 West 115th Street ; Manhattan. Encore un appartement de deux pièces bizarrement disposé, juste à côté de Broadway, mais dans un immeuble bien plus solide que le précédent, avec, en plus, l'avantage d'une vraie cuisine située entre la grande pièce et la petite et dont la taille permettait (à peine) d'y glisser une minuscule table à abattants. Âge : vingt à vingt-deux ans. Ton premier appartement pour toi seul, perpétuellement sombre parce que situé au premier étage, mais par ailleurs adéquat, confortable, suffisant pour tes besoins du moment. C'est

là que tu as passé tes troisième et quatrième années d'études qui correspondent aux années turbulentes de Columbia, marquées par des manifestations et des occupations de locaux, des grèves d'étudiants et des raids policiers, des émeutes sur le campus, des expulsions et des paniers à salade qui emportaient des centaines de gens en prison. Tu as accompli ton travail d'étudiant avec diligence et ténacité, tu as écrit des critiques de films et de livres pour le journal des étudiants, tu as composé des poèmes et en as traduit d'autres, terminé plusieurs chapitres d'un roman que tu as fini par abandonner, mais en 1968 tu as également participé aux occupations de locaux qui ont duré une semaine au bout de laquelle on t'a jeté dans un fourgon de police qui t'a conduit dans une cellule de la prison appelée The Tombs, dans le sud de Manhattan. Ainsi que tu l'as déjà mentionné, tu avais depuis longtemps cessé de te battre physiquement et tu n'avais pas l'intention de te bagarrer avec les flics quand ils ont enfoncé la porte de la salle du Hall des Mathématiques où toi et plusieurs autres étudiants attendiez d'être arrêtés. Mais tu n'allais pas non plus coopérer et sortir de là sur tes deux pieds. Tu as laissé ton corps devenir tout mou – stratégie classique de résistance passive élaborée dans le Sud lors du mouvement pour les droits civiques – en pensant que les flics allaient te porter à l'extérieur sans faire d'histoires, mais les membres de la Tactical Patrol Force étaient en colère, ce soir-là : le campus qu'ils avaient envahi se transformait en champ de bataille sanglant, et ta façon d'aborder cette affaire avec de grands principes et sans violence ne leur convenait pas. Ils t'ont balancé des coups de pied et tiré par les cheveux, et comme tu refusais encore de te mettre debout, l'un d'eux t'a écrasé la main avec le talon de sa botte – un coup bien ciblé à la suite duquel tes articulations sont restées enflées et parcourues de douleurs pendant plusieurs jours. Dans le *Daily News* du lendemain matin, une photo te montrait au moment où on te traînait vers le panier à salade. La légende disait : *Têtu, le garçon*, et sans l'ombre d'un doute, c'était exactement ce que tu étais à ce moment-là de ta vie : un garçon têtu qui ne voulait pas coopérer.

9. – 262 West 107th Street ; Manhattan. Encore un appartement de deux pièces avec une cuisine où l'on pouvait s'asseoir, mais disposé moins bizarrement que les autres : une grande pièce et une autre un peu plus petite, cette dernière tout de même d'assez belle taille, sans commune mesure avec les espaces dignes d'un cercueil de tes deux précédents domiciles. Dernier étage d'un immeuble qui en comportait huit, entre Broadway et Amsterdam Avenue, ce qui signifiait plus de lumière que dans tous les autres logements new-yorkais que tu avais occupés, mais ce bâtiment était plus miteux que le dernier, et son entretien était assuré de manière aléatoire et plutôt apathique par le dénommé Arthur qui se signalait également par un tempérament jovial et un torse volumineux. Âge : de vingt-deux ans jusqu'à deux semaines au-delà de ton vingt-quatrième anniversaire, soit un an et demi en tout. Tu as vécu là avec ta petite amie, et c'était la première fois que, l'un et l'autre, vous tentiez de cohabiter avec une personne du sexe opposé. La première année, ton amie terminait son Bachelor of Arts[1] à Barnard. Toi, tu étais

1. Diplôme qui sanctionne les quatre premières années d'études universitaires.

inscrit en doctorat de littérature comparée à Columbia University, mais en réalité tu ne faisais qu'attendre ton heure : tu avais toujours su que tu ne ferais pas plus d'un an de doctorat, et en attendant, puisque l'université t'avait accordé une bourse, tu travaillais à ton mémoire de maîtrise qui s'est transformé en un essai de soixante pages intitulé "L'Art de la faim" (où tu examinais des œuvres d'Hamsun, de Kafka, de Céline et de Beckett). Tu consultais de temps à autre Edward Saïd qui était ton directeur de mémoire, tu fréquentais quelques séminaires obligatoires, séchais les cours magistraux et continuais à écrire de la fiction et des poèmes qui commençaient à être publiés dans de petites revues. Une fois l'année terminée, tu t'es, comme prévu, désinscrit du programme, abandonnant à jamais la vie d'étudiant pour aller travailler sur un pétrolier qui faisait la navette entre diverses raffineries du golfe du Mexique et de la côte atlantique – travail décemment rémunéré qui, tu l'espérais, financerait un séjour que tu envisageais de faire à Paris. Ta petite amie a trouvé quelqu'un pour partager le loyer de l'appartement pendant tes mois d'absence : une jeune femme blanche à l'esprit vif et à la langue bien pendue qui gagnait sa vie en se faisant passer pour un disc-jockey noir dans une station de radio entièrement noire. Elle y réussissait parfaitement, semble-t-il, ce qui t'amusait beaucoup ; mais comment ne pas voir là un autre symptôme de l'époque, un autre exemple de la logique démente qui avait envahi la réalité américaine ? Pour ce qui était de toi et de ton amie, votre expérience de vie conjugale vous avait quelque peu déçus, et lorsque tu es rentré de tes mois de travail dans la marine marchande pour préparer ton voyage à Paris, vous avez décidé d'un commun accord que votre idylle avait vécu et que tu partirais seul. Une nuit, à peu près deux semaines avant la date du départ, ton ventre s'est rebellé et les douleurs qui ont enflammé ton intestin ont été si intenses, si atroces, si tenaces que tu es resté plié en deux sur ton lit avec l'impression d'avoir avalé une casserole de fils de fer barbelés. La seule explication possible était une crise d'appendicite qui nécessitait, te semblait-il, une opération d'urgence. Il était deux heures du matin. Tu es allé en chancelant jusqu'au service d'urgences de l'hôpital St Luke où tu as dû patienter pendant une heure ou deux dans des souffrances extrêmes, et quand un médecin t'a enfin examiné, il a déclaré, sûr de lui, que ton appendice n'avait rien. Tu souffrais d'une gastrite aiguë. Prenez ces comprimés, t'a-t-il dit, évitez de manger des plats épicés, et peu à peu vous vous sentirez mieux. Son diagnostic et ses prévisions étaient justes, mais ce n'est que plus tard, bien des années après, que tu as compris ce qui t'était arrivé. Tu avais peur – mais sans savoir que tu avais peur. La perspective d'un déracinement t'avait plongé dans un état où tu souffrais d'une anxiété extrême mais complètement refoulée ; la pensée de rompre avec ton amie était bien plus déroutante pour toi que tu ne l'avais imaginé. Tu voulais aller seul à Paris, mais une partie de ton être était terrifiée par un bouleversement aussi radical ; du coup, ton ventre avait été mis sens dessus dessous et avait commencé à te déchirer. C'est l'histoire même de ta vie. Chaque fois que tu parviens à une croisée des chemins, ton corps s'effondre, car ton corps a toujours su ce que ton esprit ignorait, et, quel que soit le moyen qu'il emploie pour craquer, mononucléose, gastrite ou crises de panique, c'est toujours ton corps qui a repris à son compte le fardeau de tes peurs et de tes batailles internes, c'est toujours lui qui a encaissé les coups que ton esprit ne pouvait ou ne voulait pas supporter.

10. – 3, rue Jacques-Mawas ; 15e arrondissement, Paris. Encore un deux-pièces avec une cuisine où l'on peut s'asseoir, au troisième étage d'un bâtiment qui en comporte six. Âge : vingt-quatre ans. Peu après ton arrivée à Paris (le 24 février 1971), tu as commencé à te demander si tu avais bien fait de rompre avec ton amie. Tu lui as envoyé une lettre pour savoir si elle aurait le courage d'accorder une nouvelle chance à votre vie de couple, et quand elle a répondu oui, tu as repris avec elle le même genre de relation qu'avant, avec ses bons et mauvais moments, ses intermittences, ses hauts et ses bas. Elle devait te rejoindre à Paris au début du mois d'avril, et, en attendant, tu t'es mis à chercher un appartement meublé (le pétrolier avait bien rapporté, mais pas assez pour te permettre d'acheter des meubles), et tu as vite trouvé ce qu'il fallait, rue Jacques-Mawas : un endroit propre, plein de lumière, pas trop cher et équipé d'un piano. Comme ton amie était une excellente et fervente pianiste (Bach, Mozart, Schubert, Beethoven), tu as aussitôt pris l'appartement, sachant à quel point elle serait ravie de cet heureux hasard. Non seulement Paris, mais Paris avec un piano. Tu es entré dans les lieux, et une fois les aménagements de base réglés (literie, ustensiles de cuisine, vaisselle, serviettes de bain, couverts), tu as pris des dispositions pour que quelqu'un vienne remettre en état le piano désaccordé qui ne servait plus depuis des années. Le lendemain, un aveugle

est arrivé (tu as rarement rencontré un accordeur de pianos qui ne soit pas aveugle), de forte corpulence, âgé d'une cinquantaine d'années, avec un visage d'un blanc terreux et des yeux qui roulaient vers le haut. Une présence que tu as trouvée étrange, mais pas seulement à cause des yeux. C'était sa peau, une peau blême, une peau de vesse-de-loup, qui paraissait spongieuse et malléable comme s'il avait vécu sous terre sans jamais laisser la lumière lui toucher le visage. Il était accompagné d'un jeune homme de dix-huit ou vingt ans qui le tenait par le bras et le guidait pour lui faire franchir la porte d'entrée et le mener jusqu'à l'instrument dans la pièce du fond. Comme le jeune homme n'a pas dit un mot pendant la séance, tu n'as pas réussi à savoir s'il s'agissait de son fils, de son neveu, de son cousin ou de quelqu'un dont il louait les services, mais l'accordeur, en revanche, était bavard et quand il a eu terminé son travail, il a pris un moment pour parler avec toi. "Cette rue, a-t-il déclaré, cette rue Jacques-Mawas dans le 15e arrondissement, elle est toute petite, pas vrai ? À peine quelques immeubles, si je ne me trompe." Tu lui as répondu qu'il ne se trompait pas, qu'elle était en effet très courte. "C'est drôle, a-t-il poursuivi, mais il se trouve que j'y ai habité pendant la guerre. À cette époque, c'était un bon endroit pour trouver un appartement." Tu lui as demandé pourquoi. "Parce que, a-t-il dit, il y avait beaucoup d'israélites qui vivaient dans ce quartier, mais quand la guerre a commencé, ils sont partis." D'abord, tu n'arrivais pas à bien comprendre ce qu'il essayait de te dire – ou bien tu refusais de croire ce qu'il te disait. Le mot *israélite* t'avait peut-être un peu déconcerté, mais ton français était suffisant pour que tu saches qu'il s'agissait d'un synonyme assez répandu du mot *juif*, du moins chez les gens qui avaient vécu la guerre, même si, d'après ton expérience, il véhiculait toujours un côté péjoratif – moins une déclaration ouverte d'antisémitisme qu'une façon de mettre une distance entre les juifs et les Français, de les transformer en quelque chose d'étranger et d'exotique, de les ramener à ce curieux peuple antique vivant dans le désert avec ses coutumes bizarres et son dieu vengeur et primitif. C'était déjà déplaisant, mais la suite de sa phrase a révélé une telle ignorance, ou un déni si délibéré, que tu t'es demandé si tu parlais au plus gros crétin du monde ou à un ancien collaborateur du régime de Vichy. *Ils sont partis.* Sans aucun doute pour quelque croisière de luxe autour du monde, cinq ans de vacances sans interruption passées à se dorer au soleil de la Méditerranée, à jouer au tennis dans les Keys de Floride et à danser sur les plages d'Australie. Tu voulais que cet aveugle s'en aille, qu'il disparaisse de ton champ de vision aussi vite que possible, et puis, au moment où tu lui as tendu son argent, tu n'as pas pu t'empêcher de lui poser une dernière question. “Oh, lui as-tu dit, et où sont-ils allés lorsqu'ils sont partis ?” L'accordeur est resté un instant silencieux comme s'il cherchait une réponse, et comme il n'en venait aucune, il t'a souri avec l'air de s'excuser. “J'en ai aucune idée, a-t-il dit, mais la plupart ne sont pas revenus.” Telle a été la première d'une série de leçons sur la vie à la française qui t'ont été inculquées à la dure dans cet immeuble. La deuxième est venue deux semaines plus tard sous forme de Guerre des Tuyaux. La plomberie de ton appartement n'était pas neuve, et les toilettes, pourvues d'une chasse d'eau dont le réservoir, en hauteur, était actionné par une chaîne, ne fonctionnaient pas bien. Chaque fois qu'on tirait la chasse, l'eau coulait pendant très longtemps en faisant beaucoup de bruit. Tu n'y avais pas fait attention, ce problème d'écoulement ne représentant guère pour toi qu'un inconvénient mineur. Mais, apparemment, il dérangeait énormément les occupants de l'appartement au-dessous du tien, produisant le même vacarme qu'un bain qu'on aurait fait couler en ouvrant les robinets à fond. Tu ne t'en es pas rendu compte avant de recevoir une lettre glissée un jour sous ta porte. Elle venait de ta voisine du dessous, une certaine Mme Rubinstein (quel choc pour l'accordeur de pianos, s'il avait appris que l'adresse qui avait été la sienne pendant la guerre abritait encore quelques israélites qui avaient oublié de mourir). Dans cette lettre courroucée, elle se plaignait de l'insupportable tintamarre de bains de minuit et t'informait du fait qu'elle avait écrit au propriétaire, à Arras, pour le mettre au courant de tes agissements. Et s'il ne lançait pas aussitôt contre toi une procédure d'expulsion, elle alerterait la police. La violence de son ton t'a stupéfait, tu étais abasourdi de constater qu'elle n'avait même pas pris la peine de frapper à ta porte pour te parler de vive voix du problème (ce qui était la méthode habituelle, à New York, pour résoudre ce genre de différend entre locataires d'appartements), et qu'à la place elle avait, dans ton dos, *fait appel aux autorités*. Telle était la façon française, par opposition à l'américaine – une foi illimitée en la hiérarchie du pouvoir, une croyance aveugle dans les voies de la bureaucratie pour redresser les torts et rectifier la plus petite injustice. Tu n'avais jamais rencontré cette femme, tu ne savais pas du tout à quoi elle ressemblait, et la voilà qui t'attaquait en te lançant des insultes sauvages, qui te déclarait la guerre à propos d'un problème que, jusqu'alors, tu n'avais même pas remarqué. Pour éviter ce que tu pensais devoir être une expulsion immédiate, tu as écrit au propriétaire, tu lui as donné ta version de l'affaire, lui as promis de faire réparer la chasse déréglée et tu as reçu de lui une réponse joviale, tout à fait réconfortante : Il faut que jeunesse se passe, soyons tolérants, ne vous en faites pas, mais simplement allez-y doucement avec l'hydrothérapie, d'accord ? (Les Français hargneux, et, à l'inverse, les Français au grand cœur : durant les trois ans et demi que tu as passés parmi eux, tu as rencontré quelques personnages parmi les plus froids et les plus teigneux qui soient sur cette Terre, mais aussi quelques-uns des hommes et des femmes les plus généreux que tu aies jamais connus.) La paix a ensuite régné quelque temps. Tu n'avais toujours pas vu Mme Rubinstein, mais les plaintes venant de l'étage du bas avaient cessé. Puis ton amie est arrivée de New York et l'appartement silencieux s'est rempli du jeu de son piano, et comme tu aimes la musique par-dessus tout, il te paraissait inconcevable qu'on puisse protester contre les chefs-d'œuvre du clavier émanant du troisième étage. Un dimanche, pourtant, par un après-midi de fin de printemps exceptionnellement beau, alors qu'assis sur le canapé tu écoutais ton amie jouer les *Moments musicaux* de Schubert, un chœur de voix furieuses et criardes a soudain éclaté au-dessous de chez vous. Les Rubinstein recevaient des invités, et les voix rageuses lançaient : “Impossible ! Ça suffit ! La coupe est pleine !” Puis quelqu'un s'est mis à donner des coups de manche à balai contre le plafond juste sous le piano, tandis qu'une femme criait : "Arrêtez ! Arrêtez tout de suite ce vacarme infernal !" Pour toi aussi la coupe était pleine, et alors que la voix du deuxième étage poursuivait ses hurlements, tu as foncé hors de ton appartement, dévalé l'escalier et frappé – avec force – à la porte des Rubinstein. Elle s'est ouverte en moins de trois secondes (ils avaient dû t'entendre venir), et tu t'es retrouvé face à cette Mme Rubinstein jusqu'ici invisible, qui s'est révélée être une femme attirante âgée d'une quarantaine d'années (pourquoi voulons-nous toujours supposer que les gens désagréables sont laids ?), et, sans autre préambule, vous vous êtes tous deux lancés dans un concours de vociférations à gorge déployée. Tu n'étais pas du genre à t'emporter facilement, il ne t'était pas difficile de rester maître de tes émotions, tu faisais en général ton possible pour éviter les disputes, mais ce jour-là ta colère t'avait mis hors de toi, et comme elle semblait élever ton français à des niveaux de vitesse et de précision inégalés chez toi, votre joute verbale s'est déroulée d'égal à égal. Ta position : Nous avons parfaitement le droit de jouer du piano un dimanche après-midi et d'ailleurs n'importe quel après-midi, à n'importe quelle heure de n'importe quel jour, semaine ou mois, du moment que ce n'est pas une heure indûment tardive ou matinale. Sa position : Vous êtes dans une maison bourgeoise respectable ; si vous voulez jouer du piano, louez un studio ; ici, c'est une bonne maison bourgeoise, ce qui veut dire qu'on doit suivre des règles et se conduire de manière civilisée ; le vacarme est interdit ; un inspecteur de police vivait dans votre appartement, l'an dernier, et nous l'avons fait expulser parce qu'il entrait et sortait à des heures irrégulières ; c'est une maison bourgeoise décente ; nous avons un piano dans notre appartement, mais est-ce que nous en jouons, *nous* ? Non, certainement pas. Ses arguments te frappaient comme pauvres, stéréotypés, tautologiques – c'étaient des affirmations comiques dignes du Monsieur Jourdain de Molière, mais elle les assénait avec une telle fureur et une assurance si venimeuse que tu n'étais pas d'humeur à rire. Cet échange verbal n'allait nulle part, vous n'étiez disposés à bouger ni l'un ni l'autre, vous étiez en train de dresser entre vous un mur d'hostilité permanente, et quand tu t'es représenté à quel point l'avenir allait être pénible si vous continuiez à vous en prendre ainsi l'un à l'autre, tu as décidé que le moment était venu de jouer ton atout maître, de renverser le cours de la dispute, de lui imprimer une tout autre direction. C'est triste, as-tu dit, terriblement triste et pitoyable de voir deux juifs se battre comme ça ; pensez à toutes ces souffrances et à ces morts, madame Rubinstein, à toutes les horreurs qu'a subies notre peuple, et nous voilà à crier l'un contre l'autre pour rien du tout ; nous devrions avoir honte. Le stratagème a fonctionné comme tu l'avais espéré. Quelque chose dans ta façon d'exprimer ce que tu avais dit avait pénétré jusqu'à elle, et soudain la bataille a été terminée. À partir de ce jour-là, Mme Rubinstein a cessé de s'opposer à toi. Chaque fois que tu la voyais dans la rue ou dans l'entrée de l'immeuble, elle te souriait et te saluait avec la bienséance appropriée à ce genre de rencontre : *Bonjour, monsieur,* à quoi tu répondais poliment en souriant à ton tour : *Bonjour, madame*. Telle était la vie en France. Les gens vous poussaient par habitude, par simple plaisir de pousser, et continuaient à le faire jusqu'à ce que vous leur montriez que vous aussi vous pouviez réagir en poussant, et alors vous gagniez leur respect. Ajoutez à cela le fait du hasard, à savoir que Mme Rubinstein et toi-même étiez juifs, et il n'y avait plus aucune raison de se battre : ton amie pouvait jouer du piano aussi souvent qu'elle voulait. Tu avais la nausée en songeant que tu t'étais laissé aller à utiliser une tactique aussi peu reluisante, mais ton atout a joué son rôle et t'a procuré la paix pendant tout le reste du temps que tu as passé rue Jacques-Mawas.

11. – 2, rue du Louvre ; 1er arrondissement, Paris. Une chambre de bonne tout en haut d'un immeuble de six étages face à la Seine. Âge : vingt-cinq ans. Ta chambre se trouvait au fond, et quand tu regardais par la fenêtre tu voyais une gargouille jaillissant du clocher de l'église à côté, Saint-Germain-l'Auxerrois, l'église même dont les cloches ont sonné le tocsin sans interruption le 24 août 1572 pour répandre la nouvelle du massacre de la Saint-Barthélemy. Quand tu regardais à ta gauche, tu voyais le Louvre. À ta droite, les Halles et au loin, vers le nord de Paris, le dôme blanc de Montmartre. C'est l'espace le plus exigu dans lequel tu as jamais vécu, une chambre si petite qu'elle ne pouvait contenir que l'essentiel le plus strict : un lit étroit, un bureau minuscule avec sa chaise à dossier droit, un lavabo et, près du lit, une autre chaise droite sur laquelle tu posais la plaque électrique chauffante et l'unique casserole que tu possédais, instruments qui te servaient à faire bouillir de l'eau pour ton café soluble et tes œufs durs. Les toilettes étaient au fond du couloir ; ni baignoire ni douche. Tu habitais là parce que tu manquais d'argent et qu'on ne te faisait pas payer

la chambre. Les auteurs de ce geste extraordinairement généreux étaient tes amis Jacques et Christine Dupin (les meilleurs et les plus gentils des amis – que leur nom soit sanctifié à jamais) qui vivaient au premier étage dans un grand appartement, et comme il s'agissait d'un immeuble haussmannien, leur appartement était pourvu d'une chambre supplémentaire pour la bonne, au dernier étage. Tu y as vécu seul. Une fois de plus, ton amie et toi n'aviez pas réussi à faire fonctionner votre couple, vous vous étiez de nouveau séparés et elle était alors allée vivre dans l'Ouest de l'Irlande, à quelques kilomètres de Sligo, où elle partageait un cottage chauffé à la tourbe avec une amie de lycée. Et même si, à un moment donné, tu t'es rendu en Irlande pour tenter de la reconquérir, ton geste chevaleresque n'a rien donné car elle venait d'unir son cœur à celui d'un jeune Irlandais, et ton intervention coïncidait avec l'un des premiers stades de leur liaison (laquelle a fini, elle aussi, par ne rien donner), autrement dit, tu avais mal choisi le moment de ton voyage, et tu as quitté les vertes et venteuses collines de Sligo en te demandant si tu l'avais vue pour la dernière fois. Tu es retourné dans ta chambre, à la solitude de ta chambre, la plus exiguë des petites chambres qui parfois t'obligeait à sortir en quête de prostituées, mais tu aurais tort de dire que tu y as été malheureux, car tu n'avais aucun mal à t'adapter à la pauvreté de ta situation, et tu as même trouvé stimulant de découvrir que tu étais capable de subsister avec presque rien et que, du moment que tu pouvais écrire, ta façon de vivre ou ton lieu de vie n'avaient pas d'importance. Chaque jour, durant les mois que tu as passés là, des ouvriers du bâtiment ont travaillé juste en face de ton immeuble : ils creusaient un garage souterrain qui comporterait quatre ou cinq niveaux. La nuit, chaque fois que tu allais à ta fenêtre et regardais les monceaux de terre et le vaste trou qui allait s'agrandissant dans le sol au-dessous de toi, tu apercevais des rats, des centaines de rats mouillés et luisants courant dans la boue.

12. – 29, rue Descartes ; 5e arrondissement, Paris. Encore un deux-pièces avec une cuisine où l'on pouvait s'asseoir, au troisième étage d'un immeuble de six étages. Âge : vingt-six ans. Un certain nombre de travaux en free-lance bien payés t'avaient sorti de la misère, et tes finances étaient maintenant suffisamment solides pour que tu signes un bail te donnant accès à un nouvel appartement. Ton amie était rentrée de Sligo, l'Irlandais était désormais hors circuit, et de nouveau, vous avez tous deux décidé d'unir vos forces pour tenter de vivre ensemble. Cette fois, les choses se sont plutôt bien passées, peut-être pas sans quelques cahots, mais les secousses ont été moins fortes que précédemment et aucun de vous deux n'a menacé de laisser l'autre en plan. L'appartement du 29, rue Descartes a sans aucun doute été l'endroit le plus plaisant que tu aies occupé à Paris. Même la concierge était agréable (une jolie jeune femme aux cheveux blonds coupés court, mariée à un gendarme, toujours souriante, toujours le mot aimable, contrairement aux vieilles biques acariâtres et fouineuses qui, traditionnellement, veillaient sur les immeubles parisiens), et tu t'es senti heureux de vivre dans cette partie de la ville, au centre du vieux Quartier latin, en montant vers la place de la Contrescarpe et ses cafés, ses restaurants et son marché en plein air toujours animé, bruyant et théâtral.

Sauf que les piges bien payées de l'année précédente se faisant rares, tes ressources, de nouveau, s'amenuisaient. Tu as calculé que tu serais en mesure de tenir jusqu'à la fin de l'été, puis tu serais obligé de faire tes valises et rentrer à New York. À la dernière minute, cependant, ton séjour en France s'est trouvé prolongé de manière inattendue.

13. – Saint-Martin ; Moissac-Bellevue, Var. Une maison de ferme dans le quart sud-est de la Provence. Un rez-de-chaussée et un étage, des murs de pierre d'une épaisseur colossale, un toit de tuiles rouges, des volets et des portes vert foncé, le tout entouré de plusieurs hectares de champs bordés d'un côté par une forêt domaniale et de l'autre par une route de terre : au milieu de nulle part. Sur l'une des pierres au-dessus de la porte d'entrée étaient gravés les mots *L'An VI*, en référence, supposas-tu, à la sixième année de la Révolution, ce qui suggérait que la maison avait été construite en 1794 ou 1795. Âge : de vingt-six à vingt-sept ans. Ton amie et toi avez passé neuf mois à veiller sur cette propriété lointaine du Sud de la France où vous avez vécu du début du mois de septembre 1973 jusqu'à la fin du mois de mai 1974. Et bien que tu aies déjà écrit sur quelques-uns des événements qui te sont arrivés dans cette maison (*Le Carnet rouge*, histoire numéro 2), il y a aussi bien des choses dont tu n'as pas parlé dans ces cinq pages. Quand tu penses aujourd'hui à la période que tu as passée dans cette partie du monde, ce qui te revient en premier, c'est l'air, les senteurs de thym et de lavande qui s'élevaient autour de toi dès que tu marchais dans les champs autour de la maison, l'air qui embaumait, l'air qui se musclait quand le vent soufflait, qui se

faisait langoureux quand le soleil descendait dans la vallée et que les lézards et les salamandres se glissaient hors des fissures des rochers pour s'assoupir dans la chaleur, et puis aussi la sécheresse et la dureté de cette campagne, les pierres grises, fondues, le sol crayeux et blanchâtre, la terre rouge dans certains sentiers et sur certaines portions de route, les scarabées dans la forêt qui poussaient d'énormes boules d'excréments, les pies qui s'abattaient sur les champs et les vignes proches, les troupeaux de moutons qui passaient dans le pré juste derrière la maison, l'apparition soudaine de ces moutons, serrés par centaines les uns contre les autres, qui avançaient dans le cliquetis de leurs cloches, la violence du mistral, les vents de tempête qui soufflaient soixante-douze heures d'affilée en secouant toutes les fenêtres, tous les volets, toutes les portes et toutes les tuiles mal ajustées, les genêts jaunes qui recouvraient les collines au printemps, les amandiers en fleurs, les buissons de romarin, les chênes verts rabougris et chétifs au tronc noueux et aux feuilles luisantes, l'hiver glacial qui vous a obligés à fermer l'étage et à vivre dans les trois pièces du rez-de-chaussée chauffées par un radiateur électrique dans l'une et par un feu de cheminée dans l'autre, les ruines de la chapelle, sur une butte proche, où les Templiers avaient coutume de s'arrêter quand ils partaient en croisade, la friture dans ton transistor qui a grésillé sans interruption pendant les deux semaines où, en pleine nuit, tu t'évertuais à capter les retransmissions, effectuées depuis Francfort par la station radio de l'armée américaine, des matchs de base-ball opposant les Mets à Cincinnati dans les rencontres éliminatoires de la National League et les Mets à Oakland dans la World Series[1]. Te reviennent aussi la tempête de grêle à laquelle tu songeais encore l'autre jour – ces petits blocs de glace qui mitraillaient le toit de terre cuite avant de fondre dans l'herbe autour de la maison et qui, même s'ils étaient moins gros que des balles de base-ball, auraient quand même fait des balles de golf pour des géants de trois mètres –, tempête suivie par une seule et unique chute de neige sous laquelle tout est momentanément devenu blanc, et ton plus proche voisin, un métayer célibataire qui vivait seul avec son chien truffier dans une maison jaune en train de s'écrouler où il rêvait de révolution mondiale, et puis les bergers qui fréquentaient le bar au sommet de la colline de Moissac-Bellevue, des hommes aux mains et au visage noirs de terre, jamais tu n'as vu de gens plus sales, ils parlaient tous avec l'accent du Midi, en roulant les *r* et en ajoutant aux mots des *g* qui transformaient *pain* en *paing* et *vin* en *ving*, prononçant aussi, conformément à ses origines provençales, le *s* devenu muet dans tout le reste de la France, ce qui changeait étrangers en *estrangers*, et, dans toute la région, on voyait, peint sur les rochers et les murs, le slogan *Occitanie libre!* car on était ici au pays qui avait été celui de la langue d'oc à l'époque médiévale et pas au pays de la langue d'oïl, et oui, toi et ta petite amie étiez des *estrangers* cette année-là, mais que la vie était douce dans cette partie du pays quand on la comparait à l'énervement et au formalisme crispé

1. La National League est une des deux plus grandes ligues de base-ball. La World Series est une série de sept rencontres qui opposent le champion de la National League au champion de l'American League.

de Paris, et avec quelle chaleur vous avez été traités pendant votre séjour dans le Sud, y compris par un couple bourgeois et guindé portant le nom impossible d'Assier de Pompignon qui vous invitait de temps en temps dans sa maison du village voisin de Régusse pour regarder des films à la télé, sans parler des gens que tu as connus à Aups, un village situé à sept kilomètres de la maison, où vous vous rendiez deux fois par semaine pour faire vos courses et dont la population de trois ou quatre mille habitants en était venue à te paraître celle d'une vaste métropole à mesure que les mois d'isolement s'accumulaient, et comme il n'y avait que deux cafés dignes de ce nom, l'un de gauche et l'autre de droite, vous avez fréquenté le café de gauche où les habitués vous ont accueillis chaleureusement – c'étaient des paysans ou des mécaniciens débraillés, soit socialistes soit communistes, des gens du cru bavards et chahuteurs qui s'étaient pris d'affection pour les jeunes *estrangers* américains, et tu te rappelles que vous étiez assis avec eux dans ce bar quand tous ensemble vous avez regardé à la télévision les résultats des élections de 1974 (la campagne opposant Giscard à Mitterrand après la mort de Pompidou), et tu revois l'hilarité et la déception finale de cette soirée, tous ces gens bourrés en train de crier bravo, tous ces gens bourrés en train de hurler des insultes, mais il y avait aussi à Aups ton copain, le fils du boucher, qui était à peu près de ton âge, qui travaillait dans le magasin de son père et qu'on préparait à reprendre l'affaire familiale : c'était par ailleurs un photographe passionné et très habile qui a passé cette année-là à faire un reportage sur l'évacuation et la démolition d'un hameau destiné à être noyé sous les eaux après la construction d'un barrage, oui, le fils du boucher et ses photos déchirantes, les gars ivres dans le bistro socialo-communiste, mais aussi le dentiste de Draguignan que ton amie a dû aller voir souvent pour qu'il effectue un traitement de canal de racine dentaire compliqué, toutes ces heures passées sur son fauteuil, et quand le travail a enfin été terminé et qu'il lui a présenté la facture, celle-ci s'élevait à trois cents francs en tout, une somme si modeste, si peu en rapport avec le temps passé et les efforts déployés qu'elle lui a demandé pourquoi il demandait si peu, et il a répondu avec un geste de la main et un petit haussement d'épaules embarrassé : "N'y pensez plus. Moi aussi, j'ai été jeune."

14. – 456 Riverside Drive ; au milieu du long pâté de maisons entre West 116th Street et West 119th Street à Manhattan. Deux pièces séparées par une minuscule cuisine toute en longueur et d'une extrême étroitesse : le penthouse du côté nord au dixième étage d'un bâtiment de neuf donnant sur l'Hudson. L'appellation "penthouse" était quelque peu trompeuse en l'occurrence car ton logement et l'appartement en attique du côté sud qui le suivait ne faisaient pas structurellement partie du bâtiment où tu habitais. Tous deux étaient situés à l'intérieur d'une maison minuscule à toit plat, séparée et autonome, faite de stuc blanc et posée sur le toit principal de l'immeuble, telle une hutte de paysan bizarrement transportée d'une misérable ruelle de quelque village mexicain. Âge : de vingt-sept à vingt-neuf ans. À l'intérieur, l'espace était restreint, à peine suffisant pour deux personnes (ton amie et toi étiez encore ensemble), mais les appartements new-yorkais dans vos moyens s'étaient révélés rares, et après trois ans

et demi à l'étranger tu avais passé plus d'un mois à chercher à vous loger – n'importe où aurait fait l'affaire –, et tu estimais que tu avais eu de la chance d'aboutir à ce perchoir aussi aéré qu'inconfortable. Une lumière vive, des parquets luisants, des vents violents en provenance de l'Hudson, et l'exceptionnel cadeau que constituait une grande terrasse en forme de L sur le toit, terrasse dont la surface égalait ou dépassait celle de l'intérieur de l'appartement. Par temps chaud, elle atténuait la sensation de claustrophobie, et tu ne te lassais jamais de sortir sur le toit pour regarder le panorama à l'avant du bâtiment : les arbres de Riverside Park, la tombe de Grant sur la droite, la circulation sur la Henry Hudson Parkway, et surtout le fleuve et le spectacle qu'il offrait d'une activité inlassable, avec des bateaux à moteur et des voiliers en nombre incalculable sillonnant ses eaux, des cargos et des remorqueurs, des péniches, des yachts et les régates quotidiennes entre les vaisseaux industriels et les bateaux de plaisance qui peuplaient ce fleuve dont tu t'es vite aperçu qu'il constituait un monde à part, un monde parallèle à la parcelle de terre que tu habitais, une ville aquatique juste au-delà de la ville de pierre et de terre. S'il arrivait de temps à autre à un faucon égaré de s'installer sur le toit, vous receviez le plus souvent la visite de mouettes, de corbeaux et d'étourneaux. Un après-midi, un pigeon roux (couleur saumon, tacheté de blanc) a atterri devant votre fenêtre : c'était un oisillon blessé doté d'une curiosité sans peur et d'yeux étranges cernés de rouge. Après avoir été nourri pendant une semaine par ton amie et toi et s'être suffisamment rétabli pour recommencer à voler, il n'a cessé de revenir sur le toit de votre appartement presque tous les jours pendant des mois, tant et si bien que ton amie a fini par lui donner un nom, Joey, ce qui signifiait que Joey le pigeon avait acquis le statut d'animal domestique, et ce compagnon d'extérieur a partagé la même adresse que vous jusqu'à l'été suivant où, battant des ailes une dernière fois, il a pris son envol pour de bon. Dès ton retour d'Europe, tu t'étais mis à travailler de midi à dix-sept heures pour un marchand de livres rares d'East 69th Street, à écrire des poèmes, à rédiger des critiques de livres et à te réacclimater lentement à l'Amérique juste au moment des audiences du Watergate et de la chute de Richard Nixon, événements qui faisaient des États-Unis un pays légèrement différent de celui que tu avais quitté. Le 6 octobre 1974, à peu près deux mois après votre emménagement, ton amie et toi êtes devenus mari et femme. Une petite cérémonie dans votre appartement, puis une fête organisée par un ami qui vivait non loin, dans un appartement beaucoup plus grand que le vôtre. Étant donné les fréquents revirements affectifs auxquels vous étiez sujets depuis le début de votre relation, les allers-retours perpétuels, les liaisons que vous entreteniez avec d'autres, les ruptures et les raccommodements qui se succédaient aussi régulièrement que les saisons, l'idée que l'un ou l'autre ait alors pu envisager le mariage t'apparaît aujourd'hui comme une folie, une sorte d'illusion délirante. À tout le moins, vous preniez un risque énorme en misant sur la solidité de votre amitié et sur votre ambition commune de devenir écrivains pour faire de votre mariage autre chose que ce que vous aviez déjà connu ensemble, mais c'est un pari que vous avez perdu, et vous l'avez perdu tous les deux parce que votre destin était de le perdre, et vous n'avez donc pas réussi à le faire tenir plus de quatre ans : mariés en octobre 1974, vous avez jeté l'éponge en novembre 1978. Vous aviez tous les deux vingt-sept ans quand vous avez convolé – assez âgés pour savoir à quoi vous en tenir, peut-être, mais par ailleurs loin, l'un comme l'autre, d'être tout à fait adultes ; vous étiez au fond de vous encore des adolescents et, la dure vérité, c'est que vous n'aviez aucune chance de vous en tirer.

15. – 2230 Durant Avenue ; Berkeley, Californie. Un petit appartement de deux pièces avec kitchenette, face au stade où ont lieu les matchs de football américain de l'université et à distance de marche du campus. Âge : vingt-neuf ans. Agité, insatisfait sans raison précise, en proie à une sensation croissante d'incarcération dans cet appartement new-yorkais trop petit, tu as été sauvé par une soudaine rentrée d'argent liquide (une bourse de la fondation Ingram Merrill) qui ouvrait le champ à d'autres possibilités, à d'autres solutions au problème du mode et du lieu de vie, et comme tu sentais que le moment était venu pour toi de te secouer les puces, ta femme et toi êtes montés dans le train pour Chicago, où vous avez pris une correspondance pour la côte ouest en traversant les interminables plaines du Nebraska, les montagnes Rocheuses, les déserts de l'Utah et du Nevada, ce qui vous a menés à San Francisco au bout de trois jours de voyage. C'était en avril 1976. Vous projetiez d'essayer la Californie pendant six mois pour voir si d'aventure vous pourriez avoir envie de vous y installer définitivement. Vous aviez plusieurs amis proches dans la région, vous y étiez rendus l'année précédente et en étiez repartis avec une impression favorable. Si vous aviez choisi de

mener votre expérience à Berkeley plutôt qu'à San Francisco, c'était parce que les loyers y étaient plus bas, que vous n'aviez pas de voiture et que la vie serait plus facile sans voiture de ce côté-là de la baie. L'appartement n'était pas grand-chose, une sorte de boîte au plafond bas qui sentait légèrement le moisi quand les fenêtres étaient fermées, mais il n'était ni invivable ni sinistre. Tu n'as cependant pas gardé le souvenir d'avoir pris la décision de le louer, parce que peu après votre arrivée, au cours de la première semaine où vous étiez hébergés chez des amis, on t'a invité à une partie impromptue de softball, et pendant la deuxième manche, alors que tu avais le dos tourné au coureur et que tu te tenais nettement à l'écart de la ligne des bases en attendant de recevoir la balle qui allait t'être lancée du champ extérieur, le coureur a intentionnellement dévié de sa trajectoire pour te foncer dessus par-derrière, t'envoyant au sol au moyen d'un de ces blocages meurtriers qu'on pratique dans le football américain (mauvais sport), et comme c'était un homme de forte carrure et que tu n'étais pas préparé à un choc pareil, la collision t'a fait partir la tête en arrière avant de te projeter par terre, ce qui a provoqué un syndrome cervical traumatique grave. (Ton agresseur, connu pour son manque d'esprit sportif et souvent surnommé "la Bête", était un intellectuel extrêmement subtil qui a par la suite écrit des livres sur la peinture hollandaise du XVIIe siècle et traduit un certain nombre de poètes allemands. Il se trouvait qu'il avait étudié avec un de tes anciens professeurs, un homme que vous admiriez tous les deux, et quand la Bête a appris ce lien entre vous, il s'est dit profondément contrit, ajoutant qu'il ne te serait jamais rentré dedans s'il avait su qui tu étais. Une façon de s'excuser qui t'a toujours laissé perplexe. Essayait-il de te dire que seuls les anciens élèves d'Angus Fletcher étaient à l'abri de ses sales coups mais que tous les autres étaient des cibles légitimes ? Tu te grattes encore la tête pour en décider.) Tes amis t'ont emmené au service des urgences de l'hôpital local où l'on t'a donné une minerve rembourrée qui s'ajustait au moyen d'une bande Velcro ainsi qu'une ordonnance pour de fortes doses de Valium, relaxant musculaire que tu n'avais jamais pris et espères ne jamais devoir reprendre, car s'il était très efficace pour atténuer la douleur, il t'a plongé dans un état d'abrutissante stupeur pour presque toute la semaine, effaçant le souvenir des événements à peine étaient-ils survenus, de sorte que plusieurs jours de ta vie se sont trouvés rayés du calendrier. Tu n'arrives pas à te rappeler la moindre chose qui te soit arrivée pendant que tu te promenais avec cette minerve qui te transformait en monstre de Frankenstein et que tu ingurgitais ces comprimés générateurs d'amnésie, et par conséquent, quand ta première femme et toi avez emménagé dans l'appartement de Durant Avenue, tu l'as félicitée d'avoir trouvé un logement si bien situé alors qu'elle t'avait longuement consulté avant que vous preniez d'un commun accord la décision d'aller y habiter. Vous y êtes restés les six mois que vous vous étiez fixés, mais pas davantage. La Californie avait beaucoup d'atouts en sa faveur, tu étais tombé amoureux de ses paysages, de sa végétation, de l'omniprésente odeur d'eucalyptus, des brumes et des gerbes de lumière qui venaient soudain tout illuminer, mais au bout d'un moment tu as senti que New York te manquait, avec son immensité et son désordre, car plus tu connaissais San Francisco, plus cette ville te paraissait petite et ennuyeuse, et si tu n'éprouvais aucune difficulté à vivre en solitaire dans les endroits les plus isolés (à preuve tes neuf mois dans le Var qui avaient constitué pour toi une période d'intense fertilité), tu as décidé que si tu devais vivre dans une ville, il fallait que ce soit une grande ville, qu'elle soit la plus grande des villes, ce qui signifiait que tu pouvais épouser les extrêmes que représentaient les campagnes retirées et les lieux massivement urbanisés, les deux étant tout aussi inépuisables à tes yeux, mais les petites villes et les villages s'usaient trop vite et finissaient par te laisser froid. Vous êtes donc retournés à New York au mois de septembre, avez récupéré le petit appartement donnant sur l'Hudson (vous l'aviez sous-loué), et vous êtes réinstallés. Mais pas pour longtemps. En octobre tombait la bonne nouvelle, la nouvelle tant espérée qu'un enfant était en route – ce qui signifiait que vous alliez devoir trouver un autre logement. Vous vouliez rester à New York, mais New York était trop chère et après avoir passé plusieurs mois à chercher un appartement dans vos moyens, vous avez accepté votre défaite et commencé à regarder ailleurs.

16. – 252 Millis Road ; Stanfordville, New York. Une maison blanche avec un étage dans le nord du comté de Dutchess. Date de construction inconnue, mais ni neuve ni particulièrement vieille, ce qui laisse supposer une date entre 1880 et 1910. Deux mille mètres carrés de terrain avec un potager à l'arrière et, devant, un jardin sombre abrité par des pins, et puis un petit bois entre votre propriété et la suivante plus au sud. Une maison fatiguée mais pas

totalement décrépite, susceptible d'être améliorée au fil du temps à condition de disposer de fonds suffisants, avec salle de séjour, salle à manger, cuisine, chambre d'amis/bureau au rez-de-chaussée et trois chambres à l'étage. Prix d'achat : 35 000 dollars. Elle faisait partie d'un groupe de maisons le long d'une route de campagne secondaire assez peu fréquentée. Pas l'extrême isolement de la Provence, néanmoins la vie à la campagne, et si vous n'avez jamais trouvé là de dentiste altruiste ni de paysans gauchistes, vos voisins de Millis Road se sont montrés de bons et braves citoyens ; nombre d'entre eux étaient d'ailleurs de jeunes couples avec des enfants en bas âge, et ceux-là vous les avez tous plus ou moins bien connus, mais ce que tu te rappelles le plus nettement, s'agissant de vos voisins du comté de Dutchess, ce sont les drames qu'ont connus ces maisons, par exemple cette femme de vingt-huit ans frappée par une sclérose en plaques, ou, dans la maison d'à côté, ce couple d'âge mûr dont la fille de vingt-cinq ans avait succombé à un cancer l'année précédente – la mère, qu'une consommation assidue de gin avait transformée en squelette, et son tendre mari la soutenant de son mieux –, tant de souffrance derrière les portes closes et les stores baissés de ces maisons, et, parmi ces maisons, tu dois inclure la vôtre. Âge : de trente à trente et un ans. Une époque de désolation, la période sans conteste la plus désolée que tu aies jamais traversée, seulement égayée par la naissance de votre fils, en juin 1977. Mais c'est l'endroit où ton premier mariage s'est brisé, où d'incessants problèmes d'argent t'ont assailli (tels qu'ils sont dépeints dans *Le Diable par la queue*), et où, en tant que poète, tu t'es trouvé dans une impasse. Tu ne crois pas aux maisons hantées, mais quand tu revois cette période, tu as l'impression d'avoir vécu sous une malédiction et que la maison elle-même était en partie responsable des ennuis qui t'accablaient. Pendant de nombreuses décennies avant que vous n'emménagiez là, cette demeure avait appartenu aux sœurs Stemmerman, deux célibataires américaines d'origine allemande, et lorsque vous leur avez acheté leur propriété, elles étaient extrêmement vieilles, dans les quatre-vingt-dix ans, l'une sourde et l'autre aveugle, et toutes deux vivaient dans une maison de retraite depuis près d'un an. Une voisine qui habitait deux ou trois maisons plus loin sur la même route et s'était occupée de la transaction pour elles – une femme exubérante née à Cuba, mariée à un mécanicien américain placide et qui collectionnait des figurines d'éléphants en verre (!?) – vous avait raconté un certain nombre d'histoires sur les sœurs Stemmerman qui, apparemment, se détestaient et se livraient un combat à mort depuis leur enfance, toutes deux liées l'une à l'autre pendant toute leur vie et pourtant ennemies féroces jusqu'au bout, réputées pour se disputer avec une telle violence et si bruyamment qu'on pouvait les entendre d'un bout à l'autre de Millis Road. Quand la voisine a commencé à raconter que la sourde punissait l'aveugle en l'enfermant dans le placard du rez-de-chaussée, tu n'as pu t'empêcher d'évoquer des scènes de romans gothiques et de te souvenir d'un film en noir et blanc très kitsch du début des années 1960 avec Bette Davis et Joan Crawford. Ça te paraissait très amusant, deux personnages aussi grotesques que déments, mais tout ça c'était du passé, et désormais, ta femme enceinte et toi alliez apporter jeunesse et vigueur à cette vieille maison, les choses allaient changer. Ce que vous négligiez cependant de prendre en compte, c'est que les sœurs Stemmerman avaient vécu là pendant cinquante ou soixante, voire soixante-dix ou quatre-vingts ans, et que chaque centimètre carré de la maison était imprégné de leur esprit malveillant. Tu avais bien, un jour, rencontré la sourde chez la Cubaine (elle avait d'ailleurs failli s'étouffer en essayant de boire une tasse de café tiède), mais elle t'était apparue comme quelqu'un de plutôt affable et tu n'avais plus repensé à tout ça. Puis vous avez emménagé, et dès les premiers jours, consacrés au nettoyage et au réaménagement (une partie des meubles étaient vendus avec la maison), ta femme et toi, en éloignant une armoire du mur du couloir du premier étage, avez découvert un corbeau mort sur le plancher derrière le meuble – un corbeau mort depuis longtemps et complètement desséché, mais intact. Non, ce n'était pas amusant, pas amusant du tout, et même si vous avez tous les deux essayé d'en rire, vous avez continué à penser à cet oiseau mort pendant des mois, l'oiseau noir mort, le porte-malheur classique. Le lendemain matin, vous êtes tombés sur deux ou trois caisses de livres dans la véranda de derrière, et, curieux de savoir s'il y avait là quelque chose qui valait la peine d'être gardé, vous les avez ouvertes. Un par un, vous en avez extrait des pamphlets de la John Birch Society, des livres au format de poche sur le complot communiste visant à noyauter le gouvernement américain, plusieurs volumes sur la conspiration du fluor censé altérer le cerveau des enfants aux États-Unis, des tracts pronazis publiés en anglais avant la guerre, et enfin, le plus choquant, un exemplaire des *Protocoles des sages de Sion*, le livre des livres, l'apologie de l'antisémitisme la plus répugnante et la plus influente jamais écrite. Tu n'avais encore jamais jeté de livre, tu n'avais même jamais été tenté par le geste, mais ces livres-là tu les as jetés, tu as emporté les caisses à la décharge municipale et tu les as délibérément enfouies sous un monceau d'ordures pourries. Il n'était pas possible de vivre dans une maison contenant de tels livres. Tu avais espéré que cela mettrait un point final à cette histoire, mais même après vous être débarrassés des livres, vivre là n'était toujours pas possible. Vous avez essayé, mais ce n'était tout simplement pas possible.

17. – 6 Varick Street ; Manhattan. Une pièce au dernier étage d'un bâtiment industriel de dix étages dans le quartier connu aujourd'hui sous le nom de Tribeca. Une sous-sous-location cédée par l'ancienne petite amie d'un de tes copains d'enfance. Cent dollars par mois pour avoir le privilège de camper dans une réserve de matériel électrique désaffectée, coquille vidée, nullement conçue pour héberger un être humain et qui, jusqu'à peu, avait servi de pièce de rangement au loft d'artiste situé de l'autre côté du couloir. Un lavabo sans eau chaude, mais pas de salle d'eau ni de toilettes, pas de possibilité de faire la cuisine. Des conditions de vie pas très différentes de celles que tu avais connues dans ta chambre de bonne de la rue du Louvre à Paris, sauf que cette pièce-là était trois ou quatre fois plus grande – et trois ou quatre fois plus sale. Âge : trente-deux ans. Avant d'atterrir ici au début de 1979, un tourbillon de chocs, de changements subits et de bouleversements internes t'avait imposé des revirements, imprimant un nouveau cours à ta vie. N'ayant nulle part où aller et pas d'argent pour financer un

déménagement même si tu avais su où aller, tu es resté dans la maison du comté de Dutchess après la désintégration de votre couple, y dormant dans un coin de ton bureau au rez-de-chaussée sur le canapé-lit dont tu te rends compte à présent (trente-deux ans plus tard) que c'est celui qui avait été le tien durant ton enfance. Deux semaines plus tard, lors d'un voyage à New York, tu as connu la révélation, le brûlant moment d'épiphanie et de clarté qui, te faisant passer à travers une fissure de l'univers, t'a permis de te remettre à écrire. Trois semaines plus tard, alors que tu étais immergé dans le texte en prose que tu avais entrepris juste après ta résurrection, ta libération, ton renouveau, est survenu le coup de massue inattendu, la mort de ton père. Et, chose à porter infiniment au crédit de ta première femme, celle-ci t'a soutenu pendant les très sombres jours et semaines qui ont suivi, durant l'épreuve des dispositions funéraires et des affaires de succession, t'aidant à te débarrasser des cravates, des costumes et des meubles de ton père, à réaliser la vente de sa maison (qu'il avait mise en route de son vivant), t'épaulant tout au long de ces démarches pratiques déchirantes qui suivent un décès, et parce que vous n'étiez plus mariés – ou ne l'étiez plus que sur le papier –, que les pressions de la vie conjugale avaient cessé, vous étiez redevenus amis, d'une manière qui rappelait beaucoup celle de vos débuts ensemble. Tu as commencé à écrire la première partie de *L'Invention de la solitude*. Et quand tu as emménagé à Varick Street, au début du printemps, tu étais déjà bien avancé dans le livre.

18. – 153 Carroll Street ; Brooklyn. Appartement en enfilade au deuxième étage d'un bâtiment

comportant quatre niveaux, non loin de Henry Street. Âge : trente-trois à trente-quatre ans. Trois pièces, une cuisine où l'on peut s'asseoir et une salle de bains. La chambre donnait sur la rue devant l'immeuble, et elle était assez grande pour recevoir un lit double et le lit simple de ton fils (il s'agissait de ce canapé-lit dans lequel tu avais dormi enfant et que tu venais de récupérer après la vente de la maison de Stanfordville). Deux pièces intermédiaires – la première sans fenêtres, que tu as convertie en bureau de fortune ; la deuxième, avec fenêtre sur jardin, servant de salle de séjour – puis la cuisine (une fenêtre) et, tout au fond, la salle de bains qui, certes, était minable et délabrée mais qui représentait quand même un grand pas en avant par rapport à ton logement précédent de Varick Street. Celui-là, tu l'avais perdu en janvier 1980 (le plasticien quittait son atelier), et quand les loyers de Manhattan se sont révélés trop élevés pour un appartement en mesure de vous loger, toi et ton fils de deux ans et demi (il passait trois jours par semaine avec toi), tu as traversé l'East River et tu t'es mis à chercher à Brooklyn. Pourquoi n'y avais-tu pas pensé en 1976 ? t'es-tu alors demandé. Car c'était quand même mieux que de s'exiler à cent soixante kilomètres au nord pour acheter une maison hantée dans le comté de Dutchess, mais il est vrai qu'à cette époque, Brooklyn ne t'était jamais venu à l'esprit, parce que New York, pour toi, c'était Manhattan, rien que Manhattan, et que les autres districts t'étaient aussi étrangers que les lointains pays de l'Océanie ou du cercle arctique. Tu as abouti à Carroll Gardens, un quartier italien clos sur lui-même où tout un chacun prenait soin de bien te montrer que tu n'étais pas le bienvenu, te traitait avec suspicion et te lançait des regards silencieux comme si tu étais un intrus, un *estranger* alors même que tu aurais toi-même pu passer pour un Italien, mais il devait y avoir chez toi quelque chose qui ne collait pas, peut-être ta façon de t'habiller, ou de bouger, voire tout simplement ton regard. Maintes et maintes fois pendant presque deux ans, alors que tu longeais Carroll Street à pied pour regagner ton appartement, tu as vu les vieilles assises sur les marches de leur perron interrompre leur conversation dès que tu étais à portée d'oreille et te regarder passer sans un mot, tandis que les hommes restaient là, debout, les yeux vides ou le regard plongé sous le capot de leur voiture pour en examiner le moteur avec tant de persistance et de dévouement qu'ils te faisaient penser à des philosophes en quête de quelque ultime vérité relative à l'existence humaine, et tu n'as jamais obtenu de ces femmes un signe de tête que lorsque tu marchais dans cette rue avec ton fils, ton petit garçon aux cheveux blonds, mais sinon tu n'étais qu'un fantôme, un homme qui n'était pas là parce qu'il n'avait rien à faire là. Heureusement, les propriétaires de ta maison, John et Jackie Caramello, un couple âgé d'une trentaine d'années qui vivait dans l'appartement jardin au rez-de-chaussée, étaient des gens affables et sympathiques qui n'ont jamais manifesté la moindre animosité à ton égard, mais ils étaient de ton âge et avaient cessé de nourrir les griefs de la génération de leurs parents. La tante de Joey Gallo[1] vivait dans le même pâté de maisons que

1. Mafieux très connu aux États-Unis, né à Brooklyn en 1929 et assassiné en 1972.

toi et, juste à côté, dans Henry Street, il y avait des associations amicales où les anciens se retrouvaient pendant la journée, et si Carroll Gardens avait la réputation d'être le quartier le plus sûr de la ville, c'était parce qu'il y régnait une violence sous-jacente, la violence et l'éthique de représailles propres à la mafia. Les Noirs se tenaient à l'écart de cette enclave bien gardée, sachant qu'ils risquaient gros en y mettant les pieds : il s'agissait d'une loi tacite que tu n'aurais peut-être pas comprise si tu ne l'avais vue mise en œuvre sous tes propres yeux, un jour où tu longeais Court Street par un éclatant après-midi d'automne et qu'un jeune Noir, grand et élancé, qui passait de l'autre côté de la rue en portant un ghetto blaster s'est fait attaquer par trois ou quatre adolescents blancs qui l'ont roué de coups, l'ont mis en sang et ont explosé son appareil contre le trottoir. Avant que tu puisses intervenir, le garçon noir est reparti tout chancelant et trébuchant, puis s'est mis à courir tandis que les adolescents blancs lui criaient *négro* et l'avertissaient de ne jamais revenir. Une autre fois, tu as eu la chance de pouvoir intervenir : un dimanche après-midi où tu marchais dans Carroll Street en direction de la station de métro située sur Smith Street, tu t'étais arrêté deux minutes pour regarder un match de hockey sur patin à roulettes qui se jouait sur la surface asphaltée de Carroll Park, lorsque tu as aperçu, suspendu à la clôture grillagée qui entourait le parc, un grand étendard nazi rouge, blanc et noir. Ayant pénétré dans le parc, tu as trouvé le garçon de seize ans qui avait posé cet étendard (c'était lui qui s'occupait du matériel d'une des deux équipes), et lui as dit de l'enlever. Perplexe, ne comprenant pas du tout le sens de ta demande, il t'a écouté pendant que tu lui expliquais ce que ce drapeau représentait, et au récit des méfaits de Hitler et du massacre de millions d'innocents, il a paru sincèrement embarrassé. "Je savais pas, a-t-il dit. Je trouvais juste que ça avait l'air cool." Au lieu de lui demander où il avait vécu jusqu'ici, tu as attendu qu'il enlève l'étendard avant de poursuivre ton chemin jusqu'au métro. Pourtant, Carroll Gardens n'était pas sans avoir ses bons côtés, en particulier pour ce qui était de la nourriture, grâce à ses boulangeries, ses charcuteries, son marchand de pastèques qui sillonnait le quartier l'été avec son chariot tiré par un cheval, son café torréfié sur place chez D'Amico, dont les puissants arômes, si agréables, t'assaillaient dès que tu pénétrais dans la boutique, mais Carroll Gardens est également l'endroit où tu as posé la question la plus stupide de toute ta vie d'adulte. Tu te trouvais au deuxième étage de ton appartement, un après-midi où tu travaillais à la deuxième partie de *L'Invention de la solitude* dans ton bureau sans fenêtre, lorsqu'une grande clameur s'est élevée de la rue. Tu es descendu pour voir ce qui se passait : tout le voisinage était sorti en force, de petits groupes d'hommes et de femmes se tenaient debout devant leur maison, vingt conversations excitées fusaient en même temps, et là se trouvait aussi ton propriétaire, ce grand gaillard de John Caramello qui, posté sur la véranda de la maison où vous viviez tous les deux, regardait avec calme toute cette agitation. Tu lui as demandé quel était le problème, et il t'a répondu qu'un homme qui venait juste de sortir de prison avait cambriolé divers appartements et maisons vides dans la rue et qu'il avait volé des choses – des bijoux, de l'argenterie, tous les objets de valeur sur lesquels il avait pu mettre la main –, mais qu'on l'avait attrapé avant qu'il ne puisse s'enfuir. C'est alors que tu as posé ta question, que tu as prononcé les paroles célèbres prouvant que tu étais un parfait imbécile qui ne comprenait toujours rien au petit monde où il lui était donné de vivre : "Vous avez appelé la police ?" John a souri. "Bien sûr que non, a-t-il dit. Les gars l'ont passé à tabac, lui ont cassé les jambes avec des battes de base-ball et l'ont jeté dans un taxi. Il ne reviendra pas dans ce coin – pas s'il veut continuer à respirer." Voilà pour tes débuts à Brooklyn, quartier que tu habites maintenant depuis trente et un ans, voilà pour cette période transitionnelle de ta vie, celle qui commence par la mort de ton père, les neuf mois passés à Varick Street et les onze premiers mois passés à Carroll Gardens, une période marquée par des cauchemars et une lutte intérieure où alternaient accès d'espoir et de désespoir, où tu te jetais dans le lit de diverses femmes que tu essayais d'aimer, y réussissant presque sans toutefois y parvenir, bien certain que tu ne te remarierais plus jamais, tandis que tu travaillais à ton livre, à tes traductions de Joubert et de Mallarmé, à ta titanesque anthologie de la poésie française du XXe siècle, que tu t'occupais de ton fils de trois ans un peu perdu et parfois en difficulté, avec tant de choses qui t'arrivaient en même temps, dont cet arrêt cardiaque qui, dix jours seulement après l'enterrement de ton père, a failli tuer le deuxième mari de ta mère et, six mois plus tard, tes veilles à l'hôpital où tu as assisté au rapide déclin puis à la mort de ton grand-père, qu'il était sans doute inévitable que ton corps se détraque à nouveau, cette fois du côté du cœur qui s'est mis à cogner, à souffrir de battements irréguliers, à s'emballer soudain, inexplicablement, dans ta poitrine – des crises de tachycardie qui te prenaient la nuit au moment où tu t'endormais, ou qui te réveillaient juste quand tu venais de t'endormir, tantôt seul dans la chambre avec ton fils, tantôt à côté des corps endormis d'Ann, de Françoise ou de Ruby –, ce cœur qui battait frénétiquement et dont les percussions résonnaient dans ta tête de manière si bruyante et si tenace que tu croyais que le bruit venait d'ailleurs dans la pièce, et tout cela provoqué, comme tu l'as découvert un peu plus tard, par une affection thyroïdienne qui avait complètement déréglé ton système et t'a obligé à prendre des comprimés pendant deux ou trois ans. Et puis, le 23 février 1981, vingt jours après ton trente-quatrième anniversaire et seulement quatre jours après son vingt-sixième, tu l'as rencontrée, l'Unique t'a été présentée, la femme qui est avec toi depuis ce soir-là il y a trente ans, ta femme, le grand amour qui t'a pris par surprise au moment où tu t'y attendais le moins, et pendant vos premières semaines ensemble où vous passiez une grande partie de votre temps au lit, vous avez instauré un rituel qui consistait à vous lire mutuellement des contes de fées, chose que vous avez continué à faire jusqu'à la naissance de votre fille six ans plus tard, et peu après avoir découvert le plaisir intime de lire ainsi l'un pour l'autre, ta femme a écrit un long poème en prose intitulé *Lire pour toi*, dont la quatorzième et dernière partie évoque les battements irréguliers de ton cœur et a pour cadre la chambre de ton appartement du deuxième étage, 153 Carroll Street : *Le père cruel envoie l'enfant stupide dans les bois pour qu'on le tue, mais le meurtrier ne peut s'y résoudre et rapporte, à la place du cœur du petit garçon, celui d'un cerf. Le garçon parle aux chiens, aux grenouilles et aux oiseaux, et à la fin ce sont les tourterelles qui lui chuchotent à l'oreille les paroles de la messe, qui les lui répètent sans cesse à l'oreille, et moi, ailleurs je te chuchote à l'oreille des messages, des messages de moi à toi, sur le creux de tes genoux, le pli de tes coudes et l'empreinte au-dessus de ta lèvre supérieure, des messages de moi à toi, même si pour l'instant tu n'es pas là. Je chuchote comme les oiseaux du conte, je te lis des mots, ce sont des répétitions dans la chambre où tu m'as prise. Les rôles sont les mêmes, mais ils changent, toujours mouvants, ils se modifient imperceptiblement comme ton visage quand il passe du sourire au sérieux et que tu te penches au-dessus de moi dans la faible lumière. Je te souhaite donc une histoire telle qu'elle se lit, telle qu'elle s'écrit. Nous héritons d'histoires aussi, de maladies, de visages, de cœurs, de vessies qui peuvent être débiles ou abîmés. Il y a de l'eau autour de son cœur, il se noie, le cœur malade, le cœur souffrant, l'organe touché, et le battement qu'on mesure chez toi est parfois trop rapide, alors tu prends des cachets pour le ralentir, le corriger, lui donner le bon rythme, pour qu'il ne soit pas soumis au hasard et au dérapage comme d'autres choses. Je te souhaite une histoire au lit où l'on suspend la lune lorsque les vieillards meurent afin qu'elle brille toujours au-dessus de toi, et qu'elle ne cesse de briller même si sa lumière n'est pas à elle mais cyclique et d'emprunt. Je prendrai la lune, celle qui emprunte, vole et se transforme de grande à petite. La plus minuscule des lunes, toute frêle et faible derrière un nuage d'hiver, tel est le paysage que je choisis.*

19. – 18 Tompkins Place ; Brooklyn. Quartier de Cobble Hill. Les deux derniers étages d'une

maison en grès brun de quatre étages dans une rue ne comportant qu'un seul pâté de maisons presque identiques, collées les unes aux autres. Âge : de trente-quatre à trente-neuf ans. À moins de huit cents mètres du 153 Carroll Street, on est dans un univers tout autre, avec une population plus mélangée et plus variée que celle de l'enclos ethnique où tu as vécu ces derniers vingt et un mois. Il ne s'agit plus d'un duplex coupé de la moitié inférieure de la maison, mais de deux étages indépendants. L'étage supérieur est bas de plafond : il regroupe un petit coin cuisine, une vaste salle à manger qui n'est pas séparée de la salle de séjour qui la suit, et puis un petit bureau pour ta femme. Dessous, à l'étage où les plafonds sont plus hauts, une chambre à coucher compacte pour vous deux, une autre chambre plus grande qui sert aussi de salle de jeux à ton fils, et un bureau pour toi, de la même taille que celui de ta femme en haut. Assez mal agencé dans l'ensemble, mais plus vaste que tout autre appartement jamais loué par toi, et, de surcroît, situé dans une rue d'une grande beauté architecturale : toutes les maisons ont été construites dans les années 1860 et une lampe à gaz brûle toutes les nuits devant chaque porte, de sorte qu'en hiver, quand la neige recouvrait le sol, tu avais l'impression que tu étais revenu au XIXe siècle et que, si tu fermais les yeux et tu écoutais avec assez d'attention, tu parviendrais à entendre le bruit des chevaux dans la rue. Tu t'es marié dans cet appartement par une journée étouffante du milieu du mois de juin, une de ces journées torrides mais couvertes de début d'été où des tempêtes se préparent lentement au fond de l'horizon, où le ciel s'assombrit imperceptiblement à mesure que les heures passent, et dès qu'on vous a eu déclarés mari et femme, au moment même où tu prenais ta femme dans tes bras et l'embrassais, l'orage a finalement éclaté, un énorme coup de tonnerre a fendu l'air directement au-dessus de vous, ébranlé les fenêtres de la maison et fait trembler le plancher sous vos pieds, les personnes présentes ont retenu leur souffle et c'était comme si les cieux annonçaient votre mariage au monde. Un instant d'une troublante étrangeté qui n'avait aucun sens particulier et qui semblait pourtant receler tout le sens du monde, et, pour la première fois de ta vie, tu as eu le sentiment de participer à un événement cosmique.

20. – 458 Third Street, appartement 3R ; Brooklyn. Un appartement long et étroit occupant la moitié du deuxième étage d'un immeuble de quatre étages à Park Slope. Le séjour donne sur la rue ; au milieu, la salle à manger et la kitchenette, flanquées d'un couloir tapissé de livres menant à trois petites chambres à l'arrière. Âge : de quarante à quarante-cinq ans. Lorsque tu avais emménagé précédemment à Tompkins Place, ton propriétaire, qui se trouvait être également ton voisin du dessous, t'avait averti que tu ne pourrais pas y rester pour toujours, qu'au bout d'un certain temps sa famille et lui occuperaient toute la maison. Tu l'avais sans doute compris à ce moment-là, mais après y avoir vécu cinq ans et un mois, ton plus long séjour au même endroit depuis ton enfance à Irving Avenue, tu avais peu à peu chassé de ta tête la perspective d'un départ involontaire, et comme les années à Tompkins Place avaient représenté la période la plus heureuse de ta vie, la plus satisfaisante jusque-là, tu avais simplement refusé de voir la réalité en face. Et puis, en

novembre 1986 – juste une semaine après que ta femme a découvert qu'elle était enceinte –, le propriétaire t'a poliment fait savoir que le moment de partir était venu, qu'il ne renouvellerait pas ton bail. Cette annonce a été un choc pour toi, et comme tu voulais ne plus jamais te retrouver dans cette position, comme tu ne supportais pas l'idée de pouvoir être un jour chassé d'un autre lieu, vous avez, ta femme et toi, commencé à chercher quelque chose à acheter, un appartement en coopérative[1] qui vous appartiendrait et vous protégerait dorénavant des caprices d'autrui. On était encore à onze mois du krach qui allait frapper Wall Street en 1987, et la bulle immobilière de New York enflait sans retenue : les prix montaient semaine après semaine, jour après jour, minute après minute, et comme votre premier versement ne pouvait pas dépasser une certaine somme, vous avez dû vous contenter d'un endroit qui n'était pas tout à fait à la hauteur de vos besoins. L'appartement de Third Street était attrayant, c'était même sans conteste le plus attirant des nombreux logements que vous aviez visités au cours de vos recherches, mais il était trop petit pour quatre, surtout si deux de ces quatre personnes étaient des écrivains qui, non seulement devaient vivre dans cet espace mais devaient aussi y travailler. Les trois chambres étaient toutes prises d'avance : une pour ta femme et toi, une pour ton fils (qui continuait à venir chez toi à mi-temps), et une pour le bébé ; et même la plus grande de ces

1. Dans ce mode de propriété assez répandu à New York, on possède des parts d'une coopérative qui est, elle, la propriétaire de l'immeuble.

chambres était trop petite pour recevoir un bureau. Ta femme s'est portée volontaire pour établir son espace de travail dans un coin du séjour, et toi tu es allé dénicher un minuscule studio dans un immeuble d'Eighth Avenue, soit à une distance d'un pâté de maisons et demi du 458 Third Street (cf. 20A). Trop exigu, donc, et du coup une organisation qui n'était certes pas idéale, mais votre situation était cependant loin d'être tragique. Ta femme et toi préfériez l'animation de Park Slope aux paisibles rues de Cobble Hill, et quand vous avez commencé à passer vos étés dans le Sud du Vermont (trois mois par an pendant cinq années consécutives – cf. 20B), il ne t'est plus resté beaucoup de raisons de te plaindre, voire aucune, surtout quand tu songeais à l'un ou l'autre des logements affreux où tu avais vécu par le passé. Vivre dans un immeuble en copropriété t'a donné l'occasion d'être en contact avec tes voisins de manière bien plus proche que jamais auparavant ou depuis, chose que tu avais envisagée au départ avec une certaine frayeur, mais il n'y avait pas de Mme Rubinstein dans ton immeuble, pas de conflits larvés d'un côté ou d'un autre, et les assemblées de la coopérative auxquelles tu étais tenu d'assister étaient relativement brèves et décontractées. Six familles étaient impliquées, quatre d'entre elles avec des enfants en bas âge, et comme il y avait un architecte, un entrepreneur en bâtiment et un avocat parmi les membres du conseil, tes voisins veillaient scrupuleusement sur la santé physique et financière de l'immeuble. Ta femme y a officié en tant que secrétaire de séance pendant les cinq années qu'a duré votre séjour ; elle rédigeait le compte rendu après chaque assemblée, écrivant des rapports aussi divertissants qu'ironiques, très appréciés par tous les participants. En voici quelques extraits :

19/10/87. INSECTES : Ce sujet déplaisant entre tous a été abordé par l'assemblée avec une délicatesse extrême. Un de ses membres au moins a utilisé l'euphémisme "problème". Marguerite est allée jusqu'à parler de "centaines de bébés". Dick a recommandé un produit du nom de COMBAT. Siri a fait écho à cette recommandation. Quelqu'un a également suggéré que l'exterminateur change de poison. Puis, avec un soupir de soulagement, les membres se sont tournés vers un autre sujet.

7/3/88. LA CLÔTURE : Les étudiants de Théo lui ont fixé un prix : 500 dollars pour installer la clôture. Certains membres ont trouvé ce prix exorbitant, d'autres pas. Un vague accord s'est dessiné – c'est-à-dire un accord tellement flou et ténu qu'on pourrait estimer que ce n'est pas un accord du tout – sur le fait que si les étudiants de Théo promettaient de faire du bon boulot, ils pourraient toucher leurs 500 dollars. Mais ce n'est pas sûr…

18/10/88. AFFAIRES ANCIENNES : Il y a eu un moment d'hésitation. Les membres allaient-ils pouvoir se plonger dans le passé et se souvenir de ce qu'étaient nos affaires anciennes ? Le président est venu à la rescousse avec une copie de vieux comptes rendus.

22/2/90. LE PLAFOND DU 3R : Paul annonce à l'assemblée que le plafond du 3R est sur le point de s'écrouler. Une vive inquiétude se peint sur le visage des autres membres de la coop. Sa femme, par ailleurs connue pour être la secrétaire, tente d'apaiser l'assistance en observant que son mari a tendance à exagérer. L'individu, après tout, gagne son pain en écrivant de la fiction, et il arrive parfois que pareille immersion dans le monde de l'imaginaire vienne colorer cet autre monde que nous connaissons, faute d'une meilleure expression, sous le nom de Monde Réel. Qu'il soit donc noté que le plafond du 3R n'est pas sur le point de s'écrouler et que ses occupants ont pris des mesures appropriées pour s'assurer que cela ne se produira pas. Les plâtriers et les peintres se chargeront du léger affaissement chez nous…

28/3/90. PLAFOND DU 3R : Il tombait VRAIMENT ! Les peintres qui ont remis notre appartement dans un état acceptable ont confirmé la sinistre prédiction de Paul. Un jour ou l'autre, il allait nous tomber sur la tête.

17/6/92. INONDATION : Le sous-sol est inondé. La pénétrante remarque de Lloyd à savoir : ou bien nous arrêtons l'inondation, ou bien nous acclimatons des truites dans ce sous-sol, a été entendue. Les devis pour la remise en état vont de 100 à 850 dollars selon ce qu'il conviendra de faire. Nous sommes tombés d'accord pour estimer que le devis le plus bas valait mieux que le plus élevé et que nous devrions démarrer par le bas, c'est-à-dire par la société Roto-Rooter. Le monsieur représentant Roto-Rooter, qui est un ami, une relation ou, à tout le moins, quelqu'un que CONNAÎT

Lloyd, s'appelle Raymond Clean[1], un nom qui inspire confiance, étant donné la nature de son travail, et susceptible – sait-on jamais ? – d'avoir inspiré la vocation de M. Clean.

15/10/92. FENÊTRES ET DÉLINQUANCE : Joe, l'homme chargé de l'entretien des fenêtres, a été officiellement accusé d'avoir disparu avec les cent dollars de la secrétaire et de ne pas répondre au téléphone. Il aurait peut-être quitté le pays. Théo et Marguerite l'ont également accusé d'avoir en réalité OMIS DE RÉPARER les porteurs hélicoïdaux de leurs fenêtres à guillotine, ceux-ci ayant de nouveau cessé de fonctionner au bout d'une semaine. Une discussion a porté sur la question de savoir jusqu'où on pouvait aller avec cent dollars. Il se pourrait que nous soyons obligés de le chercher à Hoboken[2].

3/12/92. Hors des murs du 458 Third Street, il faisait froid et humide, cette nuit-là, et l'hiver était là. Nous avons conclu notre réunion par une note nostalgique. Marguerite a raconté des histoires sur Chypre avec, dans la voix, quelque chose de tout à fait mélancolique. Dans ce lieu exotique, il fait doux, la lumière est éclatante et les vêtements sèchent sur les balcons en dix minutes… C'est comme ça, pour nous. Il y a toujours un autre endroit où le soleil brille, où les vêtements sèchent vite, où il n'y a pas d'ouvrier chargé des fenêtres, pas d'entretien

1. *Clean* signifie "propre".
2. Ville du New Jersey séparée de New York uniquement par l'Hudson.

d'immeubles, pas d'indemnités pour accidents du travail, pas de sous-sols inondés…

14/1/93. INDEMNITÉS POUR ACCIDENTS DU TRAVAIL : Ce problème, à savoir s'il convient d'assurer les membres du bureau de la coopérative qui auront été blessés dans l'exercice de leurs fonctions, a trouvé son issue : non, nous ne le ferons pas. Advienne que pourra : doigts cassés sur le clavier de la machine à écrire, étranglements par cordon de téléphone lors d'une discussion engagée dans le cadre de la coopérative, jambes, bras et crânes fracturés suite à un excès de vin lors d'une assemblée. Il nous faudra vivre avec, comme on le faisait jadis. Nous appellerons cela le destin. Ce qui nous permettra d'économiser à peu près cinquante dollars, et cinquante dollars n'est pas rien, pas rien, pas rien.

20A. – 300 Eighth Avenue, Appartement 1-I ; Brooklyn. Studio au rez-de-chaussée d'un immeuble de six étages. Situé sur l'arrière, avec vue sur un puits d'aération et un mur de briques. Plus grand que la chambre de bonne de la rue du Louvre, moitié moins que le taudis de Varick Street, il était en revanche équipé de toilettes et d'une salle de bains ainsi que de divers appareils ménagers encastrés dans un des murs : évier, cuisinière et frigo minibar, toutes choses dont tu as rarement pris la peine de te servir parce que c'était un espace de travail et pas un endroit pour vivre (ni manger). Un bureau, une chaise, une bibliothèque en métal et deux meubles de rangement ; une lampe nue qui pendait au milieu du plafond ; un climatiseur dans l'une des fenêtres

– tu l'allumais le matin en arrivant pour éliminer les bruits de l'immeuble (FROID l'été ; VENTIL l'hiver). Environnement spartiate, certes, mais l'environnement n'a jamais compté pour ce qui est de ton travail, car le seul espace que tu occupes quand tu écris tes livres, c'est la page sous ton nez, et la pièce dans laquelle tu te trouves, de même que les diverses pièces où tu t'es installé pendant ces quelque quarante années et plus, sont pratiquement invisibles pour toi tandis que tu fais avancer ton stylo sur la page de ton cahier ou que tu transcris ce que tu as écrit sur une feuille propre à l'aide de ta machine à écrire, la même machine dont tu te sers depuis que tu es rentré de France en 1974, une Olympia portative achetée quarante dollars à un ami – une relique toujours en état de marche, fabriquée dans une usine d'Allemagne de l'Ouest il y a plus d'un demi-siècle et qui, sans aucun doute, continuera à fonctionner longtemps après ta mort. Le numéro de ton studio t'a plu par la justesse de son symbolisme. 1-I[1] désigne le seul moi, la personne solitaire enfermée sept ou huit heures par jour dans une pièce transformée en bunker, l'homme silencieux coupé du reste du monde et qui reste assis à son bureau jour après jour sans autre but que celui d'explorer l'intérieur de sa propre tête.

20B. – Windham Road ; West Townshend, Vermont. Une maison blanche avec un étage, en planches à clin (construite vers 1800), au sommet d'une route de terre escarpée, à cinq kilomètres du village de West Townshend. De juin à fin août, de 1989 à 1993 inclus. Pour la modeste somme de mille

1. *I* est le "je" de la langue anglaise.

dollars par mois, vous échappez à la chaleur tropicale de New York et aux limites de votre appartement exigu pour trouver refuge dans les collines du Sud du Vermont. Une cour de mille mètres carrés semée d'herbe devant la maison ; et, juste au-delà de la cour, des bois touffus auxquels succèdent des kilomètres de végétation sauvage ; encore des forêts de l'autre côté de la route de terre ; un petit étang à proximité ; une remise au bord de la cour. Hormis un évier et une vieille cuisinière bon marché dans la cuisine, aucun équipement : ni lave-linge, ni lave-vaisselle, ni télévision, ni baignoire. Un téléphone sur une ligne partagée ; une réception radio instable dans le meilleur des cas. Repeinte à l'extérieur, la maison était en train de s'écrouler à l'intérieur : planchers gondolés, plafonds affaissés, escadrons de souris dans les placards et les commodes, papiers peints hideux, couverts de taches d'humidité dans les chambres, et partout un mobilier inconfortable – lits en creux et bosses, chaises branlantes et, dans le séjour, un canapé sans coussins et très mal rembourré. Personne ne vivait plus dans cette maison. L'ancienne propriétaire, décédée, était une vieille célibataire sans héritiers directs, et elle avait légué la maison aux enfants de plusieurs de ses amis, soit huit hommes et femmes qui vivaient dans diverses parties du pays, depuis la Californie jusqu'à la Floride, mais dont aucun n'habitait le Vermont ni où que ce fût en Nouvelle-Angleterre. Trop dispersés et trop peu concernés pour s'occuper un tant soit peu de la maison, incapables de se mettre d'accord pour la vendre, la restaurer ou la raser, ils avaient laissé à un agent immobilier local le soin de veiller sur elle. La dernière locataire, une jeune femme qui avait transformé l'endroit en plantation de marijuana et en avait tiré un commerce florissant en employant un gang de redoutables *bikers* en guise d'équipe de vente, se trouvait maintenant sous le coup d'une lourde peine d'emprisonnement. Après son arrestation, la maison était restée inhabitée pendant deux ans, et quand ta femme et toi l'avez louée au printemps 1989 sur la foi d'un unique cliché qui en montrait l'extérieur (si joli), vous ne soupçonniez pas dans quoi vous vous fourriez. Certes, vous aviez dit à l'agent que vous cherchiez un endroit isolé, que le mot *rustique* ne vous faisait pas peur et ne vous mettait pas mal à l'aise, mais même s'il vous avait averti que la maison n'était pas en parfait état, vous n'aviez imaginé ni l'un ni l'autre que vous alliez pénétrer dans une véritable ruine. Tu te rappelles la première nuit que vous avez passée là : tu te demandais à voix haute si tu allais être capable de tenir tout un été dans un tel endroit, mais ta femme a absorbé le choc avec plus de calme que toi, et elle t'a demandé d'être patient, d'attendre une semaine à peu près avant de décider de quitter le navire, car il n'était pas exclu que les choses tournent bien mieux que tu ne le croyais. Dès le lendemain matin, elle s'est lancée dans une opération de nettoyage acharné à l'aide de désinfectant et d'eau de Javel, ouvrant les fenêtres pour aérer les pièces à l'atmosphère confinée, jetant les rideaux déchirés et les couvertures en lambeaux, récurant la cuisinière et le four noirs de crasse, débarrassant les ordures, réorganisant les placards de la cuisine, balayant, époussetant, et astiquant les sols, son sang scandinave bouillonnant de la vertueuse indignation et de l'ardeur de ses ancêtres pionniers tandis que, de ton côté tu traversais la cour avec tes cahiers et ta machine à écrire jusqu'à la remise, une sorte de cabane de facture plus récente que la maison, mais saccagée par la fille à la marijuana et ses copains *bikers* qui l'avaient transformée en dépotoir pour meubles cassés et écrans de fenêtres arrachés, qui avaient aussi couvert les murs de graffitis, transformant la remise en un lieu sans espoir de salut, et petit à petit tu as fait ce que tu pouvais pour ranger ce foutoir, te débarrasser des objets cassés, nettoyer le lino craquelé, tant et si bien que deux jours après tu as pu t'installer dans la pièce de devant, t'asseoir à une table de bois peinte en vert où tu t'es remis à travailler à ton roman, et quand tu as commencé à trouver ta place, à occuper la maison que ta femme avait sauvée de la saleté et du chaos, tu as découvert que tu avais plaisir à être là, que ce qui avait eu l'air d'une saleté repoussante aussi omniprésente qu'irrémédiable ne souffrait en fait que de délabrement et d'usure, que tu pouvais vivre avec des planchers gondolés et des plafonds qui s'affaissaient, que tu pouvais apprendre à ne pas tenir compte des défauts de la maison parce que ce n'était pas la tienne, et peu à peu tu en es venu à apprécier les nombreux avantages qu'elle offrait : le silence, la fraîcheur de l'air du Vermont (un pull le matin, même par les jours les plus chauds), les balades dans les bois l'après-midi, le spectacle de ta toute petite fille qui gambadait nue dans la cour, cet isolement tranquille qui vous permettait, à ta femme et à toi, de poursuivre votre travail sans être dérangés. Vous avez donc continué à y retourner chaque année, chaque été ; c'est là que vous avez fêté le deuxième anniversaire de votre fille, puis le troisième, le quatrième, le cinquième, le sixième, et vous avez fini par caresser l'idée d'acheter la maison – elle n'aurait pas coûté grand-chose, beaucoup moins que toute autre à des kilomètres à la ronde –, mais quand vous avez mesuré combien il faudrait dépenser pour restaurer votre ruine estivale, pour la sauver de son effondrement imminent et donc de sa fin, vous vous êtes rendu compte que vous ne pouviez pas vous permettre pareille entreprise et que si, un jour, vous disposiez de la somme voulue, vous feriez mieux de quitter votre appartement trop petit de Third Street et de trouver un logement plus grand à New York.

21. – Quelque part à Park Slope ; Brooklyn. Une maison en grès brun de quatre étages avec un petit jardin à l'arrière, construite en 1892. Âge : de quarante-six ans à ce jour. Ta femme a quitté le Minnesota à l'automne 1978 pour s'inscrire au programme doctoral de lettres anglaises de Columbia University. Elle avait choisi Columbia parce qu'elle voulait habiter New York, et elle avait refusé des bourses plus élevées, nettement plus monumentales, des universités de Cornell et de Michigan afin de pouvoir être à New York, et quand tu l'as rencontrée, en février 1981 c'était une habitante de Manhattan chevronnée, engagée, une femme qu'on n'aurait pas imaginée vivant ailleurs. Puis elle a uni sa destinée à la tienne et fini par s'installer dans cet arrière-pays urbain qu'est Brooklyn. Sans en souffrir, peut-être, mais Brooklyn n'avait jamais été dans ses plans, et maintenant que vous aviez décidé tous les deux de chercher un autre endroit où habiter, tu lui as dit que tu étais prêt à aller où elle voudrait, que tu n'étais pas attaché à Brooklyn au point de le regretter si tu devais le quitter, et que si elle avait envie de retourner à Manhattan, tu te mettrais bien volontiers à

chercher avec elle. Non, a-t-elle répondu sans prendre le temps d'y réfléchir, sans même devoir y réfléchir, restons à Brooklyn. Non seulement elle n'avait pas envie de retourner à Manhattan, mais elle avait envie de rester dans le quartier où vous étiez à présent. Par chance, le marché de l'immobilier s'était alors effondré, et même si vous avez été obligés de vendre à perte l'appartement que vous aviez acquis trop cher, la maison que vous avez achetée était juste dans vos moyens – ou juste un peu au-dessus, mais pas au point de vous causer des problèmes durables. Il vous a fallu une année de recherches acharnées pour la trouver, puis encore six mois après l'acte de vente avant de pouvoir emménager, mais ensuite la maison a été à vous, et c'était un endroit enfin assez vaste pour vous tous, avec toutes les chambres et tous les bureaux qu'il vous fallait, tout l'espace sur les murs dont vous aviez besoin pour ranger les milliers de livres que vous possédiez, une cuisine assez grande pour qu'on y respire, des salles de bains assez grandes pour qu'on y respire aussi, une chambre supplémentaire pour les amis et parents qui viendraient vous voir, une terrasse devant la cuisine où prendre des verres ou des repas par temps chaud, un petit jardin en bas, et au fil des dix-huit ans que tu as passés là – soit bien plus longtemps que n'importe où ailleurs, trois fois plus longtemps que ton séjour le plus long dans un autre lieu – tu n'as cessé de réparer et d'améliorer chaque centimètre carré de chaque pièce de chaque étage, transformant une vieille maison plutôt miteuse et en piteux état en un lieu aussi étincelant que magnifique, un lieu qui te procure du plaisir chaque fois que tu y pénètres et, au bout de dix-huit ans, il y a longtemps que tu ne songes plus à des maisons dans d'autres quartiers, d'autres villes, d'autres pays. C'est ici que tu vis, et c'est ici que tu veux continuer à vivre jusqu'à ce que tu ne puisses plus monter et descendre l'escalier. Non, plus encore : jusqu'à ce que tu ne puisses plus le monter ni le descendre même à quatre pattes, jusqu'à ce qu'on t'emporte pour te mettre dans ta tombe.

Vingt et une adresses permanentes depuis ta naissance jusqu'à aujourd'hui, bien que le mot *permanentes* ne semble guère juste si l'on considère le nombre de fois où tu as déménagé au cours de ton existence. Disons donc vingt *stations*, vingt adresses qui mènent à celle qui s'avérera peut-être, ou peut-être pas, permanente ; et pourtant, bien que tu aies accroché ton chapeau à une patère dans ces vingt et un lieux différents, qu'il s'agisse de maisons ou d'appartements, bien que tu y aies payé tes factures de gaz et d'électricité, que tu t'y sois inscrit sur les listes électorales, ton corps n'est que rarement resté là longtemps sans bouger. Lorsque tu déplies une carte de ton pays et que tu te mets à compter, tu découvres que tu as mis le pied dans quarante des cinquante États, et si parfois tu n'as fait qu'y passer (ainsi du Nebraska lors de ton voyage en train jusqu'à la côte ouest en 1976), tu y as le plus souvent résidé plusieurs jours ou plusieurs semaines, voire plusieurs mois comme dans le Vermont ou encore en Californie où non seulement tu as habité six mois mais où tu t'es aussi rendu de temps à autre, ta mère et ton beau-père y ayant emménagé au début des années 1970. Sans oublier tes vingt-cinq ou vingt-sept voyages à Nantucket où tu séjournes au moins une semaine par an chez un ami qui possède une maison dans l'île – ce qui, au total, fait quelque six mois – et les nombreux mois que tu as passés avec ta femme dans le Minnesota, y compris deux étés complets alors que tes beaux-parents étaient en Norvège, les innombrables fois où vous vous y êtes rendus au printemps ou en hiver pendant les trois décennies de 1980 à 2010, peut-être cinquante fois en tout, ce qui veut dire plus d'une année de ta vie, et les fréquents voyages qui t'ont mené à Boston à partir de ton adolescence, les longues randonnées que tu as faites à travers le Sud-Ouest du pays en 1985 et en 1999, les divers ports où ton pétrolier a accosté sur les côtes du Texas et de la Floride quand tu travaillais comme marin en 1970, les postes d'écrivain invité qui t'ont conduit dans des lieux tels que Philadelphie, Cincinnati, Ann Arbor, Bowling Green, Durham et Normal (Illinois), les petits voyages en train pour Washington à l'époque où tu réalisais ton "National Story Project[1]" pour la Radio publique nationale, tes quatre mois en camp de vacances dans le New Hampshire à l'âge de huit et dix ans, tes trois longs séjours dans le Maine (1967, 1983 et 1999), sans négliger tes trajets pour rentrer chaque semaine au New Jersey, de 1986 à 1990, quand tu enseignais à Princeton. Combien de jours passés loin de chez toi, combien de nuits à dormir dans des lits qui n'étaient pas le tien ? Et pas seulement ici, aux États-Unis, mais également à l'étranger, car lorsque tu ouvres un atlas mondial tu vois que tu es allé dans tous les continents sauf en Afrique et dans l'Antarctique, et même si tu laisses de côté les trois

1. Projet qui a abouti au livre *Je pensais que mon père était Dieu* (2002).

ans et demi que tu as passés en France (où, temporairement, tu as aussi eu plusieurs adresses permanentes), tes voyages à l'étranger ont été fréquents et parfois assez longs : encore une année en France à l'occasion des nombreuses autres visites que tu y as effectuées avant et après ton long séjour, cinq mois au Portugal (pour l'essentiel en 2006, dans le cadre du tournage de ton dernier film), quatre mois au Royaume-Uni (Angleterre, Écosse et Pays de Galles), trois mois au Canada, trois mois en Italie, deux mois en Espagne, deux mois en Irlande, un mois et demi en Allemagne, un mois et demi au Mexique, un mois et demi sur l'île de Bequia (dans les Grenadines), un mois en Norvège, un mois en Israël, trois semaines au Japon, deux semaines et demie en Hollande, deux semaines au Danemark, deux en Suède, deux autres en Australie, neuf jours au Brésil, huit jours en Argentine, une semaine à la Guadeloupe, une en Belgique, six jours en République tchèque, cinq en Islande, quatre en Pologne et deux en Autriche. Tu aimerais faire le compte du nombre d'heures que tu as passées à te rendre dans ces lieux (arriver à un total en jours, en semaines ou en mois) mais tu ne saurais comment t'y prendre, tu ne sais plus combien de voyages tu as faits à l'intérieur des États-Unis, tu n'as plus idée du nombre de fois où tu as quitté le pays pour te rendre à l'étranger, et par conséquent tu ne pourrais pas parvenir à un nombre exact, ni même approximatif, qui te dirait combien d'heures de ta vie ont passé en trajets entre divers lieux, pour y aller, pour en revenir, un nombre qui te montrerait la colossale masse de temps que tu as laissé filer assis dans des avions, des bus, des trains et des voitures, le nombre d'heures que tu as gaspillées à lutter contre les effets du décalage horaire, à te morfondre dans un aéroport en attendant qu'on annonce ton vol ou à patienter dans un ennui mortel devant le tapis roulant jusqu'à ce que la bouche du tunnel à bagages déverse ton sac, mais rien ne te paraît plus déconcertant que le trajet en avion même, cette sensation étrange de n'être nulle part qui t'envahit chaque fois que tu montes dans la cabine, la notion irréelle d'être propulsé dans l'espace à plus de huit cents kilomètres-heure, si loin du sol que tu commences à perdre le sentiment de ta propre réalité, comme si le fait même de ton existence t'abandonnait lentement, mais c'est le prix que tu dois payer pour quitter ton chez toi, et tant que tu continueras à voyager, ce nulle part qui s'étend entre l'ici de chez toi et le là d'un ailleurs continuera à être l'un des endroits où tu vis.

Tu aimerais savoir qui tu es. Comme tu n'as pas grand-chose pour te guider, voire rien, tu supposes que tu es le résultat de vastes migrations préhistoriques, de conquêtes, de viols et d'enlèvements, que les longs et tortueux croisements entre les membres de ta horde ancestrale se sont multipliés sur de nombreux territoires et royaumes, car, après tout, tu n'es pas la seule personne à avoir voyagé – des tribus entières d'êtres humains se sont déplacées sur toute la terre pendant des dizaines de milliers d'années, et qui peut savoir qui a engendré qui, et puis qui a encore engendré qui et encore qui, jusqu'à ce qu'enfin tes parents t'engendrent, toi, en 1947. Tu ne peux remonter qu'à tes grands-parents et ne possèdes que très peu de renseignements sur tes arrière-grands-parents maternels, ce qui signifie que les générations qui les précèdent ne sont qu'un espace blanc, un vide peuplé de suppositions et de conjectures aveugles. Tes quatre grands-parents étaient tous des juifs d'Europe orientale : les deux du côté de ton père sont nés vers la fin des années 1870 dans la ville de Stanislav, située dans la province arriérée de Galicie qui appartenait alors à l'empire austro-hongrois avant de faire partie de la Pologne après la Première Guerre mondiale, puis de l'Union soviétique après la Seconde, et maintenant de l'Ukraine après la fin de la guerre froide, tandis que tes deux grands-parents maternels sont nés en 1893 et 1895 – ta grand-mère à Minsk, ton grand-père à Toronto un an après que sa famille eut émigré de Varsovie. Tes deux grands-mères étaient des rouquines, et des deux côtés de la famille on remarque un tumultueux mélange de caractéristiques physiques dans la nombreuse progéniture qui a suivi, des bruns et des blonds, des peaux basanées et d'autres pâles à taches de rousseur, des cheveux bouclés et ondulés et d'autres totalement lisses, des corps solides de paysans aux jambes massives et aux doigts courtauds et d'autres à la silhouette souple et élancée. Le patrimoine génétique de l'Europe de l'Est, donc, mais qui sait où ces fantômes sans noms avaient vagabondé avant d'arriver dans les villes de Russie, de Pologne, et de l'empire austro-hongrois, car comment, sinon, rendre compte du fait que ta sœur est née avec, sur le dos, la tache mongoloïde bleue que seuls présentent les bébés asiatiques, et comment, sinon, expliquer que toi, avec ta peau basanée, tes cheveux ondulés et tes yeux gris-vert, aies réussi, ta vie durant, à échapper à toute identification ethnique, que des inconnus aient pu déclarer que tu devais être à coup sûr italien, grec, espagnol, libanais ou même pakistanais ? Parce que tu ne sais absolument pas d'où tu viens, tu as décidé depuis longtemps de supposer que tu es un mélange de toutes les races de l'hémisphère oriental, en partie africain, en partie arabe, en partie chinois, en partie indien, en partie caucasien, que tu es le creuset de nombreuses civilisations contradictoires à l'intérieur d'un seul corps. C'est surtout une position morale, une façon d'éliminer la question de la race – à ton avis, une fausse question qui ne peut que déshonorer celui qui la pose –, et tu as par conséquent décidé en toute conscience d'être tout le monde, d'englober tout le monde en toi afin d'être plus pleinement et plus librement toi-même, car savoir qui tu es reste un mystère que tu n'as aucun espoir d'élucider un jour.

Ton anniversaire a eu lieu. À soixante-quatre ans, tu te rapproches de plus en plus de l'état de citoyen senior, du Medicare[1] et des plans de pension, d'un moment où tes amis seront de plus en plus nombreux à t'avoir quitté. Tant d'entre eux sont déjà partis… mais prépare-toi au déluge qui vient. À ton grand soulagement, ton anniversaire s'est déroulé sans incident ni bouleversement, tu as pris les choses tranquillement sans te laisser démonter, un petit dîner entre amis à Brooklyn, et l'âge impossible auquel tu es maintenant parvenu n'a que rarement occupé tes pensées. Le 3 février, c'est juste un jour après l'anniversaire de ta mère, laquelle a commencé

1. Medicare : régime d'assurance-maladie, financé par l'État fédéral, qui prend en charge une partie des coûts d'hospitalisation et de traitement des personnes âgées de plus de soixante-cinq ans.

à ressentir les contractions de ta naissance le matin même de ses vingt-deux ans, soit dix-neuf jours avant la date prévue ; et quand le médecin t'a extrait au forceps de son corps à moitié assommé de médicaments, il était minuit passé de vingt minutes, moins d'une demi-heure après la fin du jour de son anniversaire. Vous avez donc toujours fêté vos anniversaires en même temps, et encore à présent, presque neuf ans après sa mort, tu ne peux t'empêcher de penser à elle quand l'horloge passe du 2 février au 3. Quel drôle de cadeau tu as dû être pour elle, cette nuit-là, il y a soixante-quatre ans : un petit garçon pour son anniversaire, une naissance pour fêter sa naissance à elle.

Mai 2002. Samedi, longue conversation pleine d'entrain avec ta mère au téléphone. Au bout de laquelle tu te tournes vers ta femme en déclarant : "Elle n'a jamais eu l'air aussi joyeux depuis des années." Le dimanche, ta femme part pour le Minnesota. Le week-end suivant, une grande fête est prévue pour le quatre-vingtième anniversaire de son père, et ta femme va se rendre à Northfield pour aider sa mère avec les préparatifs. Tu restes un peu plus longtemps à New York avec ta fille qui a quatorze ans et doit aller en classe, mais vous vous rendrez aussi tous les deux dans le Minnesota pour la fête, bien sûr, et vous avez pris vos billets pour le vendredi. En prévision de cet événement, tu as déjà écrit en l'honneur de ton beau-père un poème humoristique en vers rimés – c'est le seul genre de poème que tu composes encore : des bagatelles à l'occasion d'anniversaires, de mariages et autres événements familiaux. Le lundi arrive et passe, et tout ce qui s'est produit ce jour-là a été effacé de ta mémoire. Le mardi, tu as rendez-vous à treize heures avec une Française d'à peu près vingt-cinq ans qui vit à New York depuis plusieurs années. Un éditeur français lui a commandé un guide de la ville, et comme tu l'aimes bien et que tu penses que c'est une écrivaine prometteuse, tu as accepté de lui parler de New York même si tu doutes fort d'être en mesure de lui faire part de quoi que ce soit d'utile. Tu es néanmoins d'accord pour essayer. À midi, debout devant le miroir de ta salle de bains, de la mousse à raser sur le visage, alors que tu t'apprêtes à prendre le rasoir pour entreprendre la tâche qui te rendra présentable pour l'entretien, le téléphone sonne. Tu vas dans la chambre pour répondre, tenant maladroitement le récepteur dans ta main pour ne pas le couvrir de mousse à raser, et la voix au bout du fil sanglote, la personne qui appelle est dans un état d'extrême détresse, et peu à peu tu comprends qu'il s'agit de Debbie, la jeune femme qui se rend une fois par semaine chez ta mère pour le ménage et l'emmène en voiture faire des courses de temps à autre, et ce que Debbie est en train de te dire, c'est qu'elle vient d'entrer dans l'appartement et qu'elle a trouvé ta mère sur le lit, le corps de ta mère sur le lit, le corps de ta mère morte sur le lit. Tandis que tu absorbes la nouvelle, ton corps donne l'impression de se vider de l'intérieur. Tu te sens hébété et creux, incapable de penser, et même si c'est bien la dernière chose à laquelle tu t'attendais *(Elle n'a jamais eu l'air aussi joyeux depuis des années)*, ce que Debbie est en train de te dire ne t'étonne pas, ne t'assomme pas, ne te choque pas, ne te trouble même pas. Qu'est-ce qui ne va pas chez toi ? te demandes-tu. Ta mère vient de mourir et te voilà transformé en bloc de bois. Tu dis alors à Debbie de ne pas bouger, tu vas arriver le plus vite possible (Verona, New Jersey – à côté de Montclair), et une heure et demie plus tard tu es dans l'appartement de ta mère où tu contemples son cadavre sur le lit. Tu as vu plusieurs cadavres au cours de ta vie, et tu connais le côté inerte des morts, le calme inhumain qui enveloppe le corps de ceux qui ont cessé de vivre, mais aucun de ces cadavres n'était celui de ta mère, aucun autre corps défunt n'a été le corps dans lequel ta propre vie a commencé, et tu ne peux pas regarder plus de quelques secondes avant d'être obligé de te détourner. La pâleur bleutée de sa peau, ses yeux à moitié fermés qui ne fixent rien, un être éteint qui gît sur les couvertures dans sa chemise de nuit et sa robe de chambre, le journal du dimanche étalé autour d'elle, une jambe dénudée qui pend sur le côté du lit, une goutte de salive blanche durcie au coin de la bouche. Tu ne peux pas la regarder, tu ne veux pas la regarder, la regarder t'est insupportable, et pourtant, même quand les auxiliaires médicaux l'emportent sur un brancard roulant après l'avoir mise dans une housse mortuaire noire, tu continues à ne rien ressentir. Ni larmes, ni crise d'angoisse, ni chagrin – seulement une vague sensation d'horreur qui monte en toi. Ta cousine Regina est avec toi, maintenant, la cousine germaine de ta mère, venue en voiture de sa maison de Glen Ridge, non loin de là, pour te prêter main-forte. Fille du seul frère de ton grand-père, elle a cinq ou six ans de moins que ta mère : c'est donc ta grande-cousine et l'une des rares personnes de ta famille, aussi bien du côté paternel que maternel, avec lesquelles tu te sentes un lien – artiste veuve d'un autre artiste, ce fut une jeune femme bohème qui avait fui Brooklyn au début des années 1950 pour vivre à Greenwich Village, et elle va passer toute la journée avec toi. Elle est là avec sa fille Anna, une adulte, et toutes les deux vont t'aider à trier les affaires et les papiers de ta mère, et aussi se concerter avec toi car tu as du mal à prendre des décisions au sujet d'une personne qui n'a pas laissé de testament et n'a jamais rien dit de ce qu'elle souhaitait après sa mort (enterrement ou incinération, obsèques ou pas) ; elles vont établir avec toi des listes de toutes les tâches pratiques à effectuer rapidement si possible, et ce soir-là, après un dîner au restaurant, elles t'emmènent chez elles et te montrent la chambre d'amis où tu peux passer la nuit. Ta fille est chez des amis de Park Slope, ta femme chez ses parents dans le Minnesota, et une fois terminée la longue conversation que tu as eue avec elle au téléphone après dîner, tu n'arrives pas à dormir. Tu as acheté une bouteille de scotch pour te tenir compagnie, et tu traînes donc dans une chambre du rez-de-chaussée jusqu'à trois ou quatre heures du matin, à vider la moitié de la bouteille d'Oban en essayant de penser à ta mère, mais tu as encore l'esprit trop engourdi pour te concentrer sur grand-chose. Des pensées éparses, décousues, et toujours aucune envie de verser des larmes, de t'effondrer et de pleurer ta mère dans une authentique manifestation de chagrin et de regret. Il se peut que tu redoutes ce qu'il adviendra de toi si tu te laisses aller, et que, si tu t'autorises à pleurer, tu ne puisses plus t'arrêter, que la douleur devienne trop écrasante et que tu t'écroules, et comme tu ne veux pas risquer de ne plus être maître de toi, tu retiens ta douleur, tu l'avales, tu l'enfouis dans ton cœur. Ta femme te manque, elle te manque plus qu'à aucun autre moment depuis que vous êtes mariés, car c'est la seule personne qui te connaisse suffisamment bien pour te poser les bonnes questions, la seule dotée d'assez d'assurance et de compréhension pour te pousser à révéler des choses sur toi qui souvent échappent à ta propre intelligence – comme tu te sentirais mieux si tu étais au lit avec elle en ce moment, au lieu d'être assis tout seul à trois heures du matin avec une bouteille de whisky dans une chambre plongée dans l'obscurité. Le lendemain matin, tes cousines continuent à te soutenir et à t'aider pour les démarches immédiates : la visite aux pompes funèbres et le choix de l'urne (après consultation de ta femme, de la sœur de ta mère et de ta cousine, il est unanimement décidé que ce sera une incinération sans obsèques, mais qu'une cérémonie du souvenir sera organisée après l'été), les appels téléphoniques à l'agent immobilier, à la personne qui s'occupera de la voiture, à celle qui se chargera des meubles, à celle qui gère la télévision par câble, à tous ceux que tu dois contacter pour vendre, déconnecter ou jeter, et, après une longue journée d'immersion dans les miasmes désolés du *rien*, elles te reconduisent à ta maison de Brooklyn. Vous trois et ta fille dînez de quelques plats à emporter, tu remercies Regina de t'avoir *sauvé la vie* (tes paroles exactes, étant donné que tu ne sais vraiment pas ce que tu aurais fait sans elle) et, après leur départ, tu restes un moment à parler à ta fille, mais elle finit par monter se coucher d'un pas décidé, et maintenant que tu es de nouveau seul, tu te retrouves encore une fois en train de résister aux charmes du sommeil. Cette deuxième nuit est une répétition de la première : tu restes assis tout seul dans une pièce noire avec la même bouteille de scotch – cette fois, tu la vides jusqu'au fond –, mais toujours pas de larmes ni d'idées cohérentes, et pas la moindre envie de dire que ça suffit pour cette nuit et d'aller te coucher. Après de longues heures, l'épuisement finit par te submerger, et quand tu te laisses tomber sur ton lit sur le coup des cinq heures et demie, l'aube point déjà dehors et les oiseaux ont commencé à chanter. Tu as l'intention de dormir aussi longtemps que possible, dix ou douze heures si tu y parviens, car tu sais qu'une plongée dans l'oubli représente en ce moment le seul remède pour toi, mais dès huit heures et quelques, alors que tu as dormi à peu près deux heures et demie, et ce du sommeil propre aux ivrognes, c'est-à-dire *profondamente, stupidamente*, le téléphone sonne. Si l'appareil se trouvait de l'autre côté de la chambre, sans doute ne l'aurais-tu même pas entendu, mais il est posé sur la table de chevet juste à côté de ton oreiller, à moins de trente centimètres de ta tête, à vingt-huit centimètres de ton oreille droite, et après un certain nombre de sonneries (tu ne sauras jamais combien), tes yeux s'ouvrent involontairement. Pendant ces premières secondes de semi-conscience, tu comprends que tu ne t'es jamais senti plus mal qu'en cet instant, que ton corps n'est plus celui dont tu as l'habitude de dire que c'est le tien, et que cet être physique nouveau et étranger a été martelé par des centaines de maillets de bois, traîné par des chevaux sur cent cinquante kilomètres de terrains semés de rochers et de cactus, réduit en poussière par un pilon de cent tonnes. Tes veines sont tellement saturées d'alcool que tu peux en sentir l'odeur te sortir des pores, et la chambre tout entière empeste la mauvaise haleine et le whisky – fétide, infect, dégueulasse. S'il y a une chose que tu désires maintenant, s'il y a un souhait que tu voudrais voir exaucé même au prix de dix ans de ta vie, c'est de refermer les yeux et de te remettre à dormir. Et pourtant, pour une raison que tu ne comprendras jamais (la force de l'habitude ? le sens du devoir ? la conviction que c'est ta femme qui appelle ?), tu roules sur le côté, tu tends le bras et tu prends le téléphone. C'est une parente, une cousine germaine du côté de ton père, une femme qui a dix ans de plus que toi, qui cherche toujours querelle et se pose en juge de moralité, assurément la dernière personne à qui tu aies envie de parler, mais maintenant que tu as soulevé le combiné, tu ne peux guère lui raccrocher au nez, pas pendant qu'elle parle – sauf qu'elle parle et parle encore, sans s'interrompre suffisamment pour te laisser placer un mot ou te permettre d'intervenir et d'abréger la conversation. Comment est-il possible, te demandes-tu, de jacasser à une telle allure ? On dirait qu'elle s'est entraînée à ne pas reprendre souffle tant qu'elle parle, à cracher des paragraphes entiers dans une seule expiration ininterrompue, à déverser de longs flots de verbiage sans les ponctuer, sans éprouver le besoin de s'arrêter de temps à autre pour respirer un peu. Tu te dis qu'elle doit avoir des poumons énormes, les plus gros poumons du monde – et cette endurance, ce besoin obsessionnel d'avoir le dernier mot à tout propos. Cette cousine et toi, vous vous êtes souvent disputés dans le passé, et ce dès la publication de *L'Invention de la solitude* en 1982, livre qui, à ses yeux, représentait une trahison des secrets de la famille Auster (ta grand-mère a assassiné ton grand-père en 1919), et, dès lors, tu as été transformé en paria de la même façon que ta mère est devenue une paria pour avoir divorcé d'avec ton père (raison pour laquelle tu t'es décidé contre des obsèques – pour ne pas devoir y inviter certains membres de ce clan), mais cette femme n'est pas pour autant une idiote, c'est quelqu'un qui a été diplômé de l'université avec des notes extrêmement élevées, qui exerce avec succès le métier de psychologue auprès d'une vaste clientèle, une personne expansive et énergique qui prend toujours soin de te préciser le nombre de ses amies qui lisent tes romans, et il faut reconnaître qu'au fil des ans elle a fait des efforts pour aplanir votre différend, pour neutraliser les dégâts provoqués, il y a vingt ans, par sa méchante sortie contre ton livre, mais même si elle prétend désormais t'admirer, il n'en reste pas moins en elle une rancœur résiduelle, une animosité toujours tapie derrière ses ouvertures amicales ; les choses ne sont pas nettement tranchées, toute la situation entre vous est chargée de complications, d'autant qu'elle a des problèmes de santé, qu'elle est traitée depuis quelque temps pour un cancer et que tu ne peux t'empêcher de la plaindre, et puisqu'elle a pris la peine de t'appeler, tu veux lui laisser le bénéfice du doute, la laisser poursuivre brièvement cette conversation de pure forme avant de rouler de nouveau sur le côté et te rendormir. Elle commence par débiter tout ce qu'il convient de dire. Comme c'est brutal, comme c'est inattendu, tu devais ne pas y être du tout préparé, et pense à ta sœur, ta pauvre schizophrène de sœur, comment va-t-elle se débrouiller maintenant que votre mère est morte ? Voilà qui est suffisant, penses-tu, et même plus que suffisant pour démontrer sa bonne volonté et sa compassion, et tu espères pouvoir raccrocher après encore une phrase ou deux, car tes yeux se ferment à présent, tu es au bord de l'épuisement, et si seulement elle s'arrêtait de parler dans quelques secondes tu n'aurais aucune difficulté à sombrer de nouveau dans le sommeil le plus profond. Mais ta cousine ne fait que commencer, se retrousser les manches et cracher dans ses mains, pour ainsi dire, et pendant les cinq minutes suivantes elle partage avec toi ses tout premiers souvenirs de ta mère, du moment de leur rencontre – elle avait neuf ans et ta mère était encore si jeune elle aussi, à peine vingt ans ou vingt et un ans –, et quel bonheur c'était d'avoir dans la famille une nouvelle tante aussi jolie, si chaleureuse, si vivante, alors tu continues à l'écouter, tu n'as pas la force de l'interrompre, et en un rien de temps la voilà partie sur un tout autre sujet, tu ne sais pas comment elle est arrivée là, mais soudain tu entends sa voix qui te parle de tabac, qui t'implore d'arrêter de fumer, de cesser pour de bon, sinon tu tomberas malade et tu mourras, tu connaîtras une mort affreuse et prématurée, et en mourant tu seras rongé par le remords de *t'être assassiné toi-même* de manière aussi idiote. À ce moment-là, ça fait déjà neuf ou dix minutes qu'elle y va, et tu commences à craindre de ne pas pouvoir te rendormir, car plus elle parle, plus tu te sens tiré vers l'éveil, et une fois que tu auras franchi un certain seuil tu ne pourras pas revenir en arrière. Tu ne peux pas survivre avec seulement deux heures et demie de sommeil, pas dans ton état actuel, pas avec autant d'alcool encore dans le sang, tu vas être anéanti pendant toute la journée, mais alors même que tu es de plus en plus tenté de lui raccrocher au nez, tu n'arrives pas à trouver la volonté de le faire. C'est alors que survient l'assaut, la canonnade verbale à laquelle tu aurais dû t'attendre dès l'instant où tu as soulevé le combiné. Comment as-tu pu être assez naïf pour croire qu'elle se contenterait de mots gentils et de mises en garde presque hystériques ? Il lui faut encore régler la question de la personnalité de ta mère, et bien que deux jours seulement se soient écoulés depuis la découverte de son corps sans vie, bien que le crématorium, dans le New Jersey, ait programmé pour cet après-midi même le moment où ce corps sera réduit en cendres, rien de tout cela n'empêche ta cousine de la fustiger dans les règles. Trente-huit ans après que ta mère a quitté ton père, la famille a codifié sa litanie de reproches à ta mère, c'est désormais de l'histoire ancestrale, de vieux commérages transformés en faits inébranlables, et pourquoi ne pas éplucher une dernière fois la liste de ses méfaits – afin de lui souhaiter comme il convient d'aller là où elle le mérite ? Jamais satisfaite, te dit ta cousine, toujours à courir après autre chose, à user de ses charmes, une femme qui ne vivait que pour attirer l'attention des hommes, hypersexuée, limite pute, à coucher à droite et à gauche, une épouse infidèle – quel dommage que quelqu'un doué de tant de qualités ait fini en si mauvais état. Tu t'étais toujours douté que l'ex-belle-famille de ta mère parlait d'elle en ces termes, mais jusqu'à ce matin-là tu ne l'avais jamais entendu de tes propres oreilles. Tu marmonnes quelque chose dans le téléphone et raccroches en te jurant de ne jamais plus parler à ta cousine, de ne plus lui adresser un seul mot le restant de ta vie. Mais il est hors de question de te rendormir, à présent. Malgré l'épuisement quasiment surnaturel qui t'a assommé au point de te rendre presque inconscient, trop de choses se sont mises à bouillonner en toi, tes pensées fusent dans d'innombrables directions, l'adrénaline afflue de nouveau dans ton système et tes yeux refusent de se fermer. Il ne te reste plus qu'à sortir du lit et à commencer ta journée. Tu descends te préparer du café, le café noir le plus fort que tu aies fait depuis des années, en te disant que si tu t'inondes de doses titanesques de caféine tu accéderas à un état qui ressemble à l'éveil, au moins un éveil partiel qui te permettra de traverser en somnambule le reste de la matinée et l'après-midi qui va suivre. Tu bois lentement la première tasse. Elle est extrêmement chaude et tu dois l'avaler par petites gorgées, mais le café ensuite commence à se refroidir et tu bois la deuxième tasse plus vite, la troisième encore plus vite, et, gorgée après gorgée, le liquide vient gicler comme un acide dans ton estomac vide. Tu sens alors la caféine accélérer ton rythme cardiaque, stimuler tes nerfs et commencer à t'animer. Te voici réveillé, à présent, totalement réveillé et pourtant encore très fatigué, épuisé mais de plus en plus alerte, et dans ta tête se produit un bourdonnement qui n'était pas là auparavant, un bruit mécanique sourd, un vrombissement, une plainte comme venue d'un poste de radio lointain mal réglé, et plus tu bois, plus tu sens ton corps changer, moins tu as l'impression d'être fait de chair et de sang. Tu es en train de te transformer en quelque chose de métallique, maintenant, en engin rouillé qui simule l'existence humaine, en un truc fait de fils de fer et de fusibles, de vastes circuits câblés régis par des impulsions électriques aléatoires, et puisque tu as terminé ta troisième tasse de café, tu t'en verses une autre – qui se trouve être la dernière, la tasse fatale. L'attaque a lieu simultanément de dedans et de dehors, tu sens soudain monter la pression de l'air qui t'entoure comme si une force invisible tentait de te faire passer à travers ta chaise et de t'aplatir au sol, mais en même temps il y a dans ta tête une légèreté irréelle, un tintement vertigineux qui tambourine sur les parois de ton cerveau, et pendant ce temps le dehors continue à peser sur toi alors que le dedans se vide, se fait de plus en plus sombre et vide, comme si tu allais t'évanouir. Puis ton pouls s'accélère, tu sens que ton cœur essaye de jaillir hors de ta poitrine, et l'instant suivant tu n'as plus d'air dans les poumons, tu ne peux plus respirer. C'est alors que la panique te submerge, que ton corps se bloque et que tu tombes par terre. Allongé sur le dos, tu sens le sang se figer dans tes veines et petit à petit ton corps se transformer en ciment. Et c'est là que tu te mets à hurler. Tu es de pierre, à présent, et tandis que tu es allongé sur le plancher de la salle à manger, raide, la bouche ouverte, incapable de bouger ou de penser, tu hurles de terreur en attendant que ton corps se noie dans les eaux noires et profondes de la mort.

Tu ne pouvais pas pleurer. Tu ne pouvais pas exprimer ta peine comme on le fait normalement, et donc ton corps a craqué et il a exprimé ta peine pour toi. Sans les divers autres facteurs qui ont précédé la crise de panique (l'absence de ta femme, l'alcool, le manque de sommeil, le coup de téléphone de ta cousine, le café), peut-être cette crise ne se serait-elle jamais produite. Mais au bout du compte ces éléments n'ont qu'une importance secondaire. La question, c'est de savoir pourquoi tu n'as pas pu te laisser aller pendant les minutes et les heures qui ont suivi la mort de ta mère, pourquoi, pendant deux jours entiers, tu n'as pas été capable de verser la moindre larme pour elle. Était-ce parce qu'une partie de toi se réjouissait secrètement de sa mort ? C'est là une pensée sombre, si sombre et si troublante que tu redoutes de l'exprimer, mais même si tu acceptes d'envisager la possible vérité de cette pensée, tu doutes qu'elle soit en mesure d'expliquer ton incapacité à verser des larmes. Tu n'as pas pleuré non plus à la mort de ton père. Ni à celle de tes grands-parents, ni à celle de ta cousine préférée, quand elle a été emportée par un cancer du sein à l'âge de trente-huit ans, ni après la disparition des nombreux amis qui t'ont quitté au fil des ans. Pas même quand tu avais quatorze ans et que tu t'es trouvé à moins de trente centimètres d'un garçon frappé et tué par la foudre – toute l'heure qui a suivi, tu es resté assis à côté du cadavre de ce garçon dans un pré noyé de pluie, à le surveiller, à désespérément essayer de le réchauffer et de le ranimer parce que tu ne comprenais pas qu'il était mort –, même cette mort monstrueuse n'a pas réussi à t'arracher une seule larme. Tes yeux se mouillent quand tu regardes certains films, tu as versé des larmes sur les pages de nombreux livres, tu as pleuré lors de moments de chagrin personnel immense, mais la mort te fige et te bloque, te dépouille de toutes tes émotions, de tous tes affects, de tout ce qui te relie à ton propre cœur. Depuis le début, tu fais le mort devant la mort, et c'est ce qui s'est également produit au décès de ta mère. Du moins au tout début, les deux premières journées et les deux premières nuits, mais ensuite la foudre a encore frappé et t'a carbonisé.

Oublie ce que ta cousine t'a dit au téléphone. Oui, tu étais furieux contre elle, atterré de constater qu'elle s'abaissait à couvrir ta mère de boue à un moment aussi inapproprié, révolté par sa méchanceté, son mépris bien-pensant envers une personne qui ne lui a jamais fait le moindre mal, mais les accusations d'infidélité qu'elle lançait contre ta mère étaient déjà de vieilles lunes pour toi, et même si tu n'avais aucune preuve, aucun indice pour étayer ou réfuter ces accusations, tu soupçonnais depuis longtemps qu'il se *pouvait bien* que ta mère eût fait quelques écarts pendant qu'elle était mariée à ton père. Tu avais cinquante-cinq ans lors de cette conversation avec ta cousine, et tu avais donc eu si longtemps pour réfléchir en détail au mariage malheureux entre ton père et ta mère que, de fait, tu espérais bien que ta mère avait trouvé quelque réconfort auprès d'un autre (ou d'autres) homme(s). Mais il n'y avait rien de certain, et il ne t'est arrivé qu'une fois de soupçonner que quelque chose pouvait clocher, à l'occasion d'un unique incident survenu quand tu avais douze ou treize ans et qui t'avait plongé dans la perplexité : un après-midi où tu étais rentré à la maison après l'école et où tu te croyais tout seul, tu as pris le téléphone pour passer un appel et tu as entendu une voix d'homme sur la ligne, une voix qui n'était pas celle de ton père et qui disait juste *Au revoir*, mots peut-être tout à fait neutres, mais prononcés avec beaucoup de tendresse, et ta mère qui répondait : *Au revoir, chéri.* Ce fut la fin de la conversation. Tu n'avais aucune idée du contexte, tu n'étais pas en mesure d'identifier cet homme, tu n'avais presque rien entendu, et pourtant tu en es resté tourmenté pendant des jours, à tel point que tu as fini par trouver le courage d'interroger ta mère à ce sujet, et elle qui avait toujours été franche et directe avec toi, te semblait-il, qui n'avait jamais refusé de répondre à tes questions, cette fois, cette unique fois, a paru perplexe quand tu lui as dit ce que tu avais entendu, comme si elle avait été prise au dépourvu, et puis l'instant suivant elle s'est mise à rire en disant qu'elle ne s'en souvenait pas, qu'elle ne savait pas de quoi tu parlais. Il était tout à fait possible qu'elle ait oublié, que la conversation n'ait pas eu d'importance et que le mot *chéri* n'ait pas signifié ce que tu croyais, mais un minuscule germe de doute s'est planté dans ta tête ce jour-là, un doute qui s'est vite dissipé lors des semaines et des mois qui ont suivi, et quatre ou cinq ans plus tard, quand ta mère a annoncé qu'elle quittait ton père, tu n'as pas pu t'empêcher de repenser aux dernières phrases de cette conversation surprise par hasard. Est-ce que cela avait la moindre importance ? Non, tu ne le crois pas. Tes parents avaient été destinés à se séparer dès le jour de leur mariage, et même si l'on supposait que ta mère avait couché avec l'homme qu'elle avait appelé *chéri,* si l'on supposait qu'il y avait eu un autre homme ou plusieurs autres hommes, cela n'avait pas joué dans leur divorce. Les symptômes ne sont pas des causes, et indépendamment des vilaines petites pensées que ta cousine avait nourries contre ta mère, elle ne savait rien de rien. Il est indéniable que son coup de téléphone a joué un rôle dans le déclenchement de ta crise de panique – le moment de l'appel, les circonstances dans lesquelles cet appel s'est déroulé –, mais ce qu'elle t'a dit ce matin-là n'avait rien de neuf.

En revanche, alors même que tu es son fils, tu ne sais, toi non plus, presque rien de ta mère. Trop d'espaces blancs, trop de silences et de dérobades, trop de fils perdus, toutes ces années, pour pouvoir tisser une histoire cohérente. Inutile, donc, de parler d'elle du dehors. Tout ce qui peut être dit devra être puisé dedans, à l'intérieur de toi, dans l'accumulation de souvenirs et de perceptions que tu continues à porter dans ton corps – et qui, pour des raisons que tu n'élucideras jamais complètement, t'ont laissé suffocant sur le plancher de la salle à manger, persuadé que tu allais mourir.

Un mariage précipité, mal évalué, un mariage impulsif entre deux âmes incompatibles, et déjà essoufflé avant la fin de la lune de miel. Une New-Yorkaise de vingt et un ans (elle était née et avait grandi à Brooklyn, s'était installée à Manhattan à seize ans) et un célibataire de trente-quatre ans, habitant alors Newark, dont la vie avait commencé dans le Wisconsin d'où il était parti à sept ans, devenu orphelin de père à la suite du coup de feu mortel que ta grand-mère avait tiré sur ton grand-père dans la cuisine de leur maison. La jeune mariée était la cadette de deux filles, et elle était issue, elle aussi, d'un autre mariage mal évalué et d'un autre couple mal assorti (*"Ton père serait vraiment un homme merveilleux – si seulement il était différent"*). Elle avait quitté le lycée pour aller travailler (comme employée de bureau en divers endroits et puis, plus tard, comme assistante d'un photographe), et ne t'a jamais dit grand-chose sur ses premières amours, ses premières affaires de cœur. Une vague histoire à propos d'un petit ami mort à la guerre, une histoire encore plus vague à propos d'un flirt de courte durée avec l'acteur Steve Cochran, mais au-delà, rien du tout. Elle a obtenu son diplôme du secondaire grâce à des cours du soir (Commercial High School), mais n'a pas fait d'études supérieures ensuite, de même que ton père qui était encore adolescent quand il est parti pour le Monde du Travail et qui a commencé à gagner sa vie dès sa sortie du lycée à l'âge de dix-huit ans. Tels sont les faits connus, les quelques bribes d'information vérifiables qui t'ont été transmises. Viennent ensuite les années invisibles, les trois ou quatre premières années de ta vie, cette époque muette qui précède toute possibilité de souvenir, et par conséquent tu ne peux te fonder sur rien d'autre que sur les diverses histoires que ta mère t'a racontées plus tard : la mort que tu frôles à seize mois à cause d'une angine (quarante et un degrés de fièvre, et le médecin qui déclare à ta mère : *Désormais, c'est entre les mains de Dieu*), les caprices de ton estomac fantasque et désobéissant, censés, selon le diagnostic, provenir d'une allergie ou d'une intolérance à quelque chose (au blé ? au gluten ?), ce qui t'a obligé pendant deux ans et demi à vivre presque exclusivement de bananes (tant de bananes consommées, à cette époque antérieure aux souvenirs, que la vue et l'odeur des bananes provoquent chez toi un mouvement de recul et que tu n'en as pas mangé une seule en soixante ans), le clou qui dépassait et a déchiré ta joue dans le grand magasin de Newark en 1950, ta remarquable aptitude, à l'âge de trois ans, à identifier la marque et le modèle de toutes les voitures sur la route (remarquable selon ta mère qui voyait là le signe d'un génie en herbe), mais par-dessus tout le plaisir qu'elle te transmettait à travers ces récits, la sensation qu'elle te donnait d'exulter du seul fait de ton existence, et son mariage était si malheureux que, tu t'en rends compte à présent, elle se tournait vers toi comme vers un moyen de se consoler, de donner à sa vie un sens et un but qui lui manquaient par ailleurs. Tu étais le bénéficiaire de son manque de bonheur, et as été très aimé, particulièrement aimé, sans conteste aimé très profondément. Et ce qu'il faut dire d'abord au-delà et au-dessus de tout ce qu'on pourrait dire d'autre, c'est ceci : elle a été pour toi, à l'époque où tu étais un nourrisson et pendant ta petite enfance, une mère passionnée et dévouée, et tout ce qu'il y a de bon en toi aujourd'hui, toutes les forces que tu peux t'attribuer ont leur origine dans ce temps qui précède l'époque à partir de laquelle tu es en mesure de te souvenir de qui tu étais.

Quelques lueurs précoces, quelques îlots de mémoire dans ce qui reste, sinon, un océan noir sans fin. Tu attends que ta sœur qui vient de naître rentre de l'hôpital avec tes parents (âge : trois ans et neuf mois), tu regardes entre les lamelles du store vénitien du séjour avec la mère de ta mère, et tu te mets à sauter dans tous les sens quand la voiture s'arrête enfin devant la maison. Selon ta mère, tu as été un frère aîné enthousiaste, pas du tout jaloux du nouveau bébé qui venait d'entrer parmi vous, mais il semble qu'elle ait procédé avec beaucoup d'intelligence, qu'elle ne t'ait pas exclu mais au contraire qu'elle ait fait de toi son *assistant*, ce qui t'a donné l'illusion de participer activement aux soins prodigués à ta sœur. Quelques mois plus tard, elle t'a demandé si tu voulais essayer d'aller à l'école maternelle. Tu as répondu oui, sans trop savoir ce que c'était, car en 1951 l'école maternelle était beaucoup moins répandue qu'aujourd'hui, mais au bout d'une seule journée tu en as eu assez. Tu te rappelles avoir dû te mettre en rang avec un groupe d'autres enfants et faire semblant d'être dans une épicerie, et quand ton tour est enfin venu après ce qui t'a paru une éternité, tu as tendu un tas de billets imaginaires à quelqu'un qui se tenait debout derrière une caisse enregistreuse imaginaire et qui t'a donné en échange un sac de provisions imaginaires. Tu as dit à ta mère que la maternelle était une idiotie et une perte de temps, et elle n'a pas tenté de te persuader d'y retourner. Puis ta famille a déménagé dans la maison d'Irving Avenue, et quand tu es entré en première année de primaire au mois de septembre suivant, tu étais prêt pour l'école, et pas le moins du monde décontenancé par la perspective d'être éloigné de ta mère pendant quelque temps. Tu te rappelles le prélude chaotique de cette première matinée, les enfants qui protestaient et hurlaient quand leur mère leur disait au revoir, les cris angoissés des petits abandonnés qui résonnaient contre les murs tandis que, de la main, tu faisais calmement au revoir à ta mère. Toute cette agitation t'était incompréhensible puisque tu étais content d'être là et te sentais à présent comme une grande personne. Tu avais cinq ans, et déjà tu prenais du champ, tu ne vivais plus exclusivement dans l'orbite de ta mère. Une meilleure santé, de nouveaux amis, la liberté d'utiliser la cour derrière la maison, et les débuts d'une existence autonome. Certes, tu mouillais encore ton lit ou pleurais encore quand tu tombais et que tu t'écorchais le genou, mais le dialogue intérieur avait commencé, et tu étais passé dans le domaine de l'individualité consciente. Néanmoins, en raison du nombre d'heures qu'il consacrait à son travail et de son penchant pour les longues siestes lorsqu'il était à la maison, ton père était en grande partie absent et ta mère continuait à être le centre d'autorité et de sagesse pour tout ce qui comptait. C'était elle qui te mettait au lit, t'apprenait à faire du vélo, t'aidait avec tes exercices de piano, c'était auprès d'elle que tu t'épanchais, c'était le rocher auquel tu t'accrochais quand la mer devenait houleuse. Mais tu commençais à avoir tes propres idées et n'étais plus soumis au moindre de ses jugements et de ses avis. Tu détestais apprendre à jouer du piano, tu avais envie d'être dehors avec tes copains, et quand tu lui as dit que tu préférais abandonner, que le baseball était infiniment plus important pour toi que la musique, elle a cédé sans trop discuter. Il y a eu ensuite le problème des vêtements. La plupart du temps, tu déambulais en tee-shirt et en jeans (qu'on appelait à cette époque des *dungarees*), mais lors d'occasions spéciales – jours de fête, réunions d'anniversaires, visites à tes grands-parents à New York –, elle insistait pour t'habiller dans des tenues coupées avec soin, des vêtements que tu as commencé à trouver gênants dès l'âge de six ans, notamment cet ensemble chemise-blanche-et-pantalon-court assorti de sandales et de chaussettes montant jusqu'aux genoux, et quand tu as commencé à protester en clamant que tu te sentais ridicule dans tous ces machins et que la seule chose que tu voulais c'était ressembler à n'importe quel autre petit Américain, elle a fini par lâcher du lest et te permettre d'avoir ton mot à dire sur ce que tu portais. Mais à ce moment-là elle était déjà, elle aussi, en train de prendre du champ, et peu après ton sixième anniversaire elle est partie pour le Monde du Travail et tu l'as vue de moins en moins. Pour autant que tu te souviennes, tu n'en as pas été attristé, mais bon, que sais-tu vraiment de ce que tu ressentais ? Ce qu'il faut garder présent à l'esprit, c'est que tu ne sais pratiquement rien – en tout cas, rien du tout pour ce qui touche à l'état de sa vie de couple, à la profondeur de son insatisfaction vis-à-vis de ton père. Des années plus tard, elle t'a dit qu'elle avait essayé de le persuader d'aller vivre en Californie, qu'elle sentait qu'il n'y avait aucun espoir pour eux s'il ne prenait pas ses distances avec sa famille, s'il ne s'éloignait pas de la proximité étouffante de sa mère et de ses frères aînés, et quand il a refusé de l'envisager, elle s'est résignée à un mariage sans espoir. Les enfants étaient trop petits pour qu'elle pense au divorce (pas en ce temps-là, pas dans ce milieu, pas dans l'Amérique de la classe moyenne du début des années 1950), et elle a donc trouvé une autre solution. Elle n'avait que vingt-huit ans, et le travail lui a ouvert la porte, lui a permis de sortir de la maison, lui a donné la chance de construire sa propre vie.

Tu ne voudrais pas laisser entendre qu'elle a disparu. Elle était simplement moins présente qu'auparavant, bien moins présente, et si la plupart de tes souvenirs de cette période ne dépassent pas le petit univers de tes activités de jeune garçon (courir avec tes copains, rouler sur ton vélo, aller à l'école, faire du sport, collectionner des timbres et des cartes de baseball, lire des bandes dessinées), ta mère apparaît de manière très nette en plusieurs occasions, en particulier quand, à l'âge de huit ans, pour une raison indéterminée, tu es entré chez les louveteaux avec une douzaine de tes amis. Tu ne te souviens plus de la fréquence des réunions, mais tu penses qu'elles devaient avoir lieu tous les mois, chaque fois dans la maison d'un membre différent, et ces réunions étaient animées par une équipe tournante de trois ou quatre femmes appelées cheftaines dont ta mère faisait partie, ce qui prouve que son travail d'agent immobilier ne l'écrasait pas au point de l'empêcher de prendre son après-midi de temps à autre. Tu te rappelles le plaisir que tu éprouvais à la voir dans son uniforme bleu marine (comme c'était absurde, et nouveau) et tu te rappelles aussi que c'était la cheftaine que les autres garçons aimaient le plus, car c'était la plus jeune et la plus jolie de toutes les mères, la plus amusante, la plus décontractée, celle qui n'avait aucun mal à retenir toute leur attention. Tu te souviens très clairement de deux ou trois séances qu'elle a dirigées : il s'agissait de construire des caisses de rangement en bois (pour quel usage, tu ne saurais le dire à présent, mais tout le monde s'y employait avec beaucoup de zèle), et puis, vers la fin de l'année scolaire, un jour qu'il faisait chaud et que toute la bande avait fini par se fatiguer des règles et des consignes de la vie de scout, une dernière réunion, ou une avant-dernière, a eu lieu dans ta maison sur Irving Avenue, et comme personne n'avait plus aucune envie de continuer à jouer au petit soldat, ta mère a demandé aux garçons comment ils aimeraient passer l'après-midi, et quand la réponse unanime a été *on veut jouer au base-ball,* vous êtes tous allés dans la cour derrière la maison et vous avez formé deux équipes pour une partie. Mais comme vous n'étiez que dix ou douze et que les équipes étaient donc en effectif réduit, ta mère a décidé de jouer elle aussi, pour ton plus grand plaisir, mais puisque tu ne l'avais jamais vue manier une batte, tu ne t'attendais pas à grand-chose de sa part, sinon à la voir vite éliminée. Quand elle est venue frapper dans la deuxième manche et qu'elle a envoyé une balle bien au-dessus du voltigeur gauche, tu as été plus que content, tu as été sidéré. Tu vois encore ta mère faire le tour des bases en courant dans son uniforme de cheftaine de louveteaux et arriver au marbre en empochant son coup de circuit – hors d'haleine, souriante, fondant sous les acclamations des garçons. De tous les souvenirs d'elle que tu as gardés depuis ton enfance, c'est celui qui te revient le plus souvent.

Elle n'était probablement pas belle, c'est-à-dire belle dans le sens conventionnel du mot, mais assez jolie, plus que suffisamment attirante pour que le regard des hommes s'attarde sur elle chaque fois qu'elle entrait dans une pièce. Ce qui lui manquait en termes d'attraits physiques purs – ceux qu'on attribue aux stars de cinéma et qu'on rencontre chez certaines femmes, stars ou pas –, elle le compensait par l'aura, le glamour qui émanait d'elle, surtout tant qu'elle était jeune, jusqu'à la quarantaine, et qui consistait en une mystérieuse combinaison d'allure, de maintien et d'élégance, à laquelle s'ajoutaient des vêtements qui connotaient, sans excès toutefois, la sensualité de la personne qui les portait, et puis le parfum, le maquillage, les bijoux, la coiffure étudiée, et surtout son regard enjoué, à la fois direct et réservé, son *air de confiance en soi.* Même si ce n'était pas la plus belle femme du monde, elle se comportait comme si elle l'était, et une femme qui réussit une chose pareille fait inévitablement tourner les têtes, ce qui est assurément la cause du mépris que les austères matrones de la famille de ton père lui ont manifesté une fois qu'elle eut quitté le bercail. Ces années-là ont été difficiles, bien sûr, celles qui ont précédé la rupture avec ton père, cette rupture longtemps différée mais inévitable, les années de *Au revoir, chéri* et de la voiture qu'elle a bousillée une nuit quand tu avais dix ans. Tu vois encore son visage ensanglanté, couvert de bleus, lorsqu'elle est rentrée à la maison de bonne heure le lendemain matin, et bien qu'elle ne t'ait jamais dit grand-chose sur cet accident, seulement quelques généralités neutres qui avaient sans doute très peu à voir avec la vérité, tu as dans l'idée que l'alcool n'y était peut-être pas pour rien, qu'il y a eu, à cette époque, une brève période où elle buvait trop, car plus tard elle t'a laissé entendre qu'elle avait fréquenté les Alcooliques anonymes, et puis il y a le fait qu'elle n'a plus jamais bu d'alcool tout le reste de sa vie – pas un cocktail, pas une coupe de champagne, rien, pas même une gorgée de bière.

Il y avait trois personnes en elle, trois femmes distinctes qui ne semblaient pas reliées les unes aux autres, et quand, en grandissant, tu as commencé à la voir différemment, pas seulement comme quelqu'un qui était ta mère, tu ne savais jamais quel masque elle allait porter tel ou tel jour. À un bout du spectre, il y avait la diva, la charmeuse somptueusement habillée qui éblouissait son monde en public, la jeune femme qui, mariée à un homme distrait et obtus, désirait follement que les yeux des autres se posent sur elle et ne tolérait pas – ne tolérerait plus – d'être réduite au rôle de femme au foyer traditionnelle. Au milieu, et c'était de loin l'espace le plus vaste qu'elle occupait, il y avait un être solide et responsable, un individu pourvu d'intelligence et de compassion, une femme qui prenait soin de toi quand tu étais petit, qui partait au travail, qui a géré plusieurs commerces pendant de nombreuses années, une championne des mots croisés et une conteuse de blagues hors pair, une personne aux deux pieds solidement sur terre, compétente, généreuse, capable d'observer le monde qui l'entourait, fervente progressiste en matière politique et sage dispensatrice de conseils. À l'autre bout, à l'autre extrémité de sa personnalité, il y avait la névrosée apeurée et faible, la créature sans défense en proie à de fulgurantes crises d'angoisse, la phobique toujours plus handicapée à mesure que passaient les années – depuis une acrophobie précocement apparue dans sa vie jusqu'à l'éclosion métastatique de paralysies diverses : peur des escaliers roulants, des ascenseurs, de l'avion, peur de conduire une voiture, peur de s'approcher des fenêtres d'un étage élevé, peur de rester seule, peur des grands espaces, peur de marcher où que ce soit (l'impression qu'elle allait perdre l'équilibre ou s'évanouir), et une hypocondrie perpétuelle qui graduellement en était venue à confiner à la terreur extrême. Autrement dit : peur de mourir, ce qui, au bout du compte, n'est probablement pas autre chose que la peur de vivre. Quand tu étais jeune, tu n'étais pas conscient de ces choses. Ta mère te semblait parfaite, et même lors de sa première crise de vertige dont il se trouve que tu as été témoin à l'âge de six ans (vous étiez en train de gravir ensemble les marches de l'escalier intérieur de la statue de la Liberté), tu ne t'es pas inquiété parce qu'agissant en bonne mère consciencieuse, elle a réussi à te cacher sa peur en transformant la descente en jeu : vous vous êtes assis tous les deux dans l'escalier et êtes descendus sur le cul une marche à la fois en riant jusqu'en bas. Lorsqu'elle a été âgée, le rire a disparu. Ne sont restés que le vide qui tourbillonnait dans sa tête, les nœuds dans son ventre, les suées froides, deux mains invisibles qui se resserraient autour de son cou.

Son deuxième mariage a été une formidable réussite, le genre de mariage dont tout le monde rêve – jusqu'à ce qu'il devienne autre chose. Tu étais content de la voir si heureuse, manifestement amoureuse, et c'est sans la moindre hésitation que tu as sympathisé avec son nouveau mari, non seulement parce qu'il était amoureux de ta mère et savait l'aimer de toutes les manières dont, selon toi, elle avait besoin qu'on l'aime, mais aussi parce qu'il était en soi un homme impressionnant : avocat spécialisé en droit du travail à l'esprit pénétrant et à la personnalité généreuse, c'était quelqu'un qui semblait prendre la vie d'assaut, pouvait chanter de vieux classiques d'une voix retentissante à table pendant le dîner et raconter des histoires hilarantes sur son passé, un homme qui t'a instantanément accueilli non pas comme son beau-fils mais comme une sorte de frère cadet, ce qui a fait de vous des amis proches et fidèles, et au bout du compte tu estimais que ce mariage était ce qui était arrivé de mieux à ta mère, ce qui allait enfin tout remettre sur pied pour elle. Après tout, elle était encore jeune, pas même quarante ans, et comme il avait deux ans de moins qu'elle, tu avais toutes les raisons de t'attendre à ce qu'ils vivent longtemps ensemble et qu'ils meurent dans les bras l'un de l'autre. Mais la santé de ton beau-père n'était pas bonne. Tout solide et vigoureux qu'il parût, il était affligé d'un cœur en mauvais état, et après un premier infarctus à guère plus de trente ans, un deuxième, plus fort, l'a frappé au bout d'environ un an de mariage. Dès lors, une sorte de pressentiment s'est mis à planer sur leur vie de couple, pressentiment qui n'a fait que s'aggraver lorsqu'il a été victime d'un troisième infarctus à peu près deux ans plus tard. Ta mère vivait dans la peur perpétuelle de le perdre, et de tes propres yeux tu as vu comment ses angoisses la détraquaient peu à peu en exacerbant les faiblesses qu'elle s'était efforcée si longtemps de tenir cachées, tu as vu son moi phobique se déployer dans toute son ampleur durant leurs dernières années ensemble, et quand son mari est mort à l'âge de cinquante-quatre ans, elle n'était plus la personne qu'elle avait été au moment de leur mariage. Tu te souviens de son dernier combat héroïque, cette nuit-là, à Palo Alto, en Californie, où elle n'a pas arrêté un instant de vous raconter des blagues, à toi et à ta femme, pendant que ton beau-père se trouvait dans le service de soins intensifs du centre médical de Stanford où il faisait l'objet de traitements cardiaques expérimentaux. Un geste médical ultime et désespéré pour un cas jugé pratiquement sans issue, et quel spectacle horrible que celui de ton beau-père atteint d'un mal mortel, allongé dans un lit relié à une telle forêt de câbles et de machines que la pièce ressemblait au plateau d'un film de science-fiction. Quand tu étais entré et l'avais vu là, tu avais été à ce point frappé de stupeur et accablé que tu avais dû lutter pour retenir tes larmes. C'était pendant l'été 1981, vous vous connaissiez, ta femme et toi, depuis à peu près six mois, vous viviez ensemble mais n'étiez pas encore mariés, et tandis que vous étiez debout à côté du lit de ton beau-père, celui-ci vous a pris la main à tous les deux et vous a dit : "Ne perdez pas de temps. Mariez-vous tout de suite. Mariez-vous, veillez l'un sur l'autre et faites douze enfants." Ta femme et toi logiez alors avec ta mère dans une maison de Palo Alto, une maison vide que lui avait prêtée un ami à elle que tu ne connaissais pas, et cette nuit-là, après avoir dîné dans un restaurant où tu as de nouveau failli fondre en larmes quand la serveuse est revenue te dire que la cuisine était à court du plat que tu avais commandé (déplacement d'anxiété dans sa forme la plus nette – à tel point que les larmes absurdes que tu sentais s'accumuler dans tes yeux pourraient être considérées comme l'incarnation même d'émotions devenues impossibles à refouler), et une fois rentrés tous les trois dans la maison, dans l'atmosphère lugubre d'une demeure plongée dans l'ombre de la mort, tous les trois persuadés que ces jours étaient les derniers de la vie de ton beau-père, vous avez pris place à la table de la salle à manger pour boire un verre, et juste au moment où vous pensiez que personne n'arriverait à prononcer un mot de plus, où ce qui pesait si lourdement sur vos cœurs semblait avoir écrasé toute parole en vous, ta mère s'est mise à raconter des blagues. Une blague, une autre, et encore une suivie d'une autre, des blagues si drôles que ta femme et toi vous êtes mis à rire jusqu'à vous étouffer, une heure de blagues, deux heures de blagues, chacune racontée avec un sens du rythme si formidable, avec une langue si nette et si concise qu'est arrivé un moment où tu as eu l'impression que la peau de ton ventre allait éclater. Des histoires juives, pour la plupart, un torrent sans fin d'histoires classiques de commères avec toutes les voix et les accents qu'il fallait, ainsi de la blague des vieilles juives assises autour d'une table où elles jouent aux cartes, qui se mettent à soupirer – chacune soupire à son tour, chacune plus fort que la précédente, jusqu'à ce qu'une d'entre elles s'exclame : "Je croyais qu'on était d'accord pour pas parler des enfants." Cette nuit-là, vous avez tous été un peu pris de folie mais la situation était si sombre et si insupportable que vous aviez besoin de ce petit grain de folie, et, bizarrement, ta mère a réussi à trouver la force pour le produire. Un moment de courage extraordinaire, t'a-t-il semblé, un exemple sublime de ce qu'elle était de mieux – car, aussi profonde qu'ait été ta détresse cette nuit-là, tu savais bien qu'elle n'était rien, absolument rien, comparée à celle de ta mère.

Il a survécu au centre médical de Stanford et il est retourné chez lui, mais moins d'un an plus tard, il était mort. Tu estimes que c'est au même moment qu'elle est morte elle aussi. Son cœur a continué à battre pendant vingt ans encore, mais la fin de ton beau-père avait signifié la fin pour elle aussi, et elle n'a jamais repris pied par la suite. Peu à peu, son chagrin s'est transformé en une sorte de ressentiment *(Comment a-t-il osé mourir comme ça et me laisser toute seule ?)*, et même si l'entendre dire ce genre de chose te peinait, tu comprenais qu'elle avait peur, qu'elle cherchait un moyen de tenter le pas suivant pour boitiller vers l'avenir. Elle détestait vivre seule, son tempérament ne l'avait pas équipée pour survivre dans le vide de la solitude, de sorte qu'il ne lui a pas fallu longtemps pour revenir dans le circuit, car même si à présent elle avait un bon nombre de kilos en trop, elle était encore assez jolie pour tourner la tête de plusieurs hommes vieillissants. À ce moment-là, elle vivait déjà en Californie du Sud depuis plus d'une décennie, et tu ne la voyais que de temps en temps, pas plus d'une fois tous les six mois à peu près, et ce que tu savais d'elle, tu le glanais surtout lors de vos conversations téléphoniques – lesquelles étaient utiles d'une certaine façon, mais comme tu avais rarement l'occasion d'observer ta mère dans le feu de l'action, tu as été à la fois étonné et pas étonné quand elle t'a annoncé qu'elle projetait de se remarier, et cela alors qu'elle était veuve depuis seulement dix-huit mois. À ton avis, ce nouveau mariage était une bêtise, encore une union précipitée et mal évaluée qui n'était pas sans ressembler à celle qu'elle avait contractée avec ton père en 1946, mais elle cherchait moins le grand amour, désormais, qu'un refuge, un homme capable de s'occuper d'elle pendant qu'elle réparait son être fragile. À sa manière discrète et maladroite, ce troisième mari lui a été dévoué, ce qui n'est certainement pas rien, mais en dépit de ses efforts et de toutes ses bonnes intentions, il n'était pas capable de prendre soin d'elle comme il le fallait. Ancien marine et ancien ingénieur de la NASA, c'était un homme ennuyeux, aussi conservateur dans ses opinions politiques que dans son comportement, docile ou faible (sinon les deux), qui représentait donc un virage à cent quatre-vingts degrés par rapport à ton si expansif, charismatique et progressiste beau-père précédent. Celui-ci n'était ni mauvais ni cruel, mais simplement ennuyeux. Il travaillait alors comme inventeur à son compte (dans le peloton des besogneux), mais ta mère concevait de grandes espérances à l'égard de son invention la plus récente, un appareil à intraveineuses, à la fois portable et sans tuyaux, susceptible de rivaliser avec les dispositifs classiques, voire de les supplanter, et comme l'affaire paraissait devoir réussir, elle s'est mariée avec lui en supposant qu'ils allaient bientôt rouler sur l'or. Sans aucun doute, il s'agissait d'une invention intelligente et peut-être même brillante, mais cet inventeur n'était pas doué pour le commerce. Coincé entre des investisseurs en capital-risque beaux parleurs et des entreprises de fournitures médicales maniant le double langage, il a fini par perdre le contrôle de sa propre invention, et même si au bout du compte il est parti avec un peu d'argent, il n'était plus question de rouler sur l'or – il en avait retiré si peu, en fait, qu'en moins d'un an il n'en restait presque plus. Ta mère qui avait alors plus de soixante ans a été obligée de se remettre au travail. Elle a relancé l'entreprise de décoration intérieure qu'elle avait fermée quelques années auparavant, et avec son inventeur de mari qui faisait maintenant office de comptable et d'assistant pour tenir la boutique, elle s'est retrouvée à gagner leur vie à tous les deux, ou à essayer de le faire, et chaque fois que leur compte en banque plongeait dangereusement en direction de zéro, elle te téléphonait pour t'appeler à la rescousse, toujours en larmes, toujours en s'excusant, et comme tu étais en mesure de lui fournir cette aide, tu lui expédiais régulièrement des chèques, quelques-uns importants, d'autres moins, environ douze chèques et virements bancaires dans les deux ans qui ont suivi. Leur envoyer de l'argent ne te dérangeait pas, mais ce que tu trouvais étrange et pour le moins décourageant, c'était que l'ancien marine qui avait épousé ta mère se soit résigné au point de ne plus être en état de fournir sa part d'effort et que, alors qu'il était censé entretenir sa femme et leur assurer à tous les deux une vieillesse confortable, il n'avait même pas le courage de te remercier pour ton aide. Ta mère était la patronne, désormais, et petit à petit le rôle de son mari s'est mué en celui de fidèle majordome (petit-déjeuner au lit, courses alimentaires), mais ils ont quand même continué ensemble – ce n'était pas si mal, les choses auraient certes pu être pires, et bien qu'elle ait été déçue par la façon dont les choses avaient tourné, elle savait aussi qu'il valait mieux avoir quelque chose que rien. Et puis en 1994, un matin de printemps juste après son réveil, ta mère est entrée dans la salle de bains et a trouvé son mari gisant mort sur le sol. Apoplexie, infarctus, hémorragie cérébrale, impossible de le dire puisqu'il n'y a pas eu d'autopsie, du moins pas que tu saches. Quand elle a téléphoné chez toi à Brooklyn plus tard ce matin-là, sa voix était remplie d'horreur. Du sang, t'a-t-elle dit, du sang qui lui sort de la bouche, du sang partout, et pour la première fois de ta vie, elle t'a paru démente.

Elle a décidé de revenir dans l'Est. Vingt ans auparavant, elle avait considéré la Californie comme une terre promise, mais à présent ce n'était guère plus qu'une terre de maladie et de mort, haut lieu de malchance et de souvenirs malheureux, et elle a donc foncé à travers l'Amérique pour se rapprocher de sa famille – en premier lieu de toi et de ta femme, mais aussi de sa fille malade mentale qui se trouvait au Connecticut, de sa sœur et de ses deux petits-enfants. Elle était évidemment sans le sou, ce qui signifiait que tu allais devoir subvenir à ses besoins, mais ce n'était pas un problème à ce moment-là, et tu étais plus que disposé à le faire. Tu lui as acheté un deux-pièces à Verona, une voiture en crédit-bail, et tu as décidé de lui verser ce que tu estimais être une allocation mensuelle adéquate. Tu n'étais certes pas le premier fils, dans l'histoire du monde, à te retrouver dans cette position, mais ça n'en rendait pas moins la chose étrange et embarrassante : s'occuper de la personne qui jadis s'était occupée de toi, être arrivé dans la vie au point où les rôles s'étaient inversés, où tu prenais désormais la position du parent alors qu'elle était réduite à celle de l'enfant sans défense. Votre arrangement financier provoquait parfois des frictions, car ta mère avait du mal à ne pas dépenser plus que son allocation, et même si à plusieurs reprises tu en as augmenté le montant, ta mère s'en tirait encore difficilement, ce qui te mettait dans la position malaisée de devoir la réprimander de temps à autre, et un jour que tu t'étais sans doute montré un peu trop dur avec elle, elle s'est effondrée en larmes au téléphone en te disant qu'elle était une vieille inutile et qu'elle ferait peut-être mieux de se suicider pour ne plus être un tel fardeau. Il y avait quelque chose de comique dans ces effusions où elle s'apitoyait sur son sort (tu savais qu'elle essayait de te manipuler), mais en même temps elles te mettaient au supplice et tu finissais toujours par céder et lui donner ce qu'elle voulait. Ce qui t'inquiétait davantage, c'était qu'elle soit incapable de faire quoi que ce soit, de sortir de son appartement pour affronter le monde. Tu lui as suggéré de devenir enseignante bénévole auprès d'enfants en difficulté ou d'adultes analphabètes, de s'impliquer dans le Parti démocrate ou dans une autre organisation politique, de suivre des cours, de voyager, de s'intégrer à un club, mais elle n'était tout simplement pas capable d'essayer. Jusque-là, ne pas avoir fait d'études n'avait jamais représenté un handicap pour elle – son intelligence et sa vivacité innées semblaient compenser toutes les lacunes –, mais maintenant qu'elle se retrouvait sans mari, sans travail, sans rien qui la tînt occupée chaque jour, tu aurais souhaité qu'elle se créât un intérêt pour la musique, pour l'art ou pour les livres, bref, pour n'importe quoi, du moment que cet intérêt eût été passionné et enrichissant, mais elle n'avait jamais pris l'habitude de s'adonner à ce genre de recherche intérieure, et, par conséquent, elle a continué à s'agiter sans but, sans jamais bien savoir quoi faire d'elle-même quand elle se réveillait le matin. Les seuls romans qu'elle lisait étaient des thrillers et des polars, et même tes livres et ceux de ta femme, que vous lui donniez tous deux automatiquement dès leur publication – et qu'elle exhibait fièrement sur une étagère spéciale dans sa salle de séjour – n'étaient pas du genre de ceux qu'elle pouvait lire. Elle regardait beaucoup la télévision. Le poste était toujours allumé dans son appartement et beuglait du début de la matinée jusqu'à la fin de la soirée, mais si elle le laissait marcher, c'était moins pour regarder des émissions que pour entendre les voix qui en sortaient. Ces voix la rassuraient, en fait lui étaient nécessaires, et elles l'ont aidée à vaincre sa peur de vivre seule – son plus grand accomplissement dans ces années-là, sans doute. Non, ces années n'ont pas été les meilleures pour elle, mais tu ne voudrais pas donner l'impression d'une période de mélancolie et de désarroi perpétuels. Elle se rendait régulièrement dans le Connecticut pour aller voir ta sœur, elle a passé d'innombrables week-ends avec toi dans ta maison de Brooklyn, elle est allée voir sa petite-fille jouer dans des pièces au collège et chanter en solo pour la chorale de ce même collège, elle a accompagné l'intérêt croissant de son petit-fils pour la photographie, et, après tant d'années passées dans la lointaine Californie, elle a fait de nouveau partie de ta vie, toujours présente lors des anniversaires, des fêtes et des occasions spéciales, notamment lorsque toi ou ta femme paraissiez en public, ou aux premières de tes films (elle raffolait du cinéma) et, de temps à autre, lors des dîners avec vos amis. Même aux alentours de soixante-quinze ans, elle a continué à charmer les gens en public, car dans un petit coin de son esprit elle se voyait encore comme une star, comme la femme la plus belle du monde, et chaque fois qu'elle émergeait de son existence diminuée et en grande partie confinée, elle semblait avoir gardé sa vanité intacte. Si bien des aspects de ce qu'elle était devenue te rendaient triste, désormais, tu trouvais impossible de ne pas l'admirer pour cette vanité, pour sa capacité à pouvoir encore raconter une bonne blague quand les gens l'écoutaient.

Tu as dispersé ses cendres dans les bois de Prospect Park. Vous étiez cinq à être présents ce jour-là – ta femme, ta fille, ta tante, ta cousine Regina et toi-même –, et tu as choisi Prospect Park, à Brooklyn, parce que ta mère y avait très souvent joué quand elle était petite. Un par un, vous lui avez lu des poèmes à haute voix, et puis, au moment où vous avez ouvert l'urne – une boîte en métal rectangulaire – et où vous avez jeté les cendres sur les feuilles mortes et les broussailles, ta tante (en temps normal peu démonstrative, une des personnes les plus réservées que tu aies jamais connues), a cédé aux larmes en se mettant à répéter en boucle le prénom de sa petite sœur. Une semaine ou deux plus tard, par un après-midi étincelant de la fin du mois de mai, ta femme et toi êtes allés promener votre chien dans le parc. Tu as proposé de retourner à l'endroit où vous aviez répandu les cendres de ta mère, mais alors que vous vous trouviez encore sur un chemin dégagé, à plus de deux cents mètres du bord de la forêt, tu as commencé à te sentir mal, à avoir le vertige, et malgré les médicaments que tu prenais alors pour contenir ta nouvelle maladie, tu as senti venir une nouvelle crise de panique. Tu as saisi le bras de ta femme, et vous avez fait demi-tour pour rentrer à la maison. C'était il y a presque neuf ans. Tu n'as pas essayé de retourner dans ce bois-là depuis lors.

Été 2010. Temps de canicule : Sirius, la "petite chienne", aboie du lever du jour au coucher et pendant toute la nuit ; une série de journées à trente-deux degrés et maintenant voilà soudain que la température monte jusqu'à quarante et un. Il est minuit passé d'une ou deux minutes. Ta femme est déjà au lit, mais toi, trop agité pour dormir, tu es monté dans le salon du haut, dans la pièce que vous appelez tous les deux la bibliothèque, vaste espace où trois des murs sont bordés d'étagères, et comme ces étagères sont à présent pleines, bourrées des milliers de livres cartonnés ou des éditions de poche que ta femme et toi avez accumulés au fil des ans, sans parler des piles de livres et de DVD qui sont par terre dans cet inévitable débordement qui s'amplifie à mesure que les mois et les années défilent et qui donne à la bibliothèque un air encombré mais sympathique, une ambiance de plénitude et de bien-être, c'est le genre de pièce dont tous ceux qui viennent chez vous disent qu'elle est *cosy*, et oui, c'est sans conteste ta pièce préférée, avec son canapé de cuir souple et sa télé à écran plat, l'endroit parfait pour lire et pour regarder des films, et, à cause de la chaleur insupportable dehors la climatisation fonctionne et les fenêtres sont fermées, ce qui empêche d'entendre le moindre son venant de la rue, qu'il s'agisse du mélange nocturne de voix humaines et d'aboiements de chiens ou du monsieur bizarre et grassouillet qui se balade dans le quartier en chantant des airs de comédies musicales d'une voix de fausset à vous percer les tympans, ou encore du grondement des camions, des voitures et des motos. Tu allumes la télé. Les Mets ont terminé leur match il y a déjà deux heures, et comme le monde sportif ne prodigue, pour l'heure, aucune distraction, tu vas sur ta chaîne de films préférée, TCM, qui programme des films américains vingt-quatre heures sur vingt-quatre, et alors que tu es déjà plongé depuis quelques minutes dans l'histoire que tu regardes, quelque chose d'important te vient à l'esprit. Ça commence quand tu vois cet homme qui court dans les rues de San Francisco, une espèce de cinglé qui dévale les marches en pierre d'un centre médical et fonce dans les rues, quelqu'un qui n'a nulle part où aller, qui court le long de trottoirs bourrés de monde, qui se précipite au milieu de la circulation, qui heurte des gens en les dépassant à toute allure, un boulet de canon frénétique et incrédule qui vient juste d'apprendre qu'il va mourir d'ici quelques jours, voire quelques heures, parce que son corps a été contaminé par une *toxine lumineuse*, et comme il est trop tard pour qu'on élimine ce poison de son système, il n'y a plus d'espoir pour lui, et même s'il semble être en vie, il est de fait déjà mort, il a de fait été assassiné.

Cet homme, te dis-tu alors, tu l'as été, et ce que tu regardes sur l'écran de télévision est une reconstitution exacte de ce qui t'est arrivé deux jours après la mort de ta mère en 2002 : le marteau qui frappe sans avertir, et puis l'impossibilité de respirer, le cœur qui cogne, le vertige, les sueurs, le corps qui tombe par terre, les bras et les jambes qui se changent en pierre, les hurlements qui fusent de poumons affolés par le manque d'air, et la certitude que la fin est arrivée, que dans une seconde le monde n'existera plus parce que tu n'existeras plus.

Réalisé par Rudolph Maté en 1950, le film a pour titre *Mort à l'arrivée*, et son héros-victime est un certain Frank Bigelow, un homme insignifiant, sans rien de distinctif ni d'intéressant, un n'importe qui, âgé d'environ trente-cinq ans, comptable, auditeur de comptes et notaire à Banning, Californie, petite ville du désert près de Palm Springs. Corpulent, avec un visage bien en chair et des lèvres épaisses, c'est le genre d'homme qui ne pense pas à grand-chose d'autre qu'aux femmes, et parce qu'il se sent étouffé par Paula, sa secrétaire névrosée qui l'adore et qui s'accroche à lui de manière obsessionnelle – la femme qu'il a peut-être, ou peut-être pas, l'intention d'épouser –, il décide sur un coup de tête de prendre une semaine de congé et d'aller à San Francisco tout seul en vacances. Lorsqu'il se présente à l'accueil de l'hôtel St. Francis, le hall grouille de clients tapageurs. Il se trouve en effet, lui apprend le réceptionniste, que c'est la "semaine de la foire", un congrès annuel de représentants de commerce, et chaque fois qu'une jolie femme passe nonchalamment (dans cet hôtel, toutes les femmes sont jolies), Bigelow se retourne pour la reluquer avec les yeux exorbités et la mâchoire pendante du mâle en chasse. Pour qu'on comprenne bien le sens de ces regards, chacun d'entre eux est accompagné par une version comique, sur flûte à coulisse, du sifflement admiratif traditionnel à deux notes, comme pour suggérer que Bigelow n'arrive pas tout à fait à croire à la chance qu'il a, car, du fait qu'il a atterri dans cet hôtel précisément ce jour-là, il est fort probable qu'il va tomber sur une fille facile. Quand il monte dans sa chambre au cinquième étage, le couloir est rempli de fêtards à moitié ivres (nouveaux sifflements admiratifs sur flûte à coulisse) et la porte de la chambre juste devant la sienne est ouverte, ce qui permet à Bigelow d'entrevoir une fiesta qui bat son plein. Ainsi commencent ses vacances.

Paula lui a téléphoné depuis Banning, et avant de défaire ses bagages et de s'installer, Bigelow la rappelle. Apparemment, un dénommé Eugene Philips, de Los Angeles, a laissé un message urgent pour dire que Bigelow devait impérativement le joindre *sans délai*, qu'il fallait qu'ils parlent *avant qu'il ne soit trop tard.* Bigelow n'a aucune idée de qui peut bien être ce Philips. Est-ce qu'on l'a eu comme client ? demande-t-il à Paula, mais elle non plus ne se rappelle pas quelqu'un de ce nom. Pendant toute leur conversation, Bigelow est distrait par ce qui se passe de l'autre côté du couloir. Des femmes s'arrêtent devant sa porte ouverte pour le saluer de la main et lui sourire, et il leur répond également d'un geste de la main et d'un sourire tout en continuant à parler avec Paula. Laisse tomber ce Philips, dit-il à Paula. Il est en vacances, à présent, il n'a pas envie de s'embêter avec ça, il verra quand il sera rentré à Banning.

Après avoir raccroché, Bigelow allume une cigarette ; apparaissent alors un serveur portant un verre puis un des fêtards de l'autre côté du couloir qui se présente sous le nom de Haskell et pénètre dans la chambre en demandant à se servir du téléphone. Il commande trois autres bouteilles de bourbon et deux de scotch pour la fête du 617. Quand Haskell apprend que Bigelow n'est pas de la ville, il l'invite à se joindre aux festivités *(quelques verres, un peu de rigolade)*, et moins de deux minutes plus tard Bigelow se retrouve en train de danser la rumba avec la femme de Haskell dans la chambre bruyante en face de la sienne. Sue est une effrontée bien imbibée, une femme frustrée qui cherche à passer un bon moment, et comme Bigelow s'avère être un bon danseur, il devient sa cible numéro un – peut-être pas le choix le plus intelligent, étant donné que son mari est juste à côté pour suivre son manège, mais Sue est à la fois déterminée et désinvolte. Quelques instants plus tard, la bande du 617 décide de quitter l'hôtel et d'aller faire la bringue en ville. Bien que réticent, Bigelow se laisse entraîner, et soudain ils sont dans un club de jazz bondé qui s'appelle le Fisherman, un endroit trépidant où un groupe de musiciens noirs beugle un morceau jubilatoire et hyper-rapide, et l'on voit le mot JIVE sur le mur derrière eux. Des gros plans se succèdent sur le joueur de saxo, le pianiste, le trompettiste, le bassiste et le batteur en train de se défoncer sur leurs instruments, plans entrecoupés d'autres montrant les réactions d'un public en folie, mais où l'on aperçoit aussi Bigelow assis à table avec ses nouveaux amis et l'impétueuse Sue qui se colle étroitement à lui. Bigelow a l'air découragé, il en a marre, il ne veut ni de Sue ni des assauts cacophoniques des musiciens, et Haskell, qui paraît tout aussi déprimé que lui, étudie sa femme en silence tandis qu'elle continue à se jeter au cou de l'étranger de la chambre en face de la leur. Dans tout ce contexte, arrive un moment où la caméra se pose sur un homme qui est entré dans le club par la porte de derrière, un homme de haute taille avec un chapeau et un manteau au col relevé, un col bizarre, tout à fait curieux, dont l'envers porte un motif à carreaux blancs et noirs. Cet homme s'approche du bar, et un instant ou deux après, Bigelow réussit enfin à se dégager de Sue et de ses compagnons. Il se dirige lui aussi vers le bar où il commande un bourbon sans se douter que l'homme au col bizarre va glisser du poison dans son verre et que lui, Bigelow, sera mort dans les vingt-quatre heures.

Une femme élégante est assise à l'autre bout du bar, et, en attendant son verre, Bigelow demande au barman si la blonde est seule. On apprend que cette blonde s'appelle Jeanie, que c'est une riche jeune fille folle de *jive*, qu'elle passe beaucoup de temps en boîte et emploie des mots tels que *dig* et *easy* (formidable, super, pas de problème). Bigelow se glisse vers elle et, durant les quelques secondes pendant lesquelles il ne s'occupe plus de son verre qui entretemps lui a été servi et l'attend à son ancienne place à l'autre extrémité du bar, l'homme au col bizarre exécute sa mission assassine en versant adroitement dans le verre une dose de potion toxique avant de disparaître aussitôt. Tandis que Bigelow bavarde avec l'élégante Jeanie, amicale et glaciale reine de la branchitude, le barman lui tend son verre maintenant frelaté, son verre désormais mortel. Bigelow en prend une gorgée et instantanément son visage exprime l'étonnement, le dégoût. Une deuxième gorgée produit le même résultat. Repoussant le verre, il dit au barman. "C'est pas le mien. J'ai demandé du bourbon. Donnez-m'en un autre."

Entre-temps, Sue s'est levée et balaye la salle des yeux pour retrouver Bigelow : elle a l'air anxieuse, égarée, et semble se demander pourquoi il ne revient pas. Bigelow l'aperçoit, puis il pivote dans l'autre sens et invite Jeanie à aller ailleurs avec lui. Il y a des gens qu'il veut éviter, dit-il, et il doit bien y avoir d'autres endroits intéressants, à San Francisco. Oui, répond Jeanie, mais elle n'est pas encore rassasiée du Fisherman. Elle suggère qu'ils se retrouvent plus tard quand elle en sera à sa prochaine étape de la soirée, et elle note un numéro de téléphone sur un bout de papier en demandant à Bigelow de l'appeler là dans une heure.

Bigelow rentre dans sa chambre d'hôtel, sort le bout de papier qui porte le numéro de Jeanie et prend le combiné, mais avant même de pouvoir composer le numéro, il lève la tête et remarque un bouquet de fleurs qu'on vient d'apporter. Une carte de Paula est attachée au papier qui l'entoure, et il lit sur le message : *Je laisserai brûler une bougie sur la fenêtre. Fais de beaux rêves.* Voilà qui tempère les élans de Bigelow. Au lieu de ressortir passer la nuit à courir le jupon, il déchire le numéro de Jeanie et le jette dans la poubelle ; le moment suivant, l'histoire entre dans un autre registre, la véritable histoire commence.

Le poison a déjà commencé son œuvre. Bigelow a mal à la tête, mais il suppose que c'est parce qu'il a trop bu, et il se dit qu'il se sentira mieux une fois qu'il aura cuvé. Il grimpe dans son lit, et à ce moment-là l'air s'emplit de sons étranges et discordants – la voix d'une chanteuse qui résonne au loin, des évocations du club de jazz –, indices d'un malaise physique grandissant. Le lendemain matin, au réveil, l'état de Bigelow ne s'est pas amélioré. Toujours persuadé qu'il a trop bu et qu'il souffre d'une gueule de bois, il appelle le service en chambre pour qu'on lui apporte un remontant, un de ces petits verres acidulés qu'on prend au réveil et qui, épicés par du raifort et de la sauce Worcestershire, sont censés être des remèdes universels qui vous dessoûlent instantanément, mais quand le serveur arrive avec le fameux mélange, Bigelow est pris de nausée rien qu'à le voir et demande au serveur de repartir avec. Quelque chose cloche vraiment. Bigelow se tient le ventre, semble pris de vertige et désorienté, et quand le serveur lui demande s'il va bien, notre victime-héros fatalement atteint, ne sachant toujours pas ce qui lui est arrivé, lui répond qu'il doit avoir eu une nuit trop arrosée et qu'il a besoin de prendre l'air.

Bigelow sort de l'hôtel quelque peu chancelant tout en s'épongeant le front avec son mouchoir avant de grimper dans un funiculaire. Il saute de la voiture à Nob Hill et se met à marcher, à arpenter des rues désertes en plein jour, à marcher avec détermination, en route pour quelque part – mais pour où et pour

quoi faire ? – jusqu'à ce qu'il trouve l'adresse qu'il cherchait, un grand bâtiment blanc portant les mots CENTRE MÉDICAL ciselés sur sa façade en pierre. Car Bigelow est bien plus inquiet qu'il ne l'a laissé paraître au serveur de l'hôtel. Il sait, il a la certitude, que quelque chose en lui est sévèrement détraqué.

Au départ, les examens donnent des résultats encourageants. En regardant les radios de Bigelow, un médecin déclare : "Vos poumons sont en bon état, la pression artérielle est normale, votre cœur va bien. Heureusement que tout le monde n'est pas comme vous, sinon, nous, les médecins, on n'aurait plus de travail." Il demande à Bigelow de se rhabiller pendant qu'ils attendent les résultats des analyses sanguines effectuées par son collègue, le Dr Schaefer. Tandis que Bigelow est occupé à faire son nœud de cravate, au premier plan, face à la caméra et sans expression, une infirmière pénètre dans la pièce derrière lui : trop bouleversée pour dire un mot, elle le regarde fixement avec un air où se mêlent l'horreur et la pitié, et à ce moment-là il ne fait plus aucun doute que Bigelow est condamné. Le Dr Schaefer entre à son tour en essayant de masquer son inquiétude. Les deux médecins vérifient que Bigelow est bien célibataire, qu'il n'a pas de parents à San Francisco, qu'il est venu en ville tout seul. Pourquoi ces questions ? veut savoir Bigelow. Vous êtes quelqu'un de très malade, lui répond un des médecins. *Préparez-vous à un choc.* C'est alors qu'ils lui parlent de la substance toxique lumineuse qui a pénétré dans son corps et qui va bientôt attaquer ses organes vitaux. Ils voudraient bien pouvoir faire quelque chose, lui disent-ils, mais il n'existe pas d'antidote à ce poison-là. Il ne lui reste plus longtemps à vivre.

Bigelow n'arrive pas à le croire, et il se met en rage. C'est impossible ! s'écrie-t-il. Ils doivent se tromper, il doit y avoir une erreur, mais les médecins défendent leur diagnostic avec calme, l'assurant qu'il n'y a pas eu d'erreur – ce qui ne fait qu'accroître la fureur de Bigelow. "Vous êtes en train de me raconter que je suis mort ! rugit-il. Je ne sais même pas qui vous êtes ! Pourquoi est-ce que je devrais vous croire ?" Puis, les traitant tous les deux de fous, il les repousse et sort en trombe du cabinet.

On passe sans transition à un bâtiment encore plus grand – un hôpital ? un autre centre médical ? – avec un plan sur Bigelow qui gravit en bondissant les marches du perron. Il déboule dans une salle où l'on voit le mot URGENCES, en homme apoplectique sur le point d'exploser en centaines de fragments, bouscule deux infirmières stupéfaites et effrayées, réclame un médecin immédiatement et exige qu'on l'examine pour voir s'il y a en lui un poison lumineux.

Le nouveau spécialiste arrive à la même conclusion que les deux précédents. *Vous l'avez, c'est sûr. Votre système l'a déjà absorbé.* Pour prouver ce qu'il dit, le médecin éteint le plafonnier et montre à Bigelow l'éprouvette qui contient les résultats de l'examen. C'est un spectacle étrange et sinistre. L'objet luit dans l'obscurité – comme si le docteur tenait une fiole de lait incandescent, une ampoule dépolie remplie de radium, ou, pis encore, des retombées liquéfiées d'une bombe atomique. La colère de Bigelow se calme. Face à une preuve aussi écrasante, il reste un instant paralysé. "Mais je ne me sens pas malade, dit-il doucement. J'ai juste un peu mal au ventre, c'est tout."

Le médecin l'avertit de ne pas se laisser abuser par l'apparente absence de symptômes. Bigelow n'a qu'un jour ou deux à vivre, une semaine au grand maximum. *On ne peut plus rien faire.* Le médecin apprend alors que Bigelow n'a pas la moindre idée de la manière dont il a absorbé ce poison, ni du lieu ou du moment de la contamination, ce qui signifie que le produit lui a été administré par quelqu'un d'autre, un inconnu, ce qui signifie en outre que quelqu'un avait l'intention de le tuer.

"C'est une affaire pour la brigade criminelle, déclare le docteur en prenant le téléphone.

— La brigade criminelle ?

— Je n'ai pas l'impression que vous compreniez, Bigelow. On vous a assassiné."

C'est le moment où Bigelow disjoncte, où la monstruosité de ce qui lui a été fait déclenche en lui une panique absolue et sans limite, où commence son hurlement d'agonie. Il sort en trombe du cabinet médical et du bâtiment pour se mettre à courir dans les rues, et en regardant ce passage du film, cette longue séquence de plans qui suivent la fugue démente de Bigelow à travers la ville, tu comprends que tu es en train d'assister à la manifestation externe d'un état intérieur, que cette course tête baissée, insensée et impossible à arrêter, ne fait que dépeindre un esprit envahi par l'horreur, que tu es en train de regarder la chorégraphie de l'épouvante. Une crise de panique s'est vue traduite en l'occurrence par une course haletante dans les rues de la ville, car la panique n'est rien d'autre que l'expression d'une fuite mentale, c'est la force qui monte en toi, malgré toi, lorsque tu es piégé, que la vérité est trop difficile à supporter, que tu ne peux plus faire face à l'injustice de cette inévitable vérité ; la seule réaction possible consiste alors à fuir, à bloquer ton esprit en te transformant en corps délirant qui étouffe et se convulse – et quelle vérité pourrait être pire que celle-ci ? Condamné à mourir dans quelques heures ou quelques jours, abattu en plein milieu de ta vie pour des raisons qui t'échappent complètement, ton existence brusquement ramenée à une minuscule poignée de minutes, de secondes, de battements de cœur.

Ce qui se passe ensuite n'a pas d'importance. Tu regardes la deuxième moitié du film avec attention, mais tu sais que l'histoire est terminée, que même si elle se poursuit il n'y a plus rien à dire. Bigelow va passer ses dernières heures sur terre à essayer de résoudre le mystère de son assassinat. Il découvrira que Philips, l'homme qui a téléphoné à son bureau depuis Los Angeles, est mort. Il se rendra à Los Angeles où il enquêtera sur les activités de divers voleurs, psychopathes et femmes à deux visages. On lui tirera dessus, on le frappera à coups de poing. Il apprendra que son implication dans cette histoire était purement fortuite, que ces sales types voulaient le tuer parce qu'il avait eu le malheur d'authentifier un acte de vente portant sur une cargaison d'iridium volé et qu'il était donc le seul homme vivant en mesure d'identifier les coupables. Il remontera jusqu'à son meurtrier, l'homme au col bizarre, qui est également l'assassin de Philips, et le tuera dans un échange de coups de feu sur le palier d'un escalier plongé dans l'obscurité. Et puis, peu après, Bigelow mourra à son tour, exactement comme l'avaient prédit les médecins – au milieu d'une phrase, alors qu'il raconte son histoire à la police.

Il n'y a rien de mal à procéder ainsi. C'est la façon conventionnelle, l'option virile, héroïque, le trope qui convient à toutes les histoires d'aventure, mais pourquoi, te demandes-tu, Bigelow ne dévoile-t-il jamais à personne le sort qui va le frapper, pas même à sa Paula qui l'adore, qui est folle d'amour pour lui ? Peut-être parce que les héros doivent demeurer des durs jusqu'au bout, et même quand il ne reste presque plus de temps, ils ne peuvent pas se permettre de s'enliser dans une sentimentalité inutile.

Mais toi, tu n'es plus un dur, n'est-ce pas ? Depuis la crise de panique de 2002, tu as cessé d'être un dur, et même si tu fais de grands efforts pour essayer d'être quelqu'un de décent, il y a longtemps, maintenant, que tu ne te considères plus comme héroïque. Si jamais tu te trouvais dans la situation de Bigelow, tu es sûr que tu n'agirais jamais comme lui. Tu courrais dans les rues, d'accord, tu courrais jusqu'à ce que tu ne puisses plus mettre un pied devant l'autre, que tu ne puisses plus respirer ni te tenir debout, et puis quoi ? Tu téléphonerais à Paula, tu appellerais Paula dès l'instant où tu cesserais de courir, mais s'il se trouvait que son numéro était occupé au moment de ton appel, que ferais-tu ? Tu te recroquevillerais par terre et tu pleurerais en maudissant le monde de t'avoir laissé naître. Ou alors, tout simplement, tu te glisserais quelque part dans un trou et tu attendrais de mourir.

Tu ne peux pas te voir. Tu sais à quoi tu ressembles grâce aux miroirs et aux photos, mais là-dehors, dans le monde, quand tu te trouves parmi tes semblables, que ce soient des amis, des inconnus ou ceux que tu aimes et qui te sont le plus proches, ton propre visage t'est invisible. Tu peux voir d'autres parties de toi, les bras et les jambes, les mains et les pieds, les épaules et le torse, mais seulement de face, rien de dos sauf l'arrière de tes jambes si tu les tords pour les placer comme il faut, mais pas ton visage, jamais ton visage, et au bout du compte – du moins en ce qui concerne les autres –, ton visage est ce que tu es, le fait essentiel de ton identité. Les passeports ne contiennent pas des photos de mains et de pieds. Même toi qui, maintenant, vis dans ton corps depuis soixante-quatre ans, tu serais sans doute incapable de reconnaître ton pied s'il était isolé sur une photo, sans parler de ton oreille, de ton coude ou de l'un de tes yeux en gros plan. Tous si familiers dans le contexte de l'ensemble, mais complètement méconnaissables quand on les prend à part. Nous sommes tous étrangers à nous-mêmes, et si nous avons le moindre sens de qui nous sommes, c'est seulement parce que nous vivons à l'intérieur du regard d'autrui. Songe à ce qui t'est arrivé à l'âge de quatorze ans. Pendant deux semaines, à la fin de l'été, tu as travaillé pour ton père à Jersey City dans l'une des petites équipes qui réparaient et entretenaient les immeubles d'appartements qu'il possédait et gérait avec ses frères : il s'agissait de peindre des murs et des plafonds, de réparer des toits, d'enfoncer à coups de marteau des clous dans des planches, d'arracher des couches de lino craquelé. Les deux hommes avec lesquels tu travaillais étaient noirs, tous les locataires des appartements étaient noirs, tous ceux qui habitaient dans le quartier étaient noirs, et après deux semaines passées à ne regarder que des visages noirs tu as oublié que le tien ne l'était pas. Comme tu ne pouvais pas voir ton propre visage, tu te voyais dans celui des gens qui t'entouraient, et peu à peu tu as cessé de te penser

comme différent d'eux. De fait, tu avais entièrement cessé de penser à toi.

En regardant ta main droite saisir le stylo noir qui te sert à écrire cette chronique, tu penses à Keats lorsque, dans des circonstances analogues, il a regardé sa main en train d'écrire un de ses derniers poèmes et s'est soudain arrêté pour gribouiller huit lignes dans la marge du manuscrit – le cri amer d'un jeune homme qui se sait destiné à mourir jeune, comme le soulignent sombrement les mots *à présent* dans le premier vers, car chaque *à présent* implique nécessairement un *plus tard*, et quel *plus tard* Keats pouvait-il envisager hormis la perspective de sa mort ?

Cette main vivante, à présent chaude et capable
D'une étreinte fervente, ne manquerait, serait-elle froide
Et dans le silence glacial de la tombe,
De hanter tant tes jours et tant transir les rêves de tes nuits,
Que tu souhaiterais ton cœur tari de sang
Pour qu'en mes veines à nouveau puisse la vie rouge affluer,
Et toi calmer ta conscience. Regarde, la voici. Vers toi, vers toi je la tends[1].

Ça commence avec Keats, mais à peine as-tu songé à *Cette main vivante* que te revient une anecdote qu'on t'a contée un jour sur James Joyce, sur Joyce à Paris dans les années 1920 : quelque part dans une

1. John Keats, *Seul dans la splendeur*, édition bilingue, traduction de Robert Davreu, Paris, Orphée/La Différence, 1990, p. 112.

fête il y a quatre-vingt-cinq ans, une femme vient le trouver et lui demande si elle peut serrer la main qui a écrit *Ulysse*. Au lieu de lui tendre sa main droite, Joyce la lève au-dessus de sa tête, l'étudie quelques instants et dit : "Permettez-moi de vous rappeler, madame, que cette main a fait aussi bien d'autres choses." Sans donner de détails, mais quel délicieux échantillon d'insinuations cochonnes, d'autant plus efficace qu'il laisse tout à l'imagination de la femme. Que voulait-il qu'elle voie ? Cette main quand il se torche le cul, sans doute, quand il se cure le nez, se masturbe au lit la nuit, quand il plonge ses doigts dans le con de Nora et lui triture le fion, quand il écrase des boutons, enlève des bouts de nourriture d'entre ses dents, s'arrache des poils des narines, extrait la cire de ses oreilles – que la femme remplisse les blancs voulus, le but étant de désigner ce qui sera le plus dégoûtant pour elle. Tes mains, bien évidemment, ont été employées de façon semblable, comme celles de tout un chacun, mais en général elles sont occupées à remplir des tâches qui exigent peu de réflexion, voire aucune. Ouvrir et fermer des portes, visser des ampoules dans des douilles, composer des numéros de téléphone, laver des assiettes, tourner des pages de livres, tenir ton stylo, brosser tes dents, sécher tes cheveux, plier des serviettes, sortir de l'argent de ton portefeuille, porter des sacs de provisions, passer ta carte de métro dans les portillons d'accès, pousser des boutons sur des machines, ramasser le journal sur les marches de l'entrée de la maison le matin, repousser les couvertures du lit, montrer ton billet au contrôleur du train, actionner la chasse des W-C, allumer tes petits cigares, écraser le bout des mêmes petits cigares dans un cendrier,

mettre ton pantalon, ôter ton pantalon, nouer tes lacets, faire gicler de la crème à raser sur le bout de tes doigts, applaudir lors de représentations théâtrales ou de concerts, glisser des clés dans des serrures, te gratter le visage, te gratter le bras, te gratter les fesses, faire rouler des valises dans des aéroports, défaire des valises, suspendre tes chemises à des cintres, remonter la fermeture éclair de ta braguette, attacher ta ceinture, boutonner ta veste, faire un nœud à ta cravate, pianoter sur des tables, charger du papier dans ton fax, détacher des chèques de ton chéquier, ouvrir des boîtes de thé, allumer des lampes, les éteindre, tapoter ton oreiller pour lui donner du volume avant de te coucher. Ces mêmes mains ont parfois frappé des gens (comme indiqué précédemment), et trois ou quatre fois, lors de moments d'intense frustration, elles ont aussi envoyé des coups contre des murs. Elles ont jeté des assiettes par terre, laissé tomber des assiettes par terre et ramassé des assiettes par terre. Ta main droite a serré plus de mains que tu ne pourrais en compter, t'a mouché le nez, torché le cul et lancé plus d'au revoir qu'il n'y a de mots dans le plus volumineux des dictionnaires. Tes mains ont tenu le corps de tes enfants, les ont mouchés et leur ont torché le cul, leur ont donné des bains, ont séché leurs pleurs et caressé leur visage. Elles ont tapoté le dos d'amis, de camarades de travail et de parents. Elles ont poussé et bousculé, aidé à se relever des gens qui étaient à terre, attrapé le bras de personnes sur le point de tomber, orienté le fauteuil roulant de ceux qui ne pouvaient pas marcher. Elles ont touché le corps de femmes habillées et de femmes nues. Elles ont descendu tout le long de la peau nue de ta femme et se sont glissées sur toutes les parties de son corps. C'est là qu'elles sont le plus heureuses, estimes-tu, qu'elles l'ont toujours été depuis le jour où tu l'as rencontrée, car, pour paraphraser un vers d'un poème de George Oppen, quelques-uns des plus beaux endroits du monde se trouvent sur le corps de ta femme.

Le lendemain de l'accident de voiture de 2002, tu es allé récupérer les affaires de ta fille à la casse où l'on avait remorqué la voiture. C'était un dimanche matin d'août, chaud comme toujours, avec une brume de pluie qui tachetait les rues, et un ami te conduisait vers un quartier perdu de Brooklyn, une zone indéfinie d'entrepôts croulants, de terrains vagues et de bâtiments en bois condamnés. La casse était gérée par un Noir dans les soixante-cinq ans, un homme plutôt petit avec de longues dreadlocks et des yeux clairs et calmes, un doux rasta qui surveillait son domaine d'épaves de voitures tel un berger son troupeau de moutons endormis. Tu lui as expliqué pourquoi tu venais, et quand il t'a conduit à la Toyota flambant neuve que tu conduisais la veille, tu as été stupéfait de voir qu'elle était démolie de part en part, incapable de comprendre comment ta famille et toi aviez réussi à survivre à une telle catastrophe. Juste après l'accident, tu avais bien remarqué que la voiture était gravement endommagée, mais la collision t'avait tellement secoué que tu n'étais pas tout à fait en mesure d'intégrer ce qui venait de t'arriver, alors qu'à présent, un jour plus tard, tu pouvais constater que la structure métallique était tellement enfoncée qu'elle ressemblait à du papier froissé. "Voyez-moi ça, as-tu dit au rasta. On devrait tous être morts, à l'heure qu'il est." Il a examiné la voiture quelques secondes, il t'a regardé dans les yeux, puis il a levé la tête, laissant tomber la pluie fine sur son visage et son abondante chevelure. "Un ange vous protégeait, a-t-il dit avec douceur. Vous deviez mourir hier, mais un ange a tendu la main et vous a ramenés dans le monde." Il a prononcé ces paroles avec tant de sérénité et de conviction que tu l'as presque cru.

Quand tu dors, tu dors profondément et ne bouges que très peu jusqu'à ce qu'il soit l'heure de se réveiller le matin. Le problème que tu rencontres à l'occasion, cependant, c'est celui de ne pas avoir envie d'aller te coucher, une montée d'énergie de fin de soirée qui t'empêche de déclarer ta journée finie avant d'avoir avalé un autre chapitre du livre que tu es en train de lire, ou regardé un film à la télé, ou bien, si c'est la saison du base-ball et que les Mets ou les Yankees jouent sur la côte ouest, de t'être branché sur les retransmissions des matchs de San Francisco, d'Oakland ou de Los Angeles. Ensuite, tu te glisses dans le lit à côté de ta femme, et en l'espace de dix minutes, tu es mort au monde jusqu'au matin. Néanmoins, il arrive de temps à autre que quelque chose vienne perturber ce sommeil normalement profond. Si par hasard tu te retrouves sur le dos, par exemple, il se peut que tu te mettes à ronfler – c'est même très probable –, et si le bruit que tu produis alors est suffisamment fort pour réveiller ta femme, elle t'incitera doucement à te mettre sur le côté et, si cette méthode douce échoue, elle te poussera ou te secouera l'épaule ou te pincera l'oreille. Neuf fois sur dix, tu feras inconsciemment ce qu'elle t'ordonne et elle se rendormira vite. Dans les autres dix pour cent des cas, tu te réveilleras parce qu'elle t'a poussé, et comme tu ne veux pas continuer à l'empêcher de dormir, tu iras au bout du couloir dans la bibliothèque et tu t'étendras sur le canapé qui est assez grand pour accueillir ton corps dans toute sa longueur. En général, tu réussis à te rendormir sur le canapé – mais il arrive que ça ne marche pas. Au fil des ans, ton sommeil a également été interrompu par le bourdonnement de mouches et de moustiques (les dangers de l'été), par des coups au visage que ta femme t'a donnés sans s'en rendre compte car elle a tendance à lancer ses bras devant elle quand elle se retourne dans le lit, et une fois, juste une fois, tu as été tiré de tes rêves par ta femme qui s'était mise à chanter au milieu d'un de ses rêves, reprenant à tue-tête les paroles de la chanson d'un film qu'elle avait vu enfant. Ta femme, cette érudite brillante et extraordinairement sophistiquée, replongeait dans son enfance et le Midwest en donnant à pleine voix une splendide interprétation de *Supercalifragilisticexpialidocious*, la chanson de Julie Andrews dans *Mary Poppins*. Un des rares cas où votre différence d'âge de huit ans t'est apparue nettement, car tu étais trop âgé pour ce film quand il est sorti et donc (Dieu merci) tu ne l'as jamais vu.

Mais que faire lorsque, en pleine nuit, t'étant réveillé entre deux et quatre heures du matin, tu es allé t'allonger sur le canapé de la bibliothèque et que tu ne peux retrouver le sommeil ? Il est trop tard pour lire, trop tard pour allumer la télé, trop tard pour regarder un film, et donc tu restes allongé dans le noir à ruminer, à laisser tes pensées aller où bon leur semble. Parfois tu as la chance de pouvoir t'accrocher à un mot, à un personnage ou à une scène du livre sur lequel tu travailles, mais plus fréquemment tu te découvres en train de songer au passé, et, d'après ce que tu sais de toi, chaque fois que tes pensées remontent vers le passé à trois heures du matin, elles ont tendance à être sombres. Un souvenir te hante par-dessus tout, et les nuits où tu n'arrives pas à te rendormir il t'est difficile de ne pas y revenir, de ne pas ressasser les événements de ce jour-là, de ne pas revivre la honte que tu as éprouvée ensuite et que tu éprouves toujours depuis. C'était il y a trente-deux ans, le matin de l'enterrement de ton père : à un moment, tu t'es retrouvé debout à côté d'un de tes oncles (le père de cette cousine qui t'a téléphoné le jour de ta crise de panique), et vous étiez tous les deux à serrer la main de personnes qui défilaient devant vous et vous présentaient leurs condoléances avec ces poignées de mains rituelles et ces paroles creuses qui ponctuent toutes les cérémonies d'enterrement. Pour la plupart il s'agissait de membres de la famille, mais aussi d'amis de ton père, d'hommes et de femmes dont tu reconnaissais parfois, mais pas toujours, le visage, jusqu'à ce que tu te trouves à serrer la main de Tom – un de ces visages que tu ne reconnaissais pas –, lequel t'a expliqué qu'il avait été chef électricien pour ton père pendant de nombreuses années et que ton père l'avait toujours bien traité, que c'était un homme bien. Voilà ce que te disait ce petit Irlandais avec son accent de Jersey City, que ton père était quelqu'un de bien et tu l'as remercié pour ça, tu lui as de nouveau serré la main pour ça, mais quand ton oncle l'a vu, il a aussitôt ordonné à Tom de partir, cet enterrement est une affaire privée, a-t-il déclaré, une affaire de famille, on n'accepte pas d'étrangers, et quand Tom a murmuré qu'il voulait juste rendre hommage au défunt, ton oncle a répondu qu'il était désolé mais qu'il fallait qu'il s'en aille, et donc Tom a fait demi-tour et il est parti. Leur conversation n'a pas duré plus de quinze ou vingt secondes, et à peine t'étais-tu rendu compte de ce qui se passait que Tom était déjà en train de s'éloigner. Quand tu as enfin compris ce que ton oncle avait fait, tu as été profondément dégoûté, écœuré de voir qu'il pouvait traiter quelqu'un de cette manière, mais surtout de le voir agir ainsi envers Tom qui n'était venu que parce qu'il pensait que c'était son devoir, et ce qui ne passe toujours pas pour toi aujourd'hui, ce qui t'emplit encore de honte, c'est que tu n'as rien dit à ton oncle. Peu importe qu'il ait été bien connu pour son sale caractère, que ç'ait été un exalté porté à des explosions de rage et à de monumentales gueulantes, et que, si tu l'avais affronté à ce moment-là, il t'aurait très probablement pris à partie au milieu de l'enterrement de ton père. Et alors ? Tu aurais dû l'affronter, tu aurais dû avoir le courage de lui répondre sur le même ton s'il avait commencé à te crier dessus ; et, à défaut, pourquoi n'avoir pas, au moins, couru après Tom pour lui dire qu'il pouvait rester ? Tu n'as pas la moindre idée de ce qui t'a empêché de prendre position à ce moment-là, et le choc de la mort soudaine de ton père ne saurait te servir d'excuse. Tu aurais dû agir et tu ne l'as pas fait. Toute ta vie, tu avais pris la défense des gens qu'on malmène, c'était le principe auquel tu croyais le plus, mais ce jour-là tu as tenu ta langue et n'as rien fait. Quand tu y repenses, à présent, tu comprends que c'est à cause de ton incapacité à agir ce jour-là que tu as cessé de te considérer comme un héros : parce que tu n'avais pas d'excuse.

Neuf ans auparavant (1970), alors que tu faisais partie de l'équipage du pétrolier *Esso Florence*, tu as menacé de frapper et même de tuer un de tes camarades de bord qui te harcelait avec des insultes antisémites. Tu l'as attrapé par la chemise, tu l'as plaqué contre un mur, tu as levé ton poing sur son visage et tu lui as dit d'arrêter de t'injurier, sinon... Martinez a aussitôt fait machine arrière, il s'est excusé et peu de temps après vous êtes devenus bons amis. (Passe l'ombre de Mme Rubinstein.) Neuf ans plus tard (1988), c'est-à-dire neuf ans après les obsèques de ton père, tu as de nouveau failli frapper quelqu'un, et c'est la dernière fois que tu as été au bord d'une bagarre analogue à celles de ton enfance et ton adolescence. C'était à Paris, et tu te souviens très bien de la date : le 1er septembre, journée spéciale dans le calendrier français, parce que c'est celui de *la rentrée**, la fin officielle des vacances d'été et donc un jour de désordre inhabituel et de grandes foules. Ta femme, tes enfants et toi veniez de passer les six semaines précédentes dans la maison de ton éditeur français, environ à quinze kilomètres à l'est d'Arles. Une période reposante pour vous tous, un mois et demi de calme et de travail, de longues promenades et de randonnées dans les collines blanches des Alpilles, de dîners dehors sous le platane de la cour, sans doute l'été le plus agréable de ta vie, avec le plaisir supplémentaire de voir ta fille âgée d'un an faire ses premiers pas chancelants sans se tenir à la main de ses parents. Tu n'avais pas dû bien réfléchir en programmant le retour à Paris, ou peut-être ne comprenais-tu simplement pas ce qui t'attendrait là. Tu avais déjà mis ton fils de onze ans dans un avion pour New York (un vol direct depuis Nice), et vous n'étiez donc que trois à voyager vers le nord par train ce jour-là – toi, ta femme et ta petite fille – avec les bagages de tout un été et une demi-tonne d'accessoires pour bébé. Tu avais très envie d'arriver à Paris, cependant, car ton éditeur t'avait dit qu'un long article sur ton travail devait paraître cet après-midi-là dans *Le Monde,* et tu voulais en acheter un exemplaire dès ta descente du train. (Tu ne lis plus d'articles te concernant, tu ne lis plus les critiques sur tes livres, mais c'était une autre époque où tu n'avais pas encore appris qu'il est bénéfique pour la santé mentale d'un écrivain de ne pas savoir ce qu'on dit de lui.) Le voyage en TGV depuis Avignon avait été assez éreintant, essentiellement parce que ta fille était trop impressionnée par le train à grande vitesse pour rester tranquille ou dormir, ce qui signifiait que tu avais passé la plus grande partie des trois heures du trajet à arpenter les couloirs des wagons avec la petite dans les bras, et quand enfin vous êtes arrivés gare de Lyon, tu étais bon pour une sieste. La gare était bondée, de grandes masses de voyageurs jaillissaient de tous côtés, et il vous a fallu jouer des coudes et vous démener pour parvenir jusqu'à la sortie. Ta femme portait le bébé dans ses bras tandis que tu faisais de ton mieux pour pousser et tirer les trois grandes valises de la famille – ce qui n'était pas des plus faciles, étant donné que tu n'as que deux mains. De plus, tu portais en bandoulière un sac de toile contenant les premières soixante-quinze pages de ton roman en cours, et quand tu t'es arrêté pour acheter *Le Monde,* tu as glissé le journal dans ce sac-là. Tu voulais évidemment lire l'article, mais après avoir vérifié qu'il se trouvait bien dans ce numéro, tu l'as rangé en estimant que tu pourrais le regarder de plus près pendant que vous feriez la queue pour un taxi. Mais quand vous avez été tous les trois à l'extérieur, vous avez découvert qu'il n'y avait pas de queue. Il y avait des taxis devant la gare, il y avait des gens qui attendaient ces taxis, mais il n'y avait pas de queue. La foule était immense, et contrairement aux Anglais qui ont l'habitude de former une queue dès qu'ils sont plus de trois et d'attendre patiemment leur tour, ou même contrairement aux Américains qui s'y prennent moins méthodiquement mais toujours avec un sens inné de la justice et de l'équité, les Français se transforment en gamins hargneux dès qu'ils se trouvent trop nombreux dans un espace restreint, et plutôt qu'essayer collectivement d'imposer un ordre à leur situation, tout vire soudain au chacun pour soi. La pagaille ce jour-là devant la gare de Lyon te rappelait certains reportages filmés sur la bourse de New York : Mardi noir, Vendredi noir, les marchés internationaux s'effondrent, le monde est en ruine, et là, sur le parquet de la bourse, un millier d'individus affolés hurlent à tue-tête, tous au bord de l'infarctus mortel. Telle était la foule à laquelle tu t'étais joint en ce 1er septembre il y a vingt-deux ans : la populace était déchaînée, personne ne contrôlait rien, et vous étiez à un jet de pierre à peine de l'endroit où jadis s'était élevée la Bastille, prise d'assaut deux siècles plus tôt par une foule tout aussi incontrôlée que celle-ci, sauf qu'en l'occurrence, il n'était pas question de révolution : ce que voulait le peuple, ce n'était ni du pain ni de la liberté, mais des *taxis*, et comme l'offre en taxis était un cinquantième de ce qu'elle aurait dû être, le peuple était en rage, le peuple hurlait, le peuple était prêt à s'entre-déchirer. Ta femme restait calme, tu t'en souviens, amusée par le spectacle qui se déroulait autour d'elle, et même ta petite fille était calme, absorbant tout de ses grands yeux curieux, mais toi tu commençais à être exaspéré – c'est toujours ton plus mauvais côté qui ressort quand tu voyages, tu es sur les nerfs, irritable, jamais vraiment toi-même, et surtout tu détestes te retrouver coincé dans des foules chaotiques, et donc, après avoir pris la mesure de la fâcheuse situation dans laquelle vous étiez tombés, tu en as conclu que vous alliez être obligés tous les trois d'attendre là une bonne heure ou deux avant de trouver un taxi, peut-être six heures, peut-être cent, et donc tu as dit à ta femme que vous auriez sans doute intérêt à chercher un taxi ailleurs. Tu as indiqué une autre station au bas de la pente, à quelques centaines de mètres. "Mais les bagages ? a-t-elle demandé. Tu ne vas pas pouvoir porter trois sacs aussi lourds jusque là-bas." Tu lui as répondu : "Ne t'en fais pas, je peux y arriver." Bien évidemment, tu ne le pouvais pas, ou tout juste, et après avoir traîné ces monstres sur vingt ou trente mètres, tu as compris que tu avais largement surestimé tes forces, mais à ce moment-là il aurait été idiot de faire demi-tour, et donc tu as continué en t'arrêtant toutes les dix secondes pour réorganiser le chargement, faire passer les deux sacs plus le troisième de ton bras gauche à ton bras droit, ou de ton bras droit à ton bras gauche, en mettre parfois un sur ton dos pendant que tu portais les deux autres avec tes mains, déplaçant sans cesse ces masses qui, ensemble, devaient bien peser quarante-cinq kilos, et tout naturellement tu t'étais mis à transpirer, tes pores déversaient leur sueur sous le soleil de l'après-midi, et quand enfin vous êtes arrivés à la station de taxi suivante, tu étais totalement épuisé. "Tu vois, as-tu lancé à ta femme, je t'avais dit que je pouvais le faire." Elle t'a souri comme on sourit à un gamin de dix ans débile, car en réalité, même si vous étiez parvenus jusqu'à la station suivante, il n'y avait pas de taxi garé là, étant donné que tous les chauffeurs de taxi de la ville se dirigeaient vers la gare de Lyon. Rien d'autre à faire qu'à attendre en espérant qu'un d'entre eux finirait par venir de votre côté. Les minutes passaient, ton corps a commencé à se rafraîchir pour reprendre sa température plus ou moins normale, et puis, juste au moment où un taxi apparaissait, ta femme et toi avez aussi vu une femme venir vers vous, une jeune Africaine extrêmement grande, portant des vêtements africains bigarrés et se tenant parfaitement droite, avec un petit bébé endormi dans une écharpe enroulée autour de sa poitrine, avec aussi un lourd sac de provisions qui pendait à sa main droite tandis qu'un autre sac de même poids pendait à sa main gauche et qu'un troisième tenait en équilibre sur sa tête. Ce spectacle, c'était celui de la grâce humaine, comme tu l'as compris en voyant le mouvement lent et fluide de son déhanchement et le mouvement tout aussi lent et fluide de sa marche, c'était celui d'une femme qui porte son fardeau avec ce qui t'est apparu comme une sorte de sagesse où le poids de chaque objet est également réparti, où elle garde la tête et le cou absolument immobiles, les bras absolument immobiles, le bébé endormi sur sa poitrine, et après avoir étalé ton incompétence de façon si gênante en traînant les bagages de ta famille jusqu'à cet endroit, tu t'es senti ridicule face à cette femme, sidéré de voir qu'un autre être humain pouvait avoir si bien maîtrisé justement ce que tu ne parvenais pas à faire. Elle avançait encore vers vous quand le taxi s'est approché et s'est arrêté. Soulagé et heureux, à présent, tu as chargé les bagages dans le coffre et puis tu t'es glissé sur la banquette arrière à côté de ta femme et de ta fille. "Où allons-nous ?" a demandé le chauffeur, et quand tu le lui as dit, il a secoué la tête et vous a demandé de sortir de la voiture. D'abord, tu n'as pas compris. "Qu'est-ce que vous voulez dire ?" as-tu demandé. "Je parle du trajet, a-t-il répliqué. Il est trop court, je vais pas perdre mon temps pour une course de ce prix-là. – Ne vous en faites pas, lui as-tu dit, je vous donnerai un bon pourboire. – Votre pourboire, je m'en fous. Ce que je veux, c'est que vous sortiez de la voiture – tout de suite. – Vous êtes aveugle ? as-tu dit. On a un bébé et cinquante kilos de bagages. Qu'est-ce que vous voulez qu'on fasse, qu'on y aille à pied ? – C'est votre problème, a-t-il répondu, pas le mien. Allez, dehors !" Il n'y avait plus rien à dire. Si ce salaud sur le siège avant ne voulait pas vous conduire à l'adresse indiquée, que pouviez-vous faire d'autre que descendre de voiture, sortir vos bagages du coffre et attendre un autre taxi ? À ce moment-là, tu bouillais de rage, furieux et frustré comme tu ne l'avais pas été depuis des années, non, encore plus furieux, plus frustré, plus indigné qu'à n'importe quel autre moment de ta vie dont tu pouvais te souvenir, et après avoir extrait les bagages du coffre, lorsque le chauffeur a démarré, tu as pris le sac de toile que tu portais sur l'épaule, le sac qui contenait l'unique exemplaire du manuscrit sur lequel tu travaillais, sans parler de l'article du *Monde* qu'il te tardait tellement de lire, et l'as lancé en direction du taxi qui commençait à s'éloigner. Le sac a atterri avec un grand bruit sourd sur l'arrière de la voiture – un bruit extrêmement satisfaisant lesté de toute la force d'un point d'exclamation en corps cinquante d'imprimerie. Le chauffeur a écrasé la pédale de freins, est sorti du taxi et s'est mis à marcher vers toi en serrant les poings, te lançant des insultes pour avoir attaqué son précieux véhicule, brûlant d'en découdre. Tu as serré les poings à ton tour et hurlé que s'il faisait un pas de plus vers toi tu allais le pulvériser, le réduire en charpie. En prononçant ces paroles, tu n'avais aucun doute que tu étais prêt à te battre avec lui, que rien n'allait t'empêcher de réaliser ton serment de démolir cet individu, et quand il t'a regardé dans les yeux et qu'il a vu que tu ne plaisantais pas, il a fait demi-tour, il est remonté dans son taxi et il est parti. Tu es allé sur la chaussée récupérer ton sac, et juste au moment où tu te penchais pour le soulever, tu as vu la jeune Africaine qui marchait sur le trottoir avec son bébé et ses trois lourds paquets, bien au-delà de toi maintenant, peut-être à trois ou quatre mètres au-delà de l'endroit où tu te trouvais, et en la regardant s'éloigner tu as étudié son allure lente et équilibrée, t'émerveillant de l'immobilité de son corps, comprenant que hormis son doux déhanchement, rien d'autre que les jambes, chez elle, ne bougeait.

Un seul os cassé. Quand tu songes aux milliers de jeux auxquels tu as pris part dans ton enfance et ton adolescence, tu t'étonnes qu'il n'y en ait pas eu d'autres, au minimum plusieurs autres. Entorses aux chevilles, ecchymoses sur les cuisses, poignets foulés, rotules endolories, coudes enflammés, périostites du tibia, coups sur la tête, mais un seul os cassé, celui de ton épaule gauche, au cours d'un match de football américain quand tu avais quatorze ans. Cette fracture t'a empêché de pouvoir lever le bras complètement pendant les cinquante dernières années, mais ce n'est guère gênant, et sans doute ne prendrais-tu même pas la peine de mentionner la chose à présent, n'était le rôle que ta mère a joué dans cette histoire et qui fait qu'au bout du compte il s'agit davantage d'une histoire sur elle que sur ce qui t'est arrivé au cours d'un match de football américain au lycée pendant lequel, alors que tu jouais en tant que quarterback dans l'équipe de première année, tu as plongé pour récupérer un ballon perdu dans les lignes arrière et t'es cassé l'épaule tout seul, sans même l'aide d'un joueur adverse. Dans ton désir de récupérer ce ballon, tu as sauté trop loin et tu es mal tombé – au mauvais endroit et sur le mauvais endroit –, et cette chute sur un sol très dur t'a fracturé un os. C'était un après-midi glacial de novembre, la rencontre se déroulait sans arbitres et sans adultes pour la superviser, et après t'être blessé tu es resté debout sur la touche à regarder le reste de la partie, déçu de ne plus pouvoir jouer, sans comprendre encore que tu avais un os cassé mais sachant que la blessure était quand même grave puisque tu ne pouvais plus bouger le bras sans éprouver une douleur aiguë. Après le match, tu es rentré en stop avec un copain. Vous étiez tous deux encore dans votre tenue de joueurs, et tu te souviens qu'il t'a été difficile d'ôter ton maillot et tes épaulières, si difficile, en fait, que tu n'as pu y arriver sans le concours de ton copain. C'était un samedi et la maison était vide. Ta sœur était partie quelque part avec des amis, ton père se trouvait à son travail et ta mère aussi, le samedi étant toujours une journée particulièrement remplie pour elle qui faisait visiter des maisons à des acheteurs éventuels. Environ deux minutes après que ton copain t'a aidé à enlever tes épaulières, le téléphone a sonné et ton ami est allé répondre parce que tu avais maintenant du mal à bouger sans accroître la douleur. C'était ta mère, et ses premiers mots à ton ami ont été : "Est-ce que Paul va bien ? – Euh, a-t-il répondu, pas tant que ça, en fait. On dirait qu'il s'est fait mal au bras." Alors ta mère a dit : "Je le savais. C'est pour ça que j'ai téléphoné – je me faisais du souci." Elle a ajouté qu'elle allait rentrer tout de suite et elle a raccroché. Plus tard, pendant qu'elle te conduisait chez le médecin pour qu'on prenne une radio, elle t'a expliqué que pendant l'après-midi elle avait été envahie par une sensation, un pressentiment étrange que quelque chose t'était arrivé, et quand tu lui as demandé à quel moment elle avait eu ce pressentiment, il s'est avéré qu'elle avait commencé à s'inquiéter pour toi à l'instant précis où, plongeant par terre, tu te fracturais l'épaule.

Le *bon vieux temps*, c'est pas ton truc. Chaque fois que tu te surprends en train de te laisser aller à la nostalgie, en train de pleurer la perte de choses qui semblaient rendre la vie d'autrefois meilleure que celle de maintenant, tu te donnes à toi-même l'ordre de t'arrêter et de bien réfléchir, de regarder cet Autrefois avec la même rigueur que celle que tu appliques au Maintenant, et tu ne tardes pas à parvenir à la conclusion qu'il y a peu de différences entre les deux, que le Maintenant et l'Autrefois sont essentiellement pareils. Bien entendu, tu nourris de nombreux griefs à l'égard des fléaux et des stupidités de la vie américaine contemporaine, et il ne se passe pas de jour sans que tu ne lances des plaintes et des harangues contre la montée de la droite, les injustices de l'économie, le mépris de l'environnement, le délabrement des infrastructures, la folie des guerres, la barbarie de la torture légalisée et des transfèrements exceptionnels, la désintégration de villes paupérisées telles que Buffalo et Detroit, l'érosion du syndicalisme, les dettes que nous collons sur les épaules de nos enfants pour qu'ils puissent fréquenter nos universités bien trop chères, le fossé de plus en plus large entre riches et pauvres, sans parler du cinéma-poubelle que nous produisons, de la bouffe-poubelle que nous mangeons, de la pensée-poubelle qui nous tient lieu de pensée. Ça suffirait pour avoir envie de lancer la révolution – ou pour vouloir vivre en ermite dans les forêts du Maine et se nourrir de baies et de racines. Pourtant, tu n'as qu'à remonter jusqu'à l'année de ta naissance et essayer de te rappeler à quoi ressemblait l'Amérique à son âge d'or, à l'heure de la prospérité de l'après-guerre : lois de ségrégation raciale rigoureusement appliquées dans tout le Sud, quotas antisémites, avortements clandestins, décret présidentiel de Truman instaurant un serment d'allégeance pour tous les fonctionnaires, procès des dix d'Hollywood, guerre froide, Peur rouge, bombe atomique. À chaque moment de l'histoire ses injustices et ses problèmes spécifiques, et chaque période fabrique ses propres légendes et ses pieux mensonges. Tu avais seize ans quand Kennedy a été assassiné, tu étais en avant-dernière année de lycée, et la légende aujourd'hui prétend que le traumatisme provoqué par ce 22 novembre a été tel que la population américaine tout entière assommée s'est retranchée dans un état de choc muet. Tu as pour ta part une autre version des faits, car deux de tes amis et toi êtes justement allés à Washington le jour des funérailles. Tu voulais t'y rendre à cause de ton admiration pour Kennedy qui avait représenté un incroyable changement après huit longues années d'Eisenhower, mais tu voulais également être là parce que tu étais curieux de savoir ce que tu ressentirais à participer à un événement *historique*. C'était le dimanche après le fameux vendredi, le dimanche où Ruby a abattu Oswald, et tu avais pensé que les masses de curieux qui bordaient les avenues au passage du convoi funéraire observeraient un silence respectueux, seraient *dans un état de choc muet*, mais ce que tu as vu cet après-midi-là, c'est une foule de badauds bruyants venus au spectacle qui se tordaient le cou pour mater, des gens perchés dans les arbres avec leur appareil photo, des individus qui en poussaient d'autres pour avoir une meilleure vue, et par-dessus tout, ce qui t'a frappé alors, c'est l'ambiance d'exécution publique, le frisson qui accompagne le spectacle d'une mort violente. Tu étais là, tu en as été le témoin oculaire, et pourtant, dans toutes les années qui ont suivi, tu n'as pas une seule fois entendu quelqu'un parler de ce qui s'était réellement passé.

Il est pourtant des choses du temps jadis qui te manquent, même si tu n'as aucun désir de voir revenir ces jours anciens. La sonnerie des vieux téléphones, le cliquetis des machines à écrire, le lait en bouteille, les matchs de base-ball sans frappeurs désignés, les disques en vinyle, les caoutchoucs qu'on enfile sur les chaussures, les bas et les porte-jarretelles,

les films en noir et blanc, les champions de boxe poids lourd, les Brooklyn Dodgers et les New York Giants[1], les livres de poche à trente-cinq *cents*, une gauche en politique, les restaurants juifs ne servant que des produits laitiers, les séances de cinéma proposant deux films, le basketball avant l'adoption du panier à trois points, les salles de cinéma ressemblant à des palais, les appareils photo argentiques, les grille-pain qui duraient trente ans, le mépris envers l'autorité, les voitures Nash Rambler et les breaks aux flancs en panneaux de bois. Mais rien ne te manque davantage que le monde d'avant l'interdiction de fumer dans les lieux publics. Depuis ta première cigarette, à l'âge de seize ans (à Washington, avec les amis qui t'accompagnaient aux funérailles de Kennedy), jusqu'à la fin du dernier millénaire, tu avais la liberté – à part quelques rares exceptions – de fumer où tu voulais. D'abord dans les restaurants et les bars, mais aussi dans les salles de classe à l'université, au balcon des salles de cinéma, dans les librairies et les magasins de disques, dans les salles d'attente des médecins, dans les taxis, les stades de base-ball et les salles de sport, les ascenseurs, les chambres d'hôtel, les trains, les autocars effectuant de longs trajets, les aéroports, les avions et les navettes d'aéroport qui vous conduisaient à l'avion. Le monde va sans doute mieux grâce à ses législations antitabac militantes, mais on a quand même perdu quelque chose, et quelle que soit cette chose (un certain sens du bien-être ? une tolérance envers la fragilité humaine ? une

1. Deux équipes de base-ball : les Dodgers sont partis de Brooklyn pour s'établir à Los Angeles en 1958, les Giants ont déménagé de New York à San Francisco la même année.

convivialité ? un défaut d'angoisse puritaine ?), elle te manque.

Certains souvenirs te sont si étranges, si improbables, tellement loin du domaine du plausible, que tu as du mal à les réconcilier avec le fait que c'est bien toi qui as vécu les événements dont tu te souviens. Ainsi, quand tu avais dix-sept ans, dans l'avion entre Milan et New York, lors de ton premier voyage à l'étranger (tu étais allé rendre visite à la sœur de ta mère, qui vivait en Italie depuis onze ans), tu t'es trouvé assis à côté d'une jolie fille de dix-huit ou dix-neuf ans, très intelligente, et après une heure de conversation, vous avez passé le reste du trajet à vous embrasser dans des élans pleins de désir et sans retenue, à vous peloter passionnément sous les yeux des autres passagers sans aucune honte ni timidité. Il semble impossible que quelque chose de tel se soit passé, et pourtant c'est le cas. Encore plus étrange : le dernier jour de ta balade en Europe, l'année suivante (celle qui avait commencé par la traversée de l'Atlantique sur le bateau plein d'étudiants), tu es monté dans un avion à l'aéroport de Shannon, en Irlande, et tu t'es retrouvé encore une fois assis à côté d'une jolie fille. Après une heure de conversation sérieuse à propos de livres, d'universités et d'aventures estivales, vous vous êtes mis, là encore, à vous peloter, et vous y alliez si franchement que vous avez fini par vous envelopper d'une couverture, et une fois dessous, tu as baladé tes mains sur tout le corps de la fille et sous sa jupe, et c'est uniquement par de grands efforts de toute votre volonté que vous vous êtes abstenus de passer dans le territoire interdit de la baise pure et simple. Comment est-il possible qu'une telle chose ait pu se produire ? Les énergies sexuelles de la jeunesse sont-elles si puissantes que la simple présence d'un autre corps soit capable d'induire un acte sexuel ? Tu ne ferais plus jamais une chose pareille aujourd'hui, tu n'oserais même pas l'envisager – mais bon, tu n'es plus jeune.

Non, tu n'as jamais été du genre cavaleur, même si parfois tu regrettes de ne pas t'être autorisé à être plus débridé et plus impulsif, mais malgré ton comportement modéré, tu as connu deux accrochages avec les redoutables microbes de l'intimité. La chaude-pisse. Ça t'est arrivé une fois quand tu avais vingt ans, et cette fois-là a été plus que suffisante. Une sécrétion gluante et verdâtre qui suintait du bout de ta queue, et la sensation qu'on t'avait enfoncé une épingle dans l'urètre, ce qui transformait en torture la moindre tentative d'uriner. Tu n'as jamais su comment tu avais attrapé cette blennorragie, la liste des candidates possibles étant limitée, et aucune ne t'étant apparue comme plus probablement qu'une autre porteuse de ce sinistre fléau. Cinq ans plus tard, lorsque tu t'es retrouvé affligé de morpions, tu es resté également sans savoir d'où ça venait. Pas de douleurs, cette fois, mais une démangeaison perpétuelle dans la région de l'aine, et quand enfin tu as regardé pour voir ce qui se passait, tu as été stupéfait de te découvrir infesté par un bataillon de crabes miniatures – identiques par leur forme aux crabes qui vivent dans l'océan, mais minuscules, pas plus grands que des coccinelles. Ton ignorance des maladies vénériennes était telle que tu n'avais jamais entendu parler de cette calamité avant d'en avoir été atteint, tu n'avais même pas idée qu'il puisse exister un insecte tel que le pou du pubis. La pénicilline t'avait guéri de la blennorragie, mais une simple poudre a été suffisante pour te débarrasser de la vermine qui avait élu domicile sur ton pubis. Un ennui mineur, donc, plutôt comique, vu de loin, mais en même temps un nouveau mystère, une autre énigme que tu n'as jamais pu résoudre, car tu n'arrives pas à imaginer quelle personne ou quelles circonstances avaient pu permettre à ces démons d'infester ton corps, tu ne sais pas s'ils provenaient d'une rencontre sexuelle, d'un contact fortuit avec un gant de toilette ou une serviette contaminés, ou de t'être assis sur un nid d'œufs minuscules accroché au siège des toilettes d'un restaurant ou d'un café parisiens. Trop petits pour être détectés par l'œil humain mais pas moins insidieux que les armées de microbes invisibles capables de déclencher les pestes et autres épidémies qui déciment des pays entiers et des civilisations. Heureusement, ces bestioles-là étaient sur toi et pas en toi, et quand elles ont éclos pour atteindre leur forme adulte complète, elles étaient assez grandes pour que tu les voies – et que tu les extermines.

On disait que les coccinelles portent bonheur. Si l'une d'elles atterrissait sur ton bras, tu étais censé faire un vœu avant qu'elle ne s'envole. Les trèfles à quatre feuilles étaient eux aussi des porte-bonheur, et tu as passé d'innombrables heures à quatre pattes dans l'herbe, pendant la première période de ton enfance, à la recherche de ces petits trophées qui existaient bel et bien mais qu'on ne dénichait que rarement et dont on fêtait par conséquent la découverte à grand bruit. On savait que le printemps était proche quand apparaissait le premier merle d'Amérique avec sa poitrine rousse et son dos marron : il surgissait brusquement et inexplicablement un matin dans le jardin derrière la maison, et il sautillait sur l'herbe en creusant pour attraper des vers. Dès ce moment, tu te mettais à dénombrer les merles, prenant bien note du deuxième, du troisième, du quatrième, ajoutant tous les jours d'autres merles à ton pointage, et quand tu aurais fini de les compter il ferait déjà chaud. Le premier été après votre emménagement dans la maison d'Irving Avenue (1952), ta mère a créé un jardin à l'arrière, et, dans le terreau du parterre, entre les bouquets de plantes annuelles et pluriannuelles, poussait un tournesol, un seul, qui ne cessait de grandir au fil des semaines : il t'est arrivé d'abord au tibia, puis à la taille, puis aux épaules, et après avoir atteint le sommet de ta tête, il a continué à s'élancer au-dessus de toi jusqu'à une hauteur d'environ un mètre quatre-vingt. La croissance du tournesol a constitué l'événement central de cet été-là, une plongée enrichissante dans les mystérieux mécanismes du temps, et chaque matin tu courais dans le jardin pour te mesurer à cette plante et voir à quelle vitesse elle te distançait. C'est aussi l'été où tu t'es fait ton premier ami proche, le vrai premier camarade d'enfance, un garçon du nom de Billy dont la maison était tout près de la tienne, et comme tu étais la seule personne qui arrivait à le comprendre quand il parlait (il faisait une bouillie de ses mots ; on aurait dit qu'il les ravalait dans sa bouche obstruée de salive avant de pouvoir les faire émerger sous forme de sons nettement articulés), il comptait sur toi pour être son interprète vis-à-vis du reste du monde, et toi tu comptais sur lui pour faire office de Huckleberry intrépide en contrepoint du Tom plutôt prudent que tu jouais. Le printemps suivant, vous avez passé vos après-midis à ratisser ensemble les buissons à la recherche d'oiseaux morts – pour la plupart des oisillons, comme tu t'en rends compte à présent, qui avaient dû tomber de leur nid sans pouvoir y retourner. Vous les enterriez dans une petite bande de terre qui bordait un côté de ta maison – selon des rituels d'une intense solennité accompagnés de prières inventées et de longs moments de silence. À cette époque, vous aviez tous les deux découvert la mort et vous saviez que c'était une affaire sérieuse, quelque chose qui ne tolérait pas la plaisanterie.

Le premier décès d'un être humain dont tu te souviennes un peu précisément s'est produit en 1957, quand ta grand-mère de quatre-vingts ans s'est effondrée sur le sol, victime d'une crise cardiaque avant de décéder dans un hôpital le jour même. Tu ne te souviens pas d'être allé à l'enterrement, ce qui laisse penser que tu n'y étais pas, très probablement parce que, du fait que tu avais dix ans, tes parents avaient estimé que tu étais trop jeune. Ce dont tu te souviens, c'est de l'obscurité qui a rempli la maison pendant plusieurs jours, des gens qui allaient et venaient, qui s'asseyaient auprès de ton père dans le séjour pour le rituel de la *shiva*, des inconnus qui récitaient en marmonnant des prières incompréhensibles en hébreu, de l'étrange bouleversement silencieux qui régnait, du chagrin de ton père. Toi, ce décès ne te touchait presque pas. Tu n'avais pas ressenti de lien avec ta grand-mère, pas d'amour de sa part ni de curiosité pour savoir qui tu étais, pas la plus petite lueur d'affection, et les rares fois où elle t'avait serré dans ses bras pour une embrassade grand-maternelle, tu avais eu peur et souhaité que cette étreinte cesse. Le meurtre de 1919 était encore un secret de famille dont tu ne prendrais pas connaissance avant d'avoir plus de vingt ans, mais tu avais toujours eu le pressentiment que ta grand-mère était folle, que cette petite immigrante, avec son anglais approximatif et ses crises de hurlements violents était quelqu'un qu'il valait mieux tenir à distance. Tandis que les gens venus pour le deuil entraient et sortaient lentement de la maison, tu vaquais à tes affaires de gamin de dix ans, et quand le rabbin a posé sa main sur ton épaule et t'a dit que rien ne s'opposait à ce que tu participes ce soir-là à ton match de base-ball dans le championnat des moins de douze ans, tu es monté dans ta chambre, tu as revêtu ta tenue de base-ball et tu as quitté la maison en courant.

Onze ans plus tard, la mort de la mère de ta mère a été une tout autre histoire. Tu étais grand, alors, et la foudre qui avait tué ton camarade quand tu avais quatorze ans t'avait appris que le monde est capricieux, changeant, que l'avenir peut nous être volé à n'importe quel moment, que le ciel est rempli d'éclairs qui peuvent tomber avec fracas et tuer les jeunes comme les vieux, et que toujours, toujours, la foudre frappe au moment où on l'attend le moins. C'était la grand-mère à laquelle tu étais attaché, la femme très comme il faut et quelque peu nerveuse que tu aimais, celle qui était souvent restée avec toi et avait été dans ta vie une présence constante, et maintenant que tu songes à sa mort, à la forme qu'a prise sa mort, si lente, si affreuse et angoissante à voir, tu te rends compte que toutes les autres morts dans ta famille ont été soudaines, qu'elles ont constitué une série d'éclairs semblables à celui qui a tué ton camarade : la mère de ton père (crise cardiaque, décédée en quelques heures), le père de ton père (abattu d'un coup de feu avant que tu ne le connaisses), ta mère (crise cardiaque, partie en quelques minutes), et même le père de ta mère, dont la mort n'a pas été instantanée, qui a vécu jusqu'à quatre-vingt-cinq ans en bonne santé et puis, après un bref déclin de deux ou trois semaines, est mort d'une pneumonie, c'est-à-dire de vieillesse – une fin que tu trouves enviable : vivre à fond jusqu'à sa neuvième décennie et puis, au lieu d'être électrocuté par la foudre, avoir la chance d'intégrer le fait qu'on est sur le chemin de la sortie, la chance de pouvoir réfléchir un moment, et puis s'endormir et flotter vers le pays du néant. Ta grand-mère n'a flotté nulle part. Pendant deux ans, elle a souffert le martyre, et quand elle est morte, à soixante-treize ans, il ne restait pas grand-chose d'elle. Une sclérose latérale amyotrophique également appelée maladie de Charcot. Tu as vu des corps consumés par l'auto-cannibalisme d'un cancer virulent, tu en as vu d'autres peu à peu étranglés par un emphysème, mais la SLA n'est pas moins dévastatrice ni moins cruelle, et à partir du moment où le diagnostic est établi, il n'y a pas d'espoir, pas de remède, rien d'autre devant vous qu'une marche prolongée vers la désintégration et la mort. Vos os fondent. Le squelette sous votre peau devient du mastic et, les uns après les autres, vos organes vous lâchent. Ce qui a rendu le cas de ta grand-mère particulièrement insupportable, c'est que les premiers symptômes étaient apparus dans sa gorge et que sa capacité de parler a été atteinte avant le reste, avant le larynx, la langue et l'œsophage. Un jour, subitement, elle a eu du mal à prononcer clairement ses mots : les syllabes sortaient légèrement de travers, pas très distinctes. Un ou deux mois plus tard, elles étaient si mal articulées que ç'en était inquiétant. Quelques mois après, c'étaient les phrases bloquées par le bruit des mucosités, les gargouillis étouffés, les humiliations qui vont avec le handicap, et comme aucun médecin de New York n'arrivait à comprendre ce qui se passait chez elle, ta mère l'a conduite à la clinique Mayo[1] pour des examens complets. Les hommes du Minnesota ont été ceux qui ont prononcé son arrêt de mort, et en peu de temps ses paroles sont devenues inintelligibles. Désormais forcée de communiquer par écrit, elle emportait un petit crayon et un bloc-notes partout où elle allait, bien que le reste de son corps eût alors encore l'air en bon état : elle pouvait encore marcher, prendre part à la vie qui l'entourait, mais à mesure que les mois passaient et que la musculature de sa gorge continuait à s'atrophier, il lui devenait difficile d'avaler ; manger et boire relevaient de l'épreuve permanente, et, à la fin, le reste de son corps s'est aussi mis à la trahir. Les premiers temps, à l'hôpital, elle avait toujours l'usage de ses bras et de ses mains, et elle pouvait encore se servir du crayon et du bloc-notes pour communiquer même si son écriture s'était fortement détériorée, et puis elle est tombée sous la surveillance d'une infirmière privée, une femme du nom de Miss Moran (petite et efficace, avec un rictus de fausse gaieté perpétuellement collé sur le visage) qui privait ta grand-mère de son crayon et de son bloc-notes, et plus ta grand-mère

1. Située à Rochester, dans le Minnesota.

hurlait pour protester, plus elle était privée de bloc-notes. Dès que ta mère et toi avez eu vent de ce qui se passait, Moran a été mise à la porte, mais la bataille que ta grand-mère avait livrée contre cette infirmière sadique avait épuisé ce qu'il lui restait de forces. Cette femme douce et effacée qui t'avait lu des nouvelles de Maupassant quand tu étais malade, qui t'avait emmené à des spectacles du Radio City Music Hall, qui t'avait offert des coupes de glace aux fruits et des déjeuners chez Schraff's, était en train de mourir au Doctors Hospital, dans l'Upper East Side de Manhattan. Peu de temps après être devenue trop faible pour tenir son crayon, elle a perdu l'esprit. Toutes les forces qui demeuraient en elle se sont condensées en une rage, une colère démentielle qui la rendait méconnaissable et s'exprimait par des hurlements incessants – les hurlements étranglés et endigués d'une personne sans défense, immobilisée, qui lutte pour ne pas se noyer dans sa propre salive. Née à Minsk en 1895. Morte à New York en 1968. *La fin de la vie est amère* (Joseph Joubert, 1814).

Les choses étaient comme elles étaient, et tu ne cessais jamais de les mettre en question. Dans ta ville, il y avait des écoles publiques et des écoles catholiques, et comme tu n'étais pas catholique, tu fréquentais les écoles publiques, lesquelles étaient considérées comme bonnes, du moins selon les critères de l'époque, et, d'après ce que ta mère t'a dit plus tard, c'est pour cette raison que ta famille était venue habiter Irving Avenue quelques mois avant la date prévue pour ton entrée en maternelle. Tu n'as rien pour établir des comparaisons avec ce que tu as connu, mais pendant les treize années que tu as passées dans ce système – les sept premières à l'école primaire Marshall, les trois suivantes au collège de South Orange et les trois dernières au lycée Columbia de Maplewood –, tu as eu quelques bons enseignants et d'autres médiocres, une poignée d'enseignants exceptionnels et enthousiasmants et une poignée d'enseignants nuls et incompétents, tandis que tes camarades de classe allaient de l'élève brillant au quasi débile en passant par le moyen. Il en va ainsi dans toutes les écoles publiques. Tous les élèves du district peuvent y aller gratuitement, et comme tu as grandi à une époque où l'éducation spéciale n'avait pas encore été mise en place, où l'on n'avait pas encore créé d'écoles séparées pour accueillir les enfants dits à problème, un certain nombre de tes camarades de classe étaient physiquement handicapés. Tu ne te souviens de personne en fauteuil roulant, mais tu vois encore le garçon bossu au corps tordu, la fille à qui manquait un bras (un moignon sans doigts lui partait de l'épaule), le garçon qui bavait et dont la salive s'étalait sur tout le devant de sa chemise, et la fille presque naine. En y repensant, tu te dis que de telles personnes ont représenté une part essentielle de ton éducation, que sans leur présence dans ta vie tu n'aurais eu qu'une compréhension appauvrie de ce qu'être humain veut dire, une compréhension dépourvue de profondeur et de compassion, d'ouverture sur la métaphysique de la douleur et de l'adversité, car c'étaient ces enfants-là qui étaient héroïques, c'étaient eux qui devaient travailler dix fois plus que n'importe quel autre pour se faire une place à eux. Si tu n'avais vécu qu'au milieu d'enfants physiquement avantagés, d'enfants tels que toi qui prenaient leur corps bien formé comme allant de soi, comment aurais-tu pu apprendre ce qu'est l'héroïsme? En ce temps-là, tu comptais parmi tes amis un garçon grassouillet, pas du tout sportif, à lunettes et au visage laid du genre sans menton, mais très apprécié des autres garçons pour son humour, son esprit vif, ses prouesses en maths et pour ce qui te frappait alors comme une générosité d'esprit inhabituelle. Il avait un frère cadet qui était cloué au lit car il souffrait d'une maladie qui avait enrayé sa croissance et avait rendu ses os fragiles au point qu'ils risquaient de se casser au moindre contact avec des surfaces dures, de se fracturer sans raison, et tu te rappelles être allé chez cet ami à plusieurs reprises après l'école et être entré pour voir son frère qui, à peine âgé d'un ou deux ans de moins que toi, était allongé dans un lit d'hôpital équipé de poulies et de câbles, qui avait des plâtres autour des jambes, une tête très grosse et une peau d'une pâleur inimaginable, et, dans cette chambre, c'était tout juste si tu arrivais à ouvrir la bouche tellement tu te sentais nerveux, peut-être un peu effrayé, mais ce jeune frère était un garçon sympathique, affable, amical et intelligent, et tu trouvais toujours absurde, même totalement scandaleux, qu'il doive rester ainsi dans ce lit, et chaque fois que tu le voyais tu te demandais quel dieu imbécile avait décrété que ce serait lui qui serait enfermé dans ce corps et pas toi. Ton ami lui était dévoué, tu n'as pas connu de frères plus proches qu'eux, et ils partageaient un univers privé, un monde à deux, un univers secret dominé par une obsession commune pour le base-ball virtuel auquel ils jouaient sur un carton avec des dés, des cartes à jouer, des règles complexes et des statistiques élaborées. Ils enregistraient méticuleusement les données de chaque match joué, ce qui finissait par donner des statistiques de saisons complètes à raison d'une saison tous les mois ou tous les deux mois, les saisons de matchs imaginaires s'accumulant à mesure que les années passaient. Et tu t'aperçois maintenant qu'il était donc parfaitement dans l'ordre des choses que ce soit cet ami-là qui t'ait téléphoné un soir de l'hiver 1957-1958, peu après que les Dodgers ont annoncé qu'ils déménageaient de Brooklyn à Los Angeles, pour t'apprendre que Roy Campanella, le "All-Star[1]" qui jouait en position de receveur, avait été victime d'un accident de voiture : un accident si affreux que même s'il survivait il resterait paralysé le restant de sa vie. Ton ami sanglotait au téléphone.

23 février : trentième anniversaire du jour où tu as rencontré ta femme, trentième anniversaire de la première nuit que vous avez passée ensemble. Vous quittez tous deux la maison en fin d'après-midi, franchissez le pont de Brooklyn et descendez dans un hôtel du sud de Manhattan. Un luxe peut-être, mais vous n'avez pas voulu que ces vingt-quatre heures filent sans avoir fait quelque chose pour célébrer l'événement, et comme l'idée d'organiser une fête ne vous est jamais venue à l'esprit (pourquoi un couple aurait-il envie de fêter sa longévité devant d'autres personnes ?), toi et ta femme allez dîner en tête-à-tête au restaurant de l'hôtel. Après quoi, vous prenez l'ascenseur jusqu'au huitième étage et pénétrez dans

1. Le match de base-ball All-Star est un match annuel qui oppose une sélection des meilleurs joueurs de la National League à une sélection des meilleurs de l'American League. Roy Campanella a été sept fois *all-star*.

votre chambre, où vous videz ensemble une bouteille de champagne en oubliant de mettre la radio, en oubliant aussi d'allumer la télé pour voir quels sont les quatre mille films disponibles, et tout en buvant le champagne vous vous parlez, pendant plusieurs heures vous ne faites rien d'autre que parler, pas du passé ni des trente années qui sont derrière vous, mais du présent, de votre fille et de la mère de ta femme, des travaux dans lesquels vous êtes tous deux engagés, d'une quantité de choses pertinentes ou banales, et, à cet égard, cette soirée n'est pas différente de n'importe quelle autre soirée de votre vie conjugale, car vous avez toujours parlé tous les deux, c'est même, d'une certaine façon, ce qui vous définit : pendant toutes ces années, vous avez vécu à l'intérieur de la longue conversation ininterrompue qui a commencé le jour de votre rencontre. Dehors, encore une nuit froide d'hiver, une nouvelle bourrasque de pluie glaciale qui vient fouetter les fenêtres, mais maintenant tu es au lit avec ta femme et le lit de l'hôtel est chaud, les draps sont lisses et confortables, et les oreillers absolument gigantesques.

Des coups de foudre et des flirts à la pelle, mais seulement deux grands amours dans ta vie de très jeune homme : les cataclysmes de tes quinze et seize ans, puis de tes dix-huit et dix-neuf ans, des désastres dans les deux cas, suivis de ton premier mariage qui, lui aussi, s'est terminé désastreusement. Dès 1962, quand tu es tombé amoureux de la belle Anglaise de ta classe d'anglais (en deuxième année de lycée), tu as donné l'impression d'avoir un talent particulier pour courir après la mauvaise personne, pour vouloir ce qu'il t'était impossible d'avoir, pour donner ton cœur à des filles qui ne pouvaient pas ou ne voulaient pas t'aimer en retour. Un intérêt occasionnel pour ton esprit, un intérêt sporadique pour ton corps, mais jamais le moindre pour ton cœur. Des filles à moitié folles, toutes deux ravissantes, autodestructrices et terriblement excitantes pour toi, mais tu ne comprenais pratiquement rien à elles. Tu les inventais. Tu les utilisais à la manière d'incarnations fictives de tes propres désirs, sans chercher à connaître leurs problèmes et leurs histoires personnelles, échouant à saisir qui elles étaient en dehors de ce que tu imaginais d'elles, et pourtant, plus elles t'échappaient, plus tu les désirais avec passion. Celle que tu avais connue au lycée faisait secrètement une grève de la faim et elle a abouti à l'hôpital. Le mot *anorexie* n'était pas dans ton vocabulaire à cette époque, et tu songeais donc à un cancer ou à une leucémie (maladie qui avait tué sa mère quelques années auparavant), car, sinon, comment aurais-tu pu expliquer le rétrécissement de son corps jadis si adorable, son épouvantable maigreur, et tu te souviens d'avoir tenté de lui rendre visite à l'hôpital et de t'être vu refoulé, chaque après-midi on te refusait l'accès, et tu étais fou d'amour, fou de peur, mais au bout du compte elle n'était pas faite pour les garçons, et même si par deux fois elle est encore apparue dans ta vie alors que tu avais un peu plus de vingt ans (New York, 1968 ; Paris, 1972), c'était une fille essentiellement faite pour d'autres filles, et il n'y avait donc jamais eu la moindre chance que ça marche entre toi et elle. La deuxième histoire a débuté pendant l'hiver de ta première année à l'université, quand tu es tombé amoureux d'une autre fille instable qui te voulait sans te vouloir, et moins elle te voulait, plus tu la poursuivais de tes ardeurs. Un troubadour malade et sa dame au cœur changeant, et quelques mois plus tard, quand elle s'est tailladé les poignets lors d'une timide tentative de suicide, tu as continué à l'aimer, cette fille aux bandages blancs et au ravissant sourire en coin, après quoi, une fois les pansements enlevés, tu l'as mise enceinte, ton préservatif ayant craqué, et tu as dépensé jusqu'à ton dernier sou pour un avortement. Souvenir violent, encore une de ces choses qui te tiennent éveillé la nuit, et même si tu es sûr que vous avez pris tous les deux la bonne décision en refusant d'avoir ce bébé (être parents à dix-neuf et vingt ans, quelle idée grotesque), la pensée de ce bébé jamais né te tourmente. Tu t'es toujours imaginé que ce serait une fille, une fille aux cheveux roux, une magnifique petite bombe, et tu as de la peine en songeant qu'elle aurait aujourd'hui quarante-trois ans, ce qui veut dire qu'il est fort probable que tu serais devenu grand-père depuis quelque temps, peut-être même depuis longtemps. Si tu l'avais laissée vivre.

À la lumière de tes échecs passés, de tes erreurs de jugement, de ton incapacité à te comprendre et à comprendre les autres, de tes décisions impulsives et incohérentes, de tes gaffes dans les affaires de cœur, il semble curieux que tu aies abouti à un mariage qui dure depuis aussi longtemps. Tu as tenté de démêler les raisons d'un revirement de fortune à ce point inattendu, sans jamais réussir à trouver de réponse. Un soir, tu as rencontré une inconnue et tu es tombé amoureux d'elle – et elle de toi. Tu ne le méritais pas, mais rien non plus ne s'opposait à ce que tu le mérites. C'est tout simplement arrivé, et rien ne peut rendre compte de ce qui t'est arrivé, sinon la chance.

D'emblée, tout a été différent, avec elle. Ce n'était pas une invention, cette fois, pas une projection de tes fantasmes internes, mais une personne réelle, et elle t'a imposé sa réalité dès le premier moment où vous vous êtes parlé, ce qui a eu lieu un instant après que la seule personne que vous connaissiez tous les deux vous ait présentés l'un à l'autre dans le hall d'entrée du 92nd Street Y[1] après une lecture de poèmes, et parce qu'elle n'était ni faussement timide ni fuyante, parce qu'elle te regardait dans les yeux et s'affirmait comme présence pleine et solide, tu n'avais aucune possibilité de la transformer en ce qu'elle n'était pas – aucune possibilité de l'inventer comme tu l'avais fait avec d'autres femmes, car elle s'était déjà inventée elle-même. Belle, oui, sans aucun doute, d'une beauté sublime, une blonde d'un mètre quatre-vingt, mince, aux longues jambes magnifiques et aux minuscules poignets d'enfant de quatre ans, la plus grande petite personne que tu aies jamais vue, à moins que ce ne soit la plus petite grande personne, et pourtant tu ne contemplais pas là un objet lointain de splendeur féminine, tu étais en train de parler à un être humain qui vit et qui respire. Un sujet, pas un objet, et donc illusions interdites. Pas de tromperies possibles. L'intelligence est la seule qualité humaine qu'on ne peut simuler, et une fois que tes yeux se sont habitués à l'éblouissement de sa beauté, tu as compris que c'était une femme brillante, un des meilleurs esprits que tu avais jamais rencontrés.

1. Centre culturel de la 92e rue à Manhattan.

Petit à petit, dans les semaines qui ont suivi, à mesure que tu apprenais à mieux la connaître tu as découvert que vous aviez les mêmes vues sur à peu près tous les sujets importants. Vos opinions politiques étaient identiques, la plupart des livres qui vous intéressaient étaient les mêmes, et vous aviez des positions semblables sur ce que vous attendiez de la vie : de l'amour, du travail et des enfants – l'argent et les possessions matérielles figurant très loin en bas de la liste. À ton grand soulagement, vos personnalités ne se ressemblaient pas du tout. Elle riait plus que toi, elle était plus libre et plus extravertie que toi, elle était plus chaleureuse, et pourtant, tout au fond, au point le plus profond, vous vous rejoigniez, tu avais l'impression d'avoir rencontré une autre version de toi-même – mais une version dont l'évolution avait été poussée plus loin que chez toi et qui se trouvait mieux à même d'exprimer ce que tu gardais refoulé en toi, un être plus sain d'esprit. Tu l'as adorée, et pour la première fois de ta vie, la personne que tu adorais t'adorait aussi. Vous veniez d'univers totalement différents : elle, la jeune luthérienne du Minnesota et toi, le juif de New York pas si jeune, mais deux mois et demi seulement après votre rencontre due au hasard ce 23 février il y a trente ans, vous avez décidé d'emménager ensemble. Jusqu'alors, chaque décision que tu avais prise concernant les femmes avait été mauvaise – mais pas celle-là.

Elle était étudiante de troisième cycle et poète, et durant les cinq premières années de votre vie commune, tu l'as regardée terminer ses cours, préparer des oraux et les réussir puis accomplir le long et pénible effort de rédiger sa thèse ("Langage et identité chez Dickens"). Pendant cette période, elle a publié un volume de poèmes, et comme au début de votre mariage vous n'aviez guère d'argent, elle s'est chargée de plusieurs jobs, assurant l'édition d'une anthologie en trois volumes publiée par Zone Books avant de réécrire en sous-main la thèse doctorale qu'un autre candidat préparait sur Jacques Lacan, et surtout en donnant des cours. Le premier de ces cours s'adressait à des employés subalternes d'une compagnie d'assurances, de jeunes travailleurs ambitieux qui cherchaient à améliorer leurs chances de promotion en suivant un enseignement intensif de grammaire anglaise et de rédaction d'exposés. Deux fois par semaine, ta femme rapportait à la maison des anecdotes sur ses élèves, certaines divertissantes, d'autres plutôt poignantes, mais celle dont tu te souviens le mieux a trait à une superbe perle survenue lors de l'examen final. Au milieu du semestre, ta femme avait fait un cours sur diverses figures de rhétorique, entre autres sur la notion d'euphémisme. En guise d'exemple, elle avait cité *s'éteindre* comme euphémisme pour *mourir*. Lors de l'examen final, elle a demandé à sa classe de donner une définition du mot *euphémisme*, et un élève relativement attentif mais par ailleurs quelque peu déficient a répondu : "Euphémisme signifie *mourir*." Après la compagnie d'assurances, elle est allée travailler à Queens College où, en tant qu'enseignante auxiliaire, elle a accompli pendant trois ans un travail aussi pénible que mal payé : deux cours d'anglais de rattrapage et de composition anglaise par semestre, vingt-cinq élèves par classe, cinquante copies à corriger par semaine, trois entretiens particuliers par semestre avec chaque élève, et un trajet de deux heures, entre Cobble Hill et Flushing, qui commençait à six heures du matin et lui faisait prendre deux métros et un bus, puis le même trajet de deux heures en sens inverse, le tout pour un salaire de huit mille dollars par an sans aucune couverture sociale. Ces longues journées l'épuisaient, non seulement à cause du travail et des déplacements, mais aussi à cause des heures passées sous les éclairages fluorescents de Queens College, ces lumières au vacillement rapide qui peuvent provoquer des maux de tête chez les personnes sujettes aux migraines, et comme ta femme était affligée de ce mal depuis l'enfance, rares étaient les soirées où elle ne rentrait pas à la maison avec des cernes sombres sous les yeux et la tête prête à éclater de douleur. Sa thèse avançait lentement, son emploi du temps hebdomadaire était trop fragmenté pour qu'elle bénéficie de périodes concentrées qu'elle pourrait consacrer à la recherche et à l'écriture, quand, brusquement, tes finances ont commencé à s'améliorer un peu, suffisamment pour que tu la persuades d'abandonner en tout cas ce boulot d'enseignante, et une fois qu'elle en a été libérée, elle a expédié le reste de sa thèse en six mois. La question majeure était de savoir pourquoi elle était tellement décidée à la terminer. Le troisième cycle avait fait sens au début : une femme seule a besoin d'un travail rémunéré, surtout si elle vient d'une famille sans argent, et même si son ambition était d'écrire, elle ne pouvait pas compter sur l'écriture pour gagner sa vie, et par conséquent elle allait devenir professeur d'université. Mais les choses étaient différentes, maintenant. Elle était mariée, sa situation financière devenait de moins en moins précaire, elle ne projetait plus de chercher un poste à l'université, et pourtant elle continuait à se battre pour obtenir son doctorat. À maintes reprises, tu lui as demandé pourquoi c'était si important pour elle, et les diverses réponses qu'elle t'a données vont toutes au cœur de ce qu'elle était alors et de ce qu'elle est encore aujourd'hui. Premièrement : parce qu'elle ne pouvait se résoudre à abandonner un projet qu'elle avait commencé. Affaire d'entêtement et d'orgueil. Deuxièmement : parce qu'elle était une femme. C'était bien beau, pour toi, de laisser tomber ton troisième cycle au bout d'un an : tu étais un homme et les hommes dirigent le monde, mais une femme munie du sésame d'un diplôme élevé obtiendra un peu de respect dans ce monde d'hommes et sera moins dédaignée qu'une femme dépourvue de ce sésame. Troisièmement : parce qu'elle adorait ça. Le dur travail et la discipline requis par une étude intense avaient amélioré son esprit, avaient fait d'elle quelqu'un qui pensait mieux et plus subtilement, et même si à l'avenir elle allait passer la plus grande partie de son temps à écrire des romans (elle avait déjà mis le premier en route), elle n'avait pas l'intention d'abandonner sa vie intellectuelle une fois qu'elle aurait obtenu son doctorat. Ces discussions-là, tu les as eues avec elle il y a plus de vingt-cinq ans, mais c'était comme si elle avait déjà commencé à lorgner vers l'avenir et à y déceler les grandes lignes de ce qui l'attendait. Depuis lors : cinq romans publiés et un sixième en chantier, mais aussi quatre ouvrages de non-fiction (pour la plupart des essais), des douzaines d'essais dans une énorme gamme de sujets : littérature, art, culture, politique, cinéma, vie quotidienne, mode, neurosciences, psychanalyse, philosophie de la perception et phénoménologie de la mémoire. En 1978, elle était l'un des cent étudiants à entamer un troisième cycle de lettres anglaises à Columbia University. Sept ans plus tard, elle était l'un des trois à être parvenus jusqu'au bout.

En épousant ta femme, tu épousais aussi sa famille, et comme ses parents vivaient encore dans la maison où ta femme a grandi, c'est un pays de plus que ton sang a graduellement absorbé : le Minnesota, la province la plus septentrionale du royaume rural du Midwest. Non pas l'univers tout plat que tu t'étais imaginé, mais une terre ondoyante entre petits pics et creux plongeants ; pas de montagnes ni de collines intumescentes, et pourtant des nuages, au loin, qui donnent l'impression de montagnes et de collines, une masse trompeuse, une blanche masse vaporeuse venant adoucir la monotonie de kilomètres et de kilomètres de terre ondoyante, et, les jours sans nuages, il y a les champs de luzerne qui s'étendent jusqu'à l'horizon, un horizon bas et lointain sur lequel s'arque la voûte d'un ciel énorme et sans fin, un ciel d'une telle immensité qu'il descend jusqu'à vos orteils. Les hivers les plus froids du globe suivis d'étés brûlants et humides où une chaleur torride vous écrase de ses millions de moustiques, si nombreux qu'on vend des tee-shirts portant une image de ces insectes bombardiers aux piqués homicides accompagnée de la légende L'OISEAU DU MINNESOTA[1]. La première fois que tu t'es rendu là-bas – pour un séjour de deux mois, en 1981 –, tu étais en train d'écrire la préface de ton anthologie de la poésie française du XXe siècle, un

1. L'oiseau qui représente officiellement le Minnesota est le plongeon huard.

texte assez long qui dépassait les quarante pages, et les parents de ta future femme n'étant pas là pendant ce séjour, tu travaillais dans le bureau de ton futur beau-père sur le campus de l'établissement d'enseignement supérieur St. Olaf où tu produisais des paragraphes sur Apollinaire, Reverdy et Breton dans une pièce décorée par des images de casques vikings, et chaque matin c'était en voiture que tu te rendais sur ce campus en général désert mais qui s'est soudain animé pendant une semaine quand l'établissement a loué quelques bâtiments à l'occasion du Congrès annuel des entraîneurs sportifs chrétiens, et tu as eu alors le grand plaisir de voir ces entraîneurs passer devant toi quand tu garais ta voiture le matin : des dizaines d'hommes d'aspect pratiquement identique, bedonnants, en bermuda, les cheveux en brosse ultracourte, après quoi tu filais dans ta pièce du département de norvégien pour y écrire encore deux ou trois pages sur des poètes français. Tu te trouvais là à Northfield qui se vantait d'être "le pays de l'Enseignement supérieur, de l'Élevage bovin et de l'Épanouissement", ville d'environ huit mille habitants surtout connue pour être celle où Jesse James et son gang avaient été défaits lors d'une tentative de hold-up (les impacts des balles se voient encore sur les murs de la banque de Division Street), mais ton endroit préféré est vite devenu l'usine Malt-O-Meal, sur la route 19, dont les hautes cheminées déversaient des nuages blancs qui sentaient le blé parfumé à la noix utilisé dans la recette d'une céréale de petit-déjeuner marron doré qui a la consistance de la semoule de blé tendre. Cette usine était située à mi-chemin entre la maison de tes beaux-parents et le centre-ville, quelques centaines de mètres à peine avant la voie ferrée devant laquelle, un après-midi, tu t'es arrêté avec ta femme tandis qu'un train passait lentement, le train le plus long que tu aies jamais vu, entre cent et deux cents wagons de marchandises, mais tu n'as pas eu le temps de les compter parce que ta femme et toi étiez dans une discussion ayant pour principal sujet l'appartement que vous alliez chercher dès votre retour à New York, et c'est alors que la question du mariage s'est posée pour vous deux la première fois – pas simplement vivre ensemble sous le même toit, mais vous lier aussi par le mariage, c'était cela qu'elle voulait, sur quoi elle insistait, et alors même que tu avais décidé de ne jamais te remarier, tu as dit que bien sûr, que oui, tu serais heureux de l'épouser si c'était ce qu'elle voulait, car tu l'aimais déjà depuis assez longtemps pour savoir que ce qu'elle voulait était précisément ce que tu voulais toi aussi. C'est pourquoi tu as tellement fait attention à tout ce qui t'entourait cet été-là : ce pays, en effet, était celui où elle avait été petite fille et commencé à être femme, et tu sentais qu'en étudiant les détails de ce paysage tu parviendrais à mieux la connaître, à mieux la comprendre, et à mesure que tu as fait connaissance avec sa mère, son père et ses trois sœurs cadettes les uns après les autres, tu as commencé à comprendre aussi sa famille, ce qui t'a permis de mieux la comprendre, elle, de percevoir la solidité du sol sur lequel elle marchait, car c'était une famille solide, rien à voir avec la famille fracturée et provisoire dans laquelle tu avais grandi, et il ne t'a pas fallu longtemps avant de devenir un des leurs, puisque, pour ton bonheur éternel, cette famille était, désormais, également la tienne.

Puis sont venues les visites hivernales, les retours à la maison de fin d'année, une semaine ou dix jours dans un monde gelé où l'air est silencieux, où des dagues aériennes vous transpercent, où, en regardant le thermomètre à travers la vitre de la cuisine certains matins, on voit la ligne de mercure rouge coincée entre moins trente et moins trente-cinq, des températures à ce point hostiles à la vie humaine que tu t'es souvent demandé comment des gens pouvaient vivre dans de tels endroits, et ta tête se remplissait d'images de familles sioux enveloppées de la tête aux pieds dans des peaux de bison, de familles de pionniers qui mouraient gelées dans cette prairie aux allures de toundra. Aucun froid ne se compare à celui-ci, un froid impossible qui vous pétrifie les muscles du visage dès que vous mettez le nez dehors, qui vous martèle la peau, qui la plisse, coagule le sang dans vos veines, et pourtant une fois, il y a quelques années, toute la famille est sortie dans l'obscurité pour regarder l'aurore boréale – tu ne l'as vue que cette seule fois, inoubliable, inimaginable –, debout dans le froid, les yeux levés vers un ciel vert électrique, un ciel qui lançait des éclats verts sur le mur noir de la nuit, rien de ce que tu as connu n'a jamais pu se rapprocher de la grandeur fiévreuse de ce spectacle. Il y a eu d'autres nuits, claires et sans nuages avec un ciel criblé d'étoiles, rempli à craquer d'étoiles d'un horizon à l'autre, plus d'étoiles que tu n'en as jamais vu ailleurs, tant d'étoiles qu'elles se fondent pour former des zones denses et liquides, tel un porridge de blancheur au-dessus de la tête, des nuits suivies de matins blancs et d'après-midis blancs, de neige, de neige qui tombe sans arrêt tout autour de toi, qui te monte jusqu'aux genoux puis jusqu'à la ceinture, comme le tournesol qui avait poussé bien au-dessus de ta tête quand tu étais gamin dans le jardin de ta mère, plus de neige que tu n'en as jamais vu ailleurs, et soudain te voilà en train de revivre un moment du milieu des années 1990 où ta femme, ta fille et toi ayant fait le pèlerinage annuel de Noël dans le Minnesota, tu t'es retrouvé au volant, par un soir de blizzard, sur la route entre la maison d'une des sœurs de ta femme à Minneapolis et la maison de ses parents à Northfield, c'est-à-dire à moins de soixante kilomètres de là. Sur la banquette arrière se trouvaient trois générations de femmes (ta belle-mère, ta femme et ta fille), et devant, à ta droite, à la place du passager, ton beau-père, cet homme qui t'a traité avec gentillesse pendant toutes les années où tu as été marié à sa fille aînée, alors même qu'à bien des égards c'est quelqu'un de renfermé et de distant, semblable en cela à ton propre père, les deux hommes ayant connu une enfance dure, marquée par la pauvreté, et ton beau-père ayant en outre subi l'épreuve de servir comme jeune fantassin durant la Seconde Guerre mondiale (bataille de Luçon, les Philippines, les jungles de Nouvelle-Guinée), mais tu as été toute ta vie un expert pour ce qui est de communiquer avec des hommes renfermés, et si ton beau-père ressemble parfois à ton père, tu sens qu'il existe en lui un vaste réservoir de chaleur et de tendresse, qu'il est plus facile à connaître que ne l'a jamais été ton père, qu'il fait plus complètement partie de la race humaine. Tu as quarante-six ou quarante-sept ans, tu es en excellente forme physique, toujours jeune dans ton âge mûr, et comme on te connaît encore comme un *bon conducteur*, le contingent de femmes à l'arrière manifeste une foi absolue en ta capacité de les mener en toute sécurité jusqu'à la maison de Northfield. Grâce à cette foi qu'elles mettent en toi, les dangers éventuels de la tempête ne les inquiètent pas. En fait, pendant tout le trajet, les trois femmes poursuivent une conversation animée sur divers sujets, se comportant comme par une douce soirée de plein été, mais dès l'instant où tu démarres et t'éloignes de la maison de ta belle-sœur, tu sais – et ton beau-père le sait aussi – que vous allez vous coltiner un voyage d'enfer, que les conditions climatiques sont si mauvaises qu'elles frisent l'impossible. Lorsque tu arrives sur l'autoroute, que tu t'engages vers le sud sur la I-35, la neige se déchaîne contre le pare-brise, et bien que les essuie-glaces fonctionnent à leur vitesse maximum, tu n'y vois presque rien car la neige recommence à s'accumuler sur la vitre dès que le mouvement des balais achève son arc. Il n'y a pas de réverbères le long de l'autoroute, mais les phares des voitures venant vers toi sur l'autre voie illuminent la neige qui tombe sur le pare-brise, de sorte que ce n'est plus de la neige que tu vois, mais une averse de petites lumières aveuglantes. Le pire, c'est que la chaussée est glissante, aussi lisse et glacée qu'une patinoire, et donc rouler au-delà de quinze ou vingt kilomètres-heure priverait les pneus de leur adhérence au sol, ce qui rendrait les freins inefficaces. Tous les cinquante ou cent mètres, tu dépasses une voiture, soit à gauche, soit à droite, qui a quitté la route en dérapant et qui gît à moitié renversée contre un immense talus de neige ou une congère. Ton beau-père a vécu toute sa vie au Minnesota, il est parfaitement au courant des risques qu'implique la conduite dans une tempête comme celle-ci, et il est entièrement avec toi tandis que tu fais très lentement avancer la voiture dans la nuit, assis à la place du navigateur, il scrute les nuages de neige pailletée de lumière qui continuent à se déverser sur le pare-brise, il te signale les virages qui arrivent, il t'aide à rester calme et concentré, il conduit avec toi dans sa tête et dans ses muscles, et ainsi vous arrivez enfin à la maison de Northfield, toi et le vieux soldat à l'avant, les femmes à l'arrière, après un trajet de deux heures au lieu des trente ou quarante minutes habituelles, et quand vous pénétrez tous les cinq dans la maison, les femmes continuent à bavarder et à rire, mais ton beau-père, qui sait quelle épreuve ont subie tes nerfs, car ses nerfs à lui ont éprouvé la même chose, te donne une petite tape sur le dos et te lance un clin d'œil. Cinquante ans après avoir raccroché son uniforme, le sergent t'a salué.

Dîner de Noël à Northfield, Minnesota, chaque année depuis 1981 jusqu'à la mort de ton beau-père en 2004, après quoi la maison de famille a été vendue, ta belle-mère a emménagé dans un appartement, et la tradition a été modifiée pour prendre en compte la nouvelle situation. Mais pendant près d'un quart de siècle, le repas de Noël a conservé le même agencement formel jusqu'au moindre détail, sans qu'aucun élément soit modifié d'une année sur l'autre. La tablée où tu as pris place pour la première fois en 1981 et qui, alors, ne comptait que sept convives – ta belle-mère et ton beau-père, ta femme, ses trois sœurs et toi – s'est agrandie peu à peu à mesure que chaque année passait dans la suivante, que les jeunes sœurs de ta femme se mariaient et commençaient à avoir des enfants, tant et si bien qu'au bout de ce quart de siècle, dix-neuf personnes se trouvaient assises autour de la table, parmi lesquelles les vieux et les très vieux, les jeunes et les très jeunes. Il est important de noter qu'on célébrait Noël le soir du 24, pas le matin ou l'après-midi du 25, car, même si la famille de ta femme vivait au cœur de l'Amérique, c'était aussi (et c'est toujours) une famille scandinave, une famille norvégienne, et tout le cérémonial de Noël obéissait aux conventions de cette partie-là du monde plutôt qu'à celles d'ici. Ta belle-mère, née dans la ville la plus méridionale de Norvège en 1923, n'a pas traversé l'Atlantique avant d'avoir trente ans, et bien qu'elle parle couramment l'anglais, elle garde, dans ce qui est sa deuxième langue, un accent norvégien prononcé. Jeune femme, elle a subi la guerre et l'occupation allemande, et elle a fait neuf jours de prison pour avoir participé à l'une des premières manifestations contre les nazis alors qu'elle avait dix-sept ans (si ça s'était passé plus tard dans la guerre, déclare-t-elle, elle aurait été envoyée en camp), et ses deux frères aînés ont été des membres actifs de la résistance (lorsque sa cellule a été démantelée, l'un d'eux a fui en Suède à skis pour échapper à la Gestapo). Ta belle-mère est une personne intelligente et cultivée, quelqu'un que tu admires et pour qui tu as beaucoup d'affection, mais ses démêlés occasionnels avec la langue anglaise et la géographie américaine ont donné lieu à un certain nombre de moments bizarres, dont aucun, peut-être, n'a été plus drôle que celui de la nuit où l'avion qu'elle et son mari avaient pris pour Boston n'a pu atterrir sur les pistes de l'aéroport à cause du brouillard et a donc dû être dirigé vers Albany, dans l'État de New York. À peine étaient-ils arrivés à Albany qu'elle téléphonait à ta femme pour lui annoncer : “On est en Albanie! On va passer la nuit en Albanie!” Quant à ton beau-père, il était lui aussi tout à fait norvégien, même s’il était américain de la troisième génération, né à Cannon Falls, dans le Minnesota en 1922, le dernier des enfants de la prairie tels qu’on les a connus au XIXe siècle, un garçon de ferme élevé dans une maison en rondins sans électricité ni eau courante. La communauté où il vivait était si isolée, peuplée uniquement d’immigrants norvégiens et de leurs descendants, que le début de sa vie s’est en grande partie déroulé en norvégien plutôt qu’en anglais, d’où l’accent qu’il a conservé jusque dans sa vieillesse : pas un accent aussi marqué que celui de ta belle-mère, mais une intonation douce et musicale qui lui faisait parler un anglais d’Amérique comme tu n’en as jamais entendu ailleurs et que tu as toujours trouvé très agréable à l’oreille. Après la longue interruption de la guerre, il a terminé ses études grâce à une bourse d’ancien combattant, effectué un troisième cycle puis, ayant obtenu une bourse de la fondation Fulbright, a passé un an à l’université d’Oslo (où ta belle-mère et lui se sont rencontrés) avant de devenir professeur de lettres et de langue norvégiennes. C’est ainsi que ta femme a grandi dans une maisonnée qui était norvégienne même si elle se trouvait dans le Minnesota, où le dîner de Noël était donc strictement et résolument norvégien lui aussi. De fait, c’était la réplique des dîners de Noël que ta belle-mère avait connus dans sa propre famille lors de son enfance dans le Sud de la Norvège au cours des années 1920 et 1930 – une époque très éloignée de notre âge d’opulence et d’abondance, de supermarchés qui proposent deux cents sortes de céréales pour le petit-déjeuner et quatre-vingt-quatre parfums de glace. Le repas ne variait jamais, et en vingt-trois ans pas un seul plat n'a été ajouté ni retranché du menu. Ni dinde ni oie ou jambon en guise de plat principal, comme on pourrait le supposer, mais des côtes de porc légèrement couvertes de sel et de poivre, cuites au four et servies sans sauce ni assaisonnement, avec un accompagnement de pommes de terre bouillies, de chou-fleur, de chou rouge, de choux de Bruxelles, de carottes, d'airelles rouges, et puis du riz au lait pour dessert. Il ne peut exister repas plus simple, en désaccord plus manifeste avec l'actuelle conception américaine de ce qui constitue un menu de fête acceptable, et pourtant, il y a deux ans, quand tu as fait un sondage auprès des plus jeunes de tes nièces et neveux (car la tradition se poursuit à New York) et que tu leur as demandé s'ils aimaient le dîner de Noël tel qu'il était ou s'ils préféraient que quelques changements lui soient apportés, ils se sont tous écriés : "Ne changez rien!" Cette nourriture-là est un rituel qui marque la continuité, la cohésion familiale – une ancre symbolique qui vous empêche de dériver vers le grand large. Telle est la tribu dans laquelle tu es entré en te mariant. Quand elle avait autour de quinze ans, ton astucieuse fille a inventé un nouveau terme pour marquer ses origines : Juiv-végienne. Tu doutes qu'il y existe un grand nombre de gens à même de se réclamer de cette forme particulière de double identité, mais on est en Amérique, après tout, et oui, ta femme et toi êtes les parents d'une Juiv-végienne.

Les aliments que tu aimais quand tu étais petit garçon, depuis l'époque de tes plus anciens souvenirs jusqu'au seuil de la puberté, et tu te demandes à présent combien de milliers de cuillerées et de fourchetées sont entrées en toi, combien de bouchées et de gorgées, combien de liquides sirotés et combien bus à grands traits, en commençant par les innombrables jus de fruits que tu prenais à divers moments de la journée – jus d'orange le matin, et puis aussi jus de pomme, jus de pamplemousse, jus de tomate et jus d'ananas, ce dernier dans un verre mais également, l'été, sous forme de cubes gelés dans des bacs à glaçons – ta sœur et toi les appeliez des "briques d'ananas" –, ainsi que les sodas que tu ingurgitais chaque fois qu'on te le permettait (Coca-Cola, racinette, Ginger ale, 7Up, Orange Crush) et les milkshakes que tu adorais, surtout les milk-shakes au chocolat (mais parfois à la vanille pour changer, ou une combinaison des deux qu'on appelait "blanc-et-noir"), et puis, l'été, le régal follement excitant du soda à la racinette avec de la glace – traditionnellement réalisé avec de la glace à la vanille, mais que tu trouvais encore plus délicieux si la glace était au café. Normalement, le matin, tu commençais par des céréales froides (Corn Flakes, Rice Krispies, Shredded Wheat, Puffed Wheat, Puffed Rice, Cheerios – ce qui se trouvait dans le placard de la cuisine) que tu mettais dans un bol et sur lesquelles tu versais du lait, saupoudrant le tout d'une cuillère à café (ou deux) de sucre blanc raffiné. Suivaient des œufs (en général brouillés, mais parfois sur le plat ou mollets) avec deux toasts beurrés (pain blanc, pain complet ou de seigle), souvent accompagnés de bacon, de jambon ou de saucisses, ou alors tu prenais une assiette de pain perdu (avec du sirop d'érable), ou encore, chose plus rare mais la plus appréciée de toutes, une pile de pancakes (également avec du sirop d'érable).

Plusieurs heures plus tard, c'étaient les viandes du déjeuner empilées entre deux tranches de pain : jambon ou salami, corned-beef ou mortadelle, parfois jambon et fromage américain, parfois fromage américain seul, ou alors un des sandwichs au thon de ta mère – toujours une valeur sûre. Quand il faisait froid, lors de glaciales journées d'hiver comme celle-ci, le sandwich était souvent précédé d'un bol de soupe qui, dans les années 1950, sortait toujours d'une boîte, et tes préférées étaient la poule aux vermicelles Campbell's ou la soupe à la tomate Campbell's – sans doute, à cette époque, les soupes que préféraient aussi tous les autres gamins des États-Unis. Hamburgers et hot-dogs, frites et chips de pomme de terre : tels étaient les plats de choix que tu t'offrais une fois par semaine au Cricklewood, le débit local de glaces et de fast-food, où tes camarades de classe et toi déjeuniez ensemble tous les jeudis. (Ton école primaire n'avait pas de cantine. Tous les élèves rentraient déjeuner à la maison, mais à partir de l'âge de neuf ou dix ans, ta mère et les mères de tes amis vous ont consenti la gâterie que constituaient, tous le jeudis, les hamburgers et/ou les hot-dogs du Cricklewood, ce qui coûtait au plus vingt-cinq ou trente *cents*.) Le repas du soir pouvait s'appeler dîner ou souper, mais c'était quand on servait des côtelettes d'agneau comme plat principal qu'il était le meilleur, même si le rosbif arrivait à très peu de distance en deuxième position. Ensuite, sans ordre particulier, venaient le poulet rôti, le ragoût de bœuf, le rôti braisé, les spaghettis aux boulettes de viande, le foie sauté et les filets de poisson frits baignant dans le ketchup. Les pommes de terre étaient une constante, et quelle que soit la façon dont elles étaient préparées (on les faisait surtout au four ou en purée), elles ne manquaient jamais de procurer une profonde satisfaction. L'épi de maïs surpassait tous les autres légumes, mais ce délice était réservé aux derniers mois d'été, et par conséquent tu engloutissais avec joie les petits pois ou les petits pois aux carottes, ou les haricots verts, ou les betteraves que tu trouvais dans ton assiette. Mais aussi le pop-corn, les pistaches, les cacahuètes, les marshmallows, les piles de crackers couverts de gelée de raisin, et les aliments surgelés qui ont commencé à apparaître vers la fin de ton enfance, en particulier le pâté au poulet et le quatre-quarts Sara Lee. Tu en es maintenant à un moment de ta vie où les sucreries ne te disent pratiquement plus rien, mais quand tu revois la lointaine époque où tu étais petit garçon, tu es stupéfait par le nombre de choses sucrées qui te faisaient envie et que tu dévorais. Les glaces, surtout, pour lesquelles tu semblais avoir un appétit insatiable, servies telles quelles dans un bol ou nappées de sauce au chocolat, sous forme de sundaes ou flottant dans une boisson gazeuse, sous forme de bâtons de glace (comme dans les barres Good Humor et les Creamsicles) ou cachée dans des boules (Bon Bons), voire dans des barres rectangulaires (Esquimaux) ou des dômes (façon omelette norvégienne). La glace a été le tabac de ta jeunesse, l'addiction qui s'introduisait sournoisement dans ton âme et te séduisait sans trêve par ses charmes, mais tu craquais aussi facilement pour les gâteaux (ah, le gâteau fourré au chocolat ! ah, le gâteau de Savoie !) et toutes les sortes de cookies, des Vanilla Fingers aux Burry's Double Dip Chocolate, des Fig Newton aux Mallomar, des Oreo aux Social Tea Biscuits, sans parler des centaines, voire des milliers de bonbons et de barres chocolatées que tu as consommées avant tes douze ans : Milky Way, 3 Musketeers, Chunky, Charleston Chews, York Mints, Junior Mints, Mars, Snickers, Baby Ruth, Milk Duds, Chuckles, Goobers, Dots, Jujubes, Sugar Daddy et Dieu sait quoi encore. Comment est-il possible que tu aies pu rester mince pendant toutes ces années où tu avalais tout ce sucre, que ton corps, quand tu as basculé dans l'adolescence, ait pu continuer à pousser vers le haut plutôt qu'en largeur ? Heureusement, tout cela est derrière toi, à présent, mais de temps à autre, peut-être tous les deux ou trois ans, tandis que tu essayes de tuer le temps dans un aéroport en attendant un vol pour une destination lointaine (pour une quelconque raison, cela ne se produit que dans des aéroports), si tu t'aventures dans une boutique de presse pour acheter un journal, une vieille envie va soudain t'envahir : tu vas baisser les yeux sur les bonbons exposés au-dessous de la caisse enregistreuse, et s'il y a des Chuckles, tu vas en acheter. En l'espace de dix minutes, les cinq bonbons gélifiés auront disparu. Le rouge, le jaune, le vert, l'orange et le noir.

Joubert : *La fin de la vie est amère.* Neuf mois après avoir écrit ces mots, à soixante et un ans – ce qui doit avoir semblé beaucoup plus vieux en 1815 qu'aujourd'hui –, il note, à propos de la fin de vie, une formule non seulement différente mais bien plus exigeante : *Il faut mourir aimable (si on le peut).* Cette phrase te touche, surtout par les mots entre parenthèses qui démontrent une rare sensibilité d'esprit, te semble-t-il, une compréhension durement acquise de la difficulté qu'il y a à être aimable, en particulier pour quelqu'un qui est vieux, qui s'enfonce dans la décrépitude et dont d'autres doivent s'occuper. *Si on le peut.* Il n'est probablement pas d'accomplissement humain plus grand que d'être aimable à la fin, que cette fin soit amère ou pas. Lorsqu'on souille son lit de mort avec de la pisse, de la merde et de la bave. On y va tous, te dis-tu, et la question est de savoir si on peut rester humain alors qu'on survit sans défense dans un état de dégradation. Tu ne peux pas prédire ce qui se passera quand viendra le jour où tu grimperas dans ton lit pour la dernière fois, mais si tu n'es pas emporté subitement comme l'ont été ton père et ta mère, tu veux être aimable. *Si tu le peux.*

Tu ne dois pas négliger de mentionner que tu as failli mourir étouffé par une arête de poisson en 1971, ni que tu as manqué te tuer dans un couloir sombre, par une nuit de 2006, ton front ayant heurté un chambranle de porte trop bas : tu as chancelé vers l'arrière, et puis, en essayant de reprendre l'équilibre, tu t'es lancé vers l'avant, ton pied s'est accroché au seuil et tu es parti en vol plané pour atterrir à plat ventre sur le plancher de l'appartement dans lequel tu venais d'entrer, ta tête passant à quelques centimètres à peine d'un lourd pied de table. Tous les jours, dans tous les pays du monde, des gens meurent de chutes de ce genre. L'oncle d'un de tes amis par exemple, celui sur lequel tu as écrit il y a à peu près dix-neuf ans (*Le Carnet rouge*, histoire numéro 3), qui avait survécu à des blessures par balles et à de nombreux dangers quand il se battait dans la résistance contre les nazis lors de la Seconde Guerre mondiale, ce jeune homme, donc, qui réussissait à échapper à une mort certaine et/ou à la mutilation avec une régularité stupéfiante, s'était installé à Chicago après la guerre où il vivait dans le calme d'une Amérique en temps de paix, loin des champs de bataille, des balles sifflant dans les airs et des explosions de mines terrestres qu'il avait connues dans sa jeunesse. Il s'est réveillé une nuit pour aller aux toilettes, a trébuché contre un meuble dans le séjour non éclairé et s'est tué, se fendant le crâne contre un lourd pied de table. Mort absurde, mort insensée, mort qui aurait pu être la tienne, il y a cinq ans, si ta tête avait atterri quelques centimètres un peu plus à gauche, et quand tu songes aux façons absurdes dont les gens peuvent mourir – on peut chuter dans des escaliers, glisser d'une échelle, recevoir des balles perdues, être électrocuté par un poste de radio tombé dans la baignoire – tu es obligé d'en conclure que chaque vie est marquée par un certain nombre d'événements où elle frôle la mort et que toute personne qui parvient à atteindre l'âge qui est aujourd'hui le tien a déjà échappé de justesse à un certain nombre de morts potentiellement absurdes, insensées. Tout cela au cours de ce que tu appellerais *la vie ordinaire*. Il va sans dire que des millions d'autres personnes ont dû affronter bien pire car elles n'ont pas connu le luxe d'une vie ordinaire – c'est le cas des soldats au combat, par exemple, ou des victimes civiles de la guerre, des personnes assassinées par des États totalitaires, sans parler des innombrables malheureux qui périssent dans des désastres naturels : inondations, séismes, typhons, épidémies. Mais même ceux qui réussissent à survivre à de telles catastrophes n'en sont pas moins la proie des caprices de l'existence quotidienne, tout autant que ceux d'entre nous à qui ces horreurs ont été épargnées

– ainsi en est-il de l'oncle de ton ami qui a échappé à la mort sur le champ de bataille pour mourir une nuit dans son appartement de Chicago en se rendant aux toilettes. En 1971, une arête de poisson s'est logée au fond de ta gorge. Tu étais en train de manger ce que tu pensais être un filet de flétan, raison pour laquelle tu ne t'inquiétais pas de tomber sur une arête, lorsque soudain tu n'as plus été en mesure d'avaler sans ressentir une douleur, il y avait quelque chose *là-dedans*, et aucun des remèdes traditionnels n'apportait la moindre amélioration : boire de l'eau, manger du pain, tenter d'extraire l'arête du bout des doigts. L'arête était descendue trop bas dans ta gorge, et elle était si longue et si épaisse qu'elle avait transpercé la peau des deux côtés, tant et si bien que chaque fois que tu essayais de nouveau de la recracher en toussant, ta salive sortait mêlée de sang. On était en avril ou en mai, tu vivais à Paris depuis deux mois ou deux mois et demi, et quand il est devenu évident que tu ne pourrais pas te débarrasser tout seul de cette arête, ta petite amie et toi êtes sortis de votre appartement de la rue Jacques-Mawas pour vous diriger vers l'établissement médical le plus proche dans ce quartier, à savoir l'hôpital Boucicaut. Il était huit ou neuf heures du soir, et les infirmières n'avaient aucune idée de quoi faire de toi. Elles ont aspergé le fond de ta gorge avec un anesthésiant liquide, elles ont bavardé avec toi en riant, mais l'arête coincée restait inaccessible et ne pouvait donc pas être retirée. Finalement, vers onze heures, le médecin chargé des urgences de nuit est arrivé. C'était un jeune homme du nom de Meyer – encore un israélite dans ce quartier où avait autrefois habité l'accordeur de pianos aveugle –, et, merveille des merveilles, ce jeune médecin qui ne pouvait guère avoir que quatre ou cinq ans de plus que toi s'est avéré être un spécialiste du nez, de la gorge et des oreilles. Après t'avoir fait cracher du sang lors d'un examen préliminaire, il t'a demandé de le suivre de l'autre côté de la cour dans son cabinet privé qui se trouvait dans un autre pavillon. Tu as pris place sur une chaise, lui sur une autre, et il a ouvert une grande mallette en cuir contenant trente ou quarante sortes de pincettes, un éventail impressionnant d'instruments en métal blanc brillant, des pincettes de toutes les formes et de toutes les tailles possibles, certaines à bouts lisses, d'autre à bouts recourbés, certaines terminées par des pointes à griffes, d'autres par des pointes tordues, d'autres par des boucles, certaines courtes et d'autres longues, quelques-unes tellement compliquées et bizarres qu'on avait du mal à imaginer comment de tels objets pouvaient plonger au fond de la gorge de quelqu'un. Il t'a demandé d'ouvrir la bouche, et une par une, il a introduit diverses sortes de pincettes dans ton gosier – les poussant si bas que tu t'étouffais et crachais encore plus de sang chaque fois qu'il retirait une pincette. Patience, t'a-t-il dit, on va finir par l'avoir, et puis, à la quinzième fois, à l'aide d'une des plus grandes pincettes, l'aïeule de toutes les autres, celle dont les pointes formaient un crochet en forme de cimeterre grotesquement exagéré, il a fini par trouver une prise sur l'arête, a serré fort, l'a remuée plusieurs fois de droite à gauche pour dégager les extrémités entrées dans ta chair, puis l'a lentement remontée le long du tunnel de ta gorge jusqu'à l'air libre. Il avait l'air aussi ravi qu'abasourdi. Content de sa réussite, mais stupéfait par la taille de l'arête qui mesurait bien entre huit et dix centimètres de long. Tu en étais tout aussi abasourdi. Comment avais-tu pu avaler une chose aussi énorme ? te demandais-tu. Elle te faisait penser à une aiguille à coudre comme en fabriquent les Esquimaux, à une baleine de corset, à une fléchette empoisonnée. “Vous avez de la chance, a dit le Dr Meyer en regardant encore l’arête qu’il brandissait maintenant devant ton visage. Celle-ci aurait facilement pu vous tuer.”

Pas de neige notable depuis la nuit du 1er février, mais un mois glacial avec peu de soleil, beaucoup de pluie et beaucoup de vent, et tous les jours tu t’es retranché dans ta chambre pour écrire cette chronique, ce voyage à travers l’hiver jusqu’en ce mois de mars, à présent, encore froid, encore aussi glacial que le froid hivernal de janvier et de février, et pourtant tu sors maintenant chaque matin pour examiner le jardin, à la recherche d’une touche de couleur, de la moindre feuille de crocus en train de sortir du sol, de la plus petite touche de jaune sur le forsythia, mais tu ne relèves rien pour l’instant, le printemps arrivera tard cette année, et tu te demandes combien il faudra encore de semaines avant que tu te mettes en quête de ton premier merle d’Amérique.

Les danseurs t’ont sauvé. Ce sont eux qui t’ont ramené à la vie en décembre 1978, qui t’ont permis de connaître *la révélation, le moment d’épiphanie, de clarté brûlante qui t’a fait passer à travers une fissure de l’univers* et t’a permis de prendre un nouveau départ. Des corps en mouvement, des corps dans l’espace, des corps qui bondissent et se tordent dans un air vide et libre d’obstacles, huit danseurs dans le gymnase d’un lycée de Manhattan, quatre hommes et quatre femmes, tous jeunes, huit danseurs âgés d'à peine plus de vingt ans, et toi qui as pris place sur les gradins avec une dizaine de personnes proches de la chorégraphe pour assister à une répétition, ouverte au public, de sa nouvelle pièce. C'était David Reed qui t'avait invité, un peintre dont tu avais fait la connaissance sur le bateau d'étudiants qui vous avait transportés jusqu'en Europe en 1965 et qui est à présent ton plus vieil ami à New York. Il t'avait demandé de venir parce qu'il avait une histoire amoureuse avec la chorégraphe, Nina W., une femme que tu connaissais mal et dont la liaison avec David n'a pas duré longtemps, mais, à moins que tu ne déformes les faits, il te semble que Nina W. avait débuté en tant que danseuse dans la troupe de Merce Cunningham et que, maintenant qu'elle avait réorienté ses efforts vers la chorégraphie, son travail avait quelque ressemblance avec celui de Cunningham : du muscle, de la spontanéité, de l'imprévisibilité. C'était alors le moment le plus sombre de ton existence. Tu avais trente et un ans, ton premier mariage venait de faire naufrage, tu avais un fils de dix-huit mois et pas d'emploi régulier, pour ainsi dire pas d'argent, tu gagnais péniblement ta vie au moyen de maigres et insuffisantes piges de traducteur, tu étais l'auteur de trois petits recueils de poèmes qui avaient eu au plus une centaine de lecteurs dans le monde, tu étoffais tes dérisoires revenus en rédigeant des articles de critique littéraire pour *Harper's*, la *New York Review of Books* et d'autres magazines, et à part un roman policier que tu avais écrit sous pseudonyme l'été précédent dans un effort pour engranger un peu d'argent liquide (mais le manuscrit n'avait pas encore trouvé d'éditeur), ton travail d'écriture s'était mis à chanceler avant d'atteindre le point mort, tu te retrouvais bloqué et désorienté, tu n'avais pas composé de poème depuis plus d'un an, et tu commençais lentement à te rendre compte que tu ne serais jamais plus capable d'écrire. Telle était l'ornière dans laquelle tu étais enfoncé ce soir d'hiver, il y a plus de trente-deux ans, quand tu as pénétré dans le gymnase du lycée pour assister à la répétition publique de l'œuvre que Nina W. était en train de mettre au point. Tu ne connaissais rien à la danse, tu n'y connais toujours rien, mais chaque fois que tu as vu un spectacle de danse bien fait, tu y as toujours réagi avec une envolée de bonheur intérieur, et au moment où tu as pris place à côté de David, tu n'avais pas la moindre idée de ce qui t'attendait, puisque tu ne connaissais pas encore le travail de Nina W. Debout sur le plancher du gymnase, elle a expliqué au minuscule public que la répétition ferait alterner deux phases : d'abord une démonstration par les danseurs des principaux mouvements de la pièce, puis un commentaire verbal de sa part. Elle s'est ensuite écartée et les danseurs se sont mis à bouger sur le plancher. La première chose qui t'a frappé, c'était qu'il n'y avait pas d'accompagnement musical. Tu n'avais jamais envisagé une telle éventualité – celle de danser non pas en musique mais en silence –, car la musique t'avait toujours paru essentielle à la danse, inséparable d'elle, non seulement parce qu'elle donne le rythme et la vitesse d'exécution, mais parce qu'elle fournit un ton émotionnel au spectateur en conférant une cohérence narrative à ce qui, sinon, serait entièrement abstrait, or, ici, c'était le corps des danseurs qui avait la responsabilité d'établir le rythme et le ton de la pièce, et à partir du moment où tu as commencé à t'y faire, tu as trouvé l'absence de musique tout à fait stimulante car les danseurs entendaient la musique dans leur tête, le rythme aussi dans leur tête – ils entendaient ainsi l'inaudible –, et comme ces huit jeunes gens étaient de bons danseurs, en fait d'excellents danseurs, il ne t'a pas fallu longtemps avant d'entendre à ton tour ces rythmes dans ta tête. Aucun son, donc, sinon celui des pieds nus qui frappaient le parquet du gymnase. Tu as oublié le détail de leurs mouvements, mais dans ton esprit tu les vois sauter et tourner, tomber et faire des glissades, agiter les bras et les laisser retomber jusqu'au sol, tu vois leurs jambes se lancer vers l'avant et se mettre à courir, des corps se toucher et se séparer, et tu étais impressionné par la grâce et la qualité athlétique des danseurs : le seul fait de voir leur corps en mouvement semblait te transporter jusqu'en un lieu inexploré à l'intérieur de toi, et petit à petit tu as senti quelque chose se soulever en toi, tu as senti la joie monter dans tout ton corps jusqu'à ta tête, une joie physique devenant aussi celle de l'esprit, une joie ascendante qui se propageait, qui se répandait dans toutes les parties de ton être. Puis, après six ou sept minutes, les danseurs se sont interrompus. Nina W. s'est avancée pour expliquer aux spectateurs ce qu'ils venaient de voir, et plus elle parlait, plus elle montrait de ferveur et de passion pour mettre en mots les mouvements et les figures de cette danse, moins tu comprenais ce qu'elle disait. Ce n'était pas parce qu'elle employait des mots techniques qui ne t'étaient pas familiers, c'était, plus fondamentalement, parce que ses mots étaient complètement inutiles, inaptes à décrire la performance sans paroles à laquelle tu avais assisté, car il n'y a pas de mots pour exprimer la plénitude et la présence physique brute de ce que les danseurs avaient accompli. Puis elle s'est écartée et les danseurs ont recommencé leurs mouvements, t'emplissant de nouveau de la joie que tu avais éprouvée avant qu'ils ne s'arrêtent. Cinq ou six minutes plus tard, ils s'interrompaient et, encore une fois Nina W. s'est avancée pour parler, échouant encore une fois à capturer ne fût-ce qu'un centième de la beauté que tu avais eue sous les yeux, et ces allers-retours se sont reproduits ainsi pendant toute l'heure suivante : les danseurs puis la chorégraphe, des corps en mouvement puis des mots, la beauté puis du bruit dénué de sens, la joie puis l'ennui, et un moment est venu où quelque chose a commencé à s'ouvrir en toi, tu t'es trouvé en train de tomber dans la fissure ouverte entre le monde et le mot, dans le gouffre qui sépare la vie humaine de la capacité à comprendre ou à exprimer la vérité de la vie humaine, et pour des raisons que tu ne parviens toujours pas à démêler, cette chute soudaine dans un air vide, sans limites, t'a rempli d'une sensation de liberté et de bonheur, et quand la performance a pris fin, tu n'étais plus bloqué, tu n'étais plus écrasé par les doutes qui t'accablaient depuis un an. Tu es rentré dans ta maison du comté de Dutchess, dans l'atelier en sous-sol où tu dormais depuis la fin de ton mariage, et le lendemain tu t'es mis à écrire : pendant trois semaines tu as travaillé sur un texte de genre indéfinissable, ni poème ni récit en prose, dans lequel tu tentais de décrire ce que tu avais vu et senti en regardant ces danseurs danser et cette chorégraphe parler dans le gymnase d'un lycée de Manhattan, et au départ tu as produit de nombreuses pages, mais tu les as ensuite réduites à huit, c'était la première œuvre de ta deuxième incarnation en tant qu'écrivain, le pont vers tout ce que tu as écrit pendant les années qui ont suivi, et tu te rappelles avoir terminé lors d'une tempête de neige, un samedi tard dans la nuit, à deux heures du matin, alors que tu étais la seule personne éveillée dans cette maison silencieuse, et la seule chose affreuse cette nuit-là, la chose qui a continué à te hanter, c'est qu'au moment même où tu mettais la dernière main à ton texte (tu l'as finalement appelé *Espaces blancs*), ton père était en train de mourir dans les bras de sa petite amie. Morbide trigonométrie du destin. Juste au moment où tu revenais à la vie, celle de ton père prenait fin.

Pour faire ce que tu fais, il te faut marcher. Marcher, c'est ce qui attire les mots à toi, ce qui te permet d'entendre les rythmes des mots à mesure que tu les écris dans ta tête. Un pied en avant, puis l'autre, le double battement de tambour de ton cœur. Deux yeux, deux oreilles, deux bras, deux jambes, deux pieds. Ceci, puis cela. Cela, puis ceci. Écrire commence dans le corps, c'est la musique du corps, et même si les mots ont un sens, s'ils peuvent parfois en avoir un, c'est dans la musique des mots que commence ce sens. Tu t'assieds à ton bureau pour noter les mots, mais dans ta tête tu es encore en train de marcher, toujours en train de marcher, et ce que tu entends, c'est le rythme de ton cœur, le battement de ton cœur. Mandelstam : "Je me demande combien de paires de sandales Dante a usées en travaillant sur la *Commedia*." L'écriture comme forme inférieure de danse.

Quand tu as établi le catalogue de tes voyages, il y a de cela cent dix-neuf pages, tu as oublié de mentionner tes trajets entre Brooklyn et Manhattan, soit trente et un ans de déplacements à l'intérieur de ta propre ville, depuis ton installation dans le comté de Kings[1] en 1980 ; une moyenne de deux ou trois trajets par semaine donne un total de plusieurs milliers, dont une grande partie sous terre en métro, mais il y a aussi les nombreux allers-retours par le pont de Brooklyn en voiture ou en taxi : mille, deux mille, cinq mille passages du pont, impossible de savoir combien, mais tu es certain que c'est le trajet que tu as effectué le plus souvent au cours de ta vie, et jamais, pas une seule fois, tu n'as oublié d'admirer l'architecture du pont, l'étrange mais néanmoins satisfaisant mélange d'ancien et de nouveau qui différencie ce pont de tous les autres – les pierres épaisses des arches gothiques médiévales qui jurent et pourtant s'accordent avec le délicat entrelacs des câbles d'acier –, jadis la structure artificielle la plus haute de toute l'Amérique du Nord, et, avant que les tueurs suicidaires ne rendent visite à New York, c'était toujours la traversée de Brooklyn vers Manhattan que tu préférais, car tu anticipais le moment où tu atteindrais le point exact où tu verrais simultanément la statue de la Liberté dans le port à ta gauche et la silhouette du centre-ville se dressant devant toi, les buildings immenses surgissant d'un seul coup, et parmi eux, bien sûr, les Tours, les Tours dépourvues de beauté qui étaient peu à peu devenues un élément familier du paysage, et même si tu continues à t'émerveiller de la ligne des toits de la ville chaque

1. Le comté de Kings recouvre exactement le territoire de Brooklyn.

fois que tu t'approches de Manhattan, tu ne peux plus, maintenant que les Tours ont disparu, passer le pont sans penser aux morts, sans revoir les Tours en feu depuis la chambre de ta fille au dernier étage de ta maison, sans penser à la fumée et aux cendres qui sont tombées dans les rues de ton quartier pendant trois jours après l'attentat, à la puanteur âcre, irrespirable, qui t'a obligé à fermer toutes les fenêtres de ta maison jusqu'à ce que les vents tournent enfin pour s'écarter de Brooklyn le vendredi, et même si tu as continué à prendre le pont deux ou trois fois par semaine au cours des neuf ans et demi qui se sont écoulés depuis, le voyage n'est plus le même, les morts sont toujours là, et les Tours aussi – elles vibrent dans le souvenir, toujours présentes sous la forme d'un trou vide dans le ciel.

Tu as entendu les morts t'appeler – mais une fois seulement, une fois dans toutes tes années de vie. Tu n'es pas du genre à voir des choses qui ne sont pas là, et bien que ce que tu vois t'ait souvent désorienté, tu n'es pas enclin à des hallucinations ou à de fantastiques altérations de la réalité. Il en va de même avec tes oreilles. De temps à autre, lors d'une de tes déambulations dans la ville, tu crois entendre quelqu'un t'appeler, tu penses avoir perçu la voix de ta femme, de ta fille ou de ton fils qui crient ton nom depuis l'autre côté de la rue, mais quand tu te retournes pour les chercher du regard, c'est toujours quelqu'un d'autre qui a dit *Paul*, ou *Dad*, ou *Daddy*. Il y a vingt ans, pourtant, peut-être vingt-cinq, en des circonstances très éloignées de ton quotidien, tu as eu une hallucination auditive qui continue à te sidérer par sa vivacité et sa puissance, par la force des voix que tu as entendues alors même que le chœur des morts n'a pas hurlé en toi plus de cinq ou dix secondes. Tu te trouvais en Allemagne où tu passais le week-end à Hambourg, et, le dimanche matin, ton ami Michael Naumann, qui était également ton éditeur allemand, a suggéré que vous vous rendiez tous les deux à Bergen-Belsen – ou, plus exactement, sur le site de ce qui avait été Bergen-Belsen. Tu voulais bien y aller, même si quelque chose en toi résistait à cette visite, et tu te souviens du trajet sur l'*Autobahn* à peu près vide par un dimanche matin couvert où un ciel gris-blanc pesait sur des kilomètres et des kilomètres de terrain plat, tu te rappelles avoir vu une voiture qui était rentrée dans un arbre au bord de la route et le cadavre du conducteur allongé sur l'herbe, un corps tellement inerte et tordu que tu as senti tout de suite que cet homme était mort, et toi tu étais assis dans la voiture à penser à Anne Frank et à sa sœur Margot, toutes deux mortes à Bergen-Belsen comme des dizaines de milliers d'autres, comme les milliers et les milliers qui ont péri là de faim ou du typhus, qui ont succombé à des coups reçus sans raison, à des meurtres. Tu étais assis à la place du passager, les douzaines de documentaires et de films d'actualités que tu avais vus sur les camps de la mort défilaient dans ta tête, et à mesure que Michael et toi vous rapprochiez de votre destination, tu te sentais devenir de plus en plus anxieux et renfermé. Il ne restait rien du camp lui-même. Les bâtiments avaient été rasés, les baraquements démolis et emportés, les clôtures de fil de fer barbelé avaient disparu, et ce qui se dressait là maintenant était un petit musée, une construction d'un seul étage remplie de photos en noir et blanc grandes comme des affiches et accompagnées de textes explicatifs, un endroit sinistre, un endroit affreux, mais si nu et tellement aseptisé que tu avais du mal à t'imaginer la réalité du lieu telle qu'elle avait été pendant la guerre. Tu n'arrivais pas à sentir la présence des morts, l'horreur de tant de milliers de personnes entassées dans ce village cauchemardesque entouré de barbelés, et tout en marchant dans le musée avec Michael (pour autant que tu t'en souviennes, vous étiez les seuls visiteurs), tu souhaitais que le camp n'ait pas été détruit pour que le monde entier puisse voir à quoi avait ressemblé l'architecture de la barbarie. Puis vous êtes sortis sur le terrain où s'était dressé le camp de la mort, mais c'était à présent un pré couvert d'herbe, un domaine de beau gazon bien entretenu s'étendant sur plusieurs centaines de mètres dans toutes les directions, et sans les diverses fiches enfoncées dans le sol indiquant l'endroit où se trouvaient jadis les baraquements et certains autres bâtiments, il n'y aurait eu aucun moyen de deviner ce qui s'était passé là plusieurs décennies auparavant. Vous êtes ensuite arrivés à un rectangle herbeux légèrement surélevé, huit ou dix centimètres plus haut que le reste du pré, un rectangle parfait mesurant à peu près sept mètres par dix, soit la taille d'une grande salle, et dans un angle il y avait une fiche plantée dans le sol sur laquelle on pouvait lire : *Ici sont enterrés les corps de 50 000 soldats russes.* Vous étiez au-dessus de la tombe de cinquante mille hommes. Qu'autant de corps puissent tenir dans un aussi petit espace semblait impossible, et quand tu as tenté de te représenter ces corps au-dessous de toi, les cadavres enchevêtrés de cinquante mille jeunes hommes empilés dans ce qui avait dû être le plus profond des trous, la pensée de tant de mort a commencé à te donner le vertige – tant de mort concentrée dans un si petit bout de terrain –, et un instant plus tard tu as entendu les clameurs, une formidable montée de voix qui s'élevait du sol sous tes pieds, tu as entendu les os des morts hurler d'angoisse, hurler de douleur, hurler en une cascade rugissante, un tintamarre de supplice à percer les tympans. *La terre hurlait.* Pendant cinq ou dix secondes tu les as entendus, et puis ils sont redevenus silencieux.

Parler à ton père dans tes rêves. Depuis de nombreuses années, il te rend visite de l'autre côté de la conscience, dans une chambre obscure où il s'assoit à table avec toi pour de longues conversations tranquilles, et là, calme et circonspect, il te traite toujours avec bienveillance et bonne volonté, il écoute toujours avec attention ce que tu lui dis, mais une fois le rêve terminé, quand tu te réveilles, tu ne te souviens plus du moindre mot de l'un ou l'autre de vous deux.

Éternuer et rire, bâiller et pleurer, roter et tousser, te gratter les oreilles, te frotter les yeux, te moucher, t'éclaircir la gorge, te mordre la lèvre, faire glisser ta langue sur la partie extérieure de tes dents du bas, te passer la main dans les cheveux – combien de fois as-tu fait ces choses ? Combien d'orteils cognés, de doigts écrasés et de coups sur la tête ? Combien de faux pas, de glissades, de chutes ? Combien de clignements d'yeux as-tu faits ? Combien de pas ? Combien d'heures passées avec un stylo à la main ? Combien de baisers reçus et donnés ?

Tenir tes bébés dans tes bras.

Tenir ta femme dans tes bras.

Tes pieds nus sur le sol froid au moment où tu sors du lit et vas jusqu'à la fenêtre. Tu as soixante-quatre ans. Dehors, l'air est gris, presque blanc, pas de soleil en vue. Tu te demandes : combien de matins reste-t-il ?

Une porte s'est refermée. Une autre porte s'est ouverte.

Tu es entré dans l'hiver de ta vie.

2011

DU MÊME AUTEUR AUX ÉDITIONS ACTES SUD

Trilogie new-yorkaise :
- vol. 1 : *Cité de verre*, 1987 ;
- vol. 2 : *Revenants*, 1988 ;
- vol. 3 : *La Chambre dérobée*, 1988 ; Babel n° 32.

L'Invention de la solitude, 1988 ; Babel n° 41.
Le Voyage d'Anna Blume, 1989 ; Babel n° 60.
Moon Palace, 1990 ; Babel n° 68.
La Musique du hasard, 1991 ; Babel n° 83.
L'Art de la faim, 1992.
Le Carnet rouge, 1993.
Le Carnet rouge/L'Art de la faim, Babel n° 133.
Léviathan, 1993 ; Babel n° 106.
Disparitions (coéd. Unes), 1994 ; Babel n° 870.
Mr Vertigo, 1994 ; Babel n° 163.
Smoke/Brooklyn Boogie, 1995 ; Babel n° 255.
Le Diable par la queue, 1996 ; Babel n° 379.
La Solitude du labyrinthe (entretien avec Gérard de Cortanze), 1997 ; Babel n° 662, édition augmentée.
Lulu on the bridge, 1998 ; Babel n° 753.
Le Noël d'Auggie Wren, Actes Sud Junior, 1998.
Tombouctou (coéd. Leméac), 1999 ; Babel n° 460.
Laurel et Hardy vont au paradis suivi de *Black-Out* et *Cache-Cache*, Actes Sud-Papiers, 2000.
Le Livre des illusions (coéd. Leméac), 2002 ; Babel n° 591.
Constat d'accident (coéd. Leméac), 2003 ; Babel n° 630.
Histoire de ma machine à écrire (avec Sam Messer), 2003.
La Nuit de l'oracle (coéd. Leméac), 2004 ; Babel n° 720.
Brooklyn Follies (coéd. Leméac), 2005 ; Babel n° 785.
Dans le scriptorium (coéd. Leméac), 2007 ; Babel n° 900.
La Vie intérieure de Martin Frost (coéd. Leméac), 2007 ; Babel n° 935.
Seul dans le noir (coéd. Leméac), 2009 ; Babel n° 1063.

Invisible (coéd. Leméac), 2010 ; Babel n° 1114.
Sunset Park (coéd. Leméac), 2011.
Excursions dans la zone intérieure (coéd. Leméac), 2014.

En collection Thesaurus :

Œuvres romanesques, t. I, 1996.
Œuvres romanesques et autres textes, t. II, 1999.
Œuvres romanesques, t. III, 2011.

BABEL

Extrait du catalogue

1260. LAURENT GAUDÉ
Pour seul cortège

1261. WAJDI MOUAWAD
Anima

1262. ÉRIC VUILLARD
Congo

1263. CÉLINE CURIOL
L'Ardeur des pierres

1264. ANNE PERCIN
Le Premier Été

1265. LAURENCE VILAINE
Le silence ne sera qu'un souvenir

1266. CÉCILE LADJALI
Louis et la Jeune Fille

1267. PHILIPPE DE LA GENARDIÈRE
Le Roman de la communauté

1268. YÔKO OGAWA
Les Tendres Plaintes

1269. HANAN EL-CHEIKH
Toute une histoire

1270. HERBJØRG WASSMO
Un verre de lait, s'il vous plaît

1271. JAUME CABRÉ
L'Ombre de l'eunuque

1272. JEAN-CLAUDE GRUMBERG
45 ça va

1273. ANDRÉ BRINK
Mes bifurcations

Ouvrage réalisé
par l'Atelier graphique Actes Sud.
Achevé d'imprimer
en août 2014
par Normandie Roto Impression s.a.s.
61250 Lonrai
sur papier fabriqué à partir de bois provenant
de forêts gérées durablement
pour le compte
des éditions Actes Sud
Le Méjan
Place Nina-Berberova
13200 Arles.

Dépôt légal
1re édition : septembre 2014
N° impr. : 1402968
(Imprimé en France)